AF398342

Angelika Lauriel, Diplom-Übersetzerin und Autorin, schreibt Bücher für Kinder, Jugendliche und Erwachsene. Daneben ist sie als Literaturübersetzerin, Lektorin und Korrektorin tätig. Angelika Lauriel hält oft Lesungen – unter anderem an Schulen. Bei diesen Anlässen spricht sie mit den Zuhörerinnen und Zuhörern gern über ihre Bücher und das Schreiben als Handwerk. Ihre Heimat ist das Saarland. Viele, aber nicht alle ihrer Romane spielen dort.

DER TOD BRINGT BLUMEN

Überarbeitete Neuausgabe August 2024

Copyright © 2024 dp Verlag, ein Imprint der
dp DIGITAL PUBLISHERS GmbH
Made in Stuttgart with ♥
Alle Rechte vorbehalten

Der Tod bringt Blumen

ISBN 978-3-98998-335-9
E-Book-ISBN 978-2-38619-036-0

Dies ist eine überarbeitete Neuausgabe des bereits 2019 bei
dp Verlag, ein Imprint der dp DIGITAL PUBLISHERS GmbH
erschienenen Titels Tote Frauen lügen nicht
(ISBN: 978-3-96087-591-8).

Umschlaggestaltung: ARTC.ore Design
Covergestaltung: Nadine Most
unter Verwendung von Motiven von
shutterstock.com: © Diana Taliun, © ImagineDesign,
© simion0, © DaLiu, © timltv
Lektorat: Daniela Guse
Satz: dp DIGITAL PUBLISHERS GmbH
Druck und Bindung: Books on Demand GmbH, Norderstedt

Erinnerung

Fünf Jahre zuvor: Hamburg im Sommer 2008

»Komm schon, lass doch die Pennerin!« Leonies Freunde schlenderten kopfschüttelnd weiter, als sie neben dem großen Stoffbündel in einem dunklen Hauseingang stehen blieb. Sie zögerte. Wollte sie wirklich wissen, ob sich unter diesem Altkleiderhaufen ein Mensch verbarg, während ihre Freunde den nächsten Club anstrebten, um die Graduiertenfeier fortzusetzen?

Schon in der Schule und dann während des Journalismusstudiums hatte Leonie die Kluft immer deutlicher gespürt, die zwischen ihrem Leben und dem der Menschen lag, die sie interessierten, nämlich diejenigen auf der anderen Seite, die schon von Geburt an weniger Glück hatten als sie selbst. Es war Zeit, diese Kluft zu überspringen, also gab sie ihrem Impuls nach und beugte sich vor. Sie erkannte lange Haare und einen angewinkelten Arm, der unter den alten Decken hervorlugte. War das eine Frau oder noch ein Mädchen?

»Leo?«, hörte sie die Stimme einer ihrer Studienkolleginnen. »Wir gehen zur _Amphore_. Kommst du nach?«

Leonie winkte ihr zu, bevor sie sich umdrehte und in die Hocke ging.

Die Frau lag zusammengekauert auf der Seite, und das dunkelblonde Haar mit aufgehellten Spitzen verdeckte ihr Gesicht, sodass Leo ihr Alter nicht einschätzen konnte. Die Strumpfhose unter dem kurzen Jeansrock sah fleckig aus, erst beim genauen Hinsehen erkannte Leonie Blut. Auch die Bluse war blutbefleckt. Leonie kämpfte ihren Fluchtimpuls nieder.

»Hallo, hören Sie mich?« Eine innere Erregung ergriff Leonie, die nicht nur der Sorge um diese Person geschuldet war: Das hier war vielleicht der Anfang von allem. Von dem, was sie wirklich wollte. Über die Benachteiligten schreiben, die Menschen zum Hinsehen zwingen und den armen Kreaturen dadurch helfen. Dass sie selbst sich nicht einfach wieder zurückziehen konnte, war klar. Als die Frau leise stöhnte und sich rührte, bemerkte Leonie, dass sie ihr unwillkürlich die Hand auf den Oberarm gelegt hatte. »Was ist mit Ihnen?«, fragte sie.

Die Angesprochene drehte den Kopf in Leonies Richtung. Die Haare lagen noch immer in klebrigen Strähnen auf ihrem Gesicht, aber darunter erkannte Leonie jetzt die Züge eines jungen Mädchens. Jünger als sie selbst, viel jünger. Es blinzelte ins Licht der Straßenlaterne und ließ die Augenfarbe erkennen: helles Grüngrau, eine Farbe, wie man sie nicht oft sah. Die Wimpern waren so stark getuscht, dass sie wie die Beine einer dicken Spinne wirkten, der dunkle Lidschatten war viel zu dick aufgetragen und zu schmierigen Klecksen verwischt. Sie war benommen, Leonie konnte sehen, wie sich zuerst Panik, dann Überraschung und Erleichterung in ihrem Blick abzeichneten, alles unter zusammengezogenen Brauen. Leonie schloss daraus, dass sie Schmerzen litt.

Mit einer hellen Stimme murmelte das Mädchen Worte, die Leonie nicht verstand. Sie zückte ihr Handy, doch der Arm des Mädchens schoss vor, und mit erstaunlich festem Griff packte es Leonies Arm. Ein Schwall Wörter sprudelte aus seinem Mund hervor, die Sprache war für Leonie nicht erkennbar. Das Mädchen schüttelte den Kopf.

»Ich rufe den Notarzt«, sagte Leonie eindringlich. »Du bist verletzt, jemand muss nach dir sehen.«

Wieder sprach das Mädchen Unverständliches und versuchte, sich aufzusetzen. Leonie stützte es mit der freien Hand, bis es auf dem Bürgersteig saß. Die Haare rutschten aus seinem Gesicht und hingen auf eine Bluse herunter, die aufgeknöpft war. Ein Nichts von einem blutroten Spitzen-BH umspannte die kleinen Brüste. Auf der Haut sah Leonie Flecken, deren Herkunft sie lieber nicht wissen wollte. Hämatome zeichneten sich ab, die noch frisch sein mussten und fast zusehends dunkler wurden.

Eine Mischung aus Schweiß, blumigem Parfüm, billigem Aftershave, Alkohol und noch etwas anderem schlug Leonie entgegen. Sie sog scharf die Luft ein. *Willkommen in der realen Welt.* Noch immer klammerte sich das Mädchen mit beiden Händen an ihren Armen fest und redete auf sie ein.

Leonie ließ den Blick über seinen Körper wandern, entdeckte aber glücklicherweise keine offenen Wunden, nur viele Kratzer. Woher stammte das viele Blut?

Das Mädchen starrte Leonie mit seinen unglaublichen Augen an. Es musste eine Schönheit sein, versteckt unter einer dicken Schicht aus Schminke und Dreck.

Leonie half dem Mädchen auf die Beine. »Wie alt bist du?«

»Achtzehn«, sagte das Mädchen mit einem starken Akzent.

Leonie lachte bitter. »Niemals.« Sie strich dem Mädchen vorsichtig die Haare über die Schulter zurück. Es war etwa so groß wie sie selbst und noch schlanker, beinahe dürr.

Das Mädchen steckte offensichtlich tief in Schwierigkeiten. Und Leonie jetzt auch, denn sie konnte nicht so tun, als wäre nichts. Sie hob das Handy wieder hoch und hielt den Arm des Mädchens fest. Es machte einen schwachen Versuch, sich zu befreien, aber von der Kraft, die Leonie eben in seinem Griff gespürt hatte, war nichts mehr übrig, und schließlich ließ es die Schultern sinken.

»Ich rufe einen Notarzt. Keine Angst, alles wird gut.«

Ganz mechanisch sprach sie die Trostworte, die ihre Mutter ihr früher immer ins Ohr geflüstert hatte, wenn sie aus Albträumen aufgeschreckt war. Ob sie je selbst daran geglaubt hatte?

Viele Stunden später, es wurde bereits hell, gab sie einer Polizistin zu Protokoll, unter welchen Umständen sie das Mädchen gefunden hatte. Sie fragte, woher es komme, wie alt es sei, und ob ihm geholfen werde. Die Polizistin rieb sich über die Augen, dann sah sie Leonie mit einem resignierten Blick an. »Wollen wir es hoffen.«

Als Leonie am späten Vormittag endlich den Vorgarten der elterlichen Villa am Harvestehuder Weg betrat, hatte sich ihre Welt gewandelt. Obwohl sie geahnt hatte, worüber sie schreiben würde, hätte sie nicht gedacht, dass es sie so unverhofft überfallen würde. Ihre Eltern würden nicht begeistert sein.

Sie jedoch wusste bereits, wem sie die Story anbieten wollte. Und vielleicht war Mircela noch zu retten.

Mircela war jetzt das Wichtigste.

Kapitel 1

»Frau Schober, Sie haben große Fortschritte gemacht. Ich denke, wir können Sie wieder in die Alltagswelt entlassen. Fühlen Sie sich gewappnet, Ihrer Arbeit nachzugehen?«

Unverwandt sehe ich Doktor Treibel an und zucke mit keiner Wimper, obwohl ich in meinem Kopf zwei innere Stimmen hören kann. Wenn mein Psychotherapeut von der Existenz meiner inneren Zwillinge wüsste, würde er mir noch unzählige weitere Sitzungen in seiner düsteren Praxis aufzwingen, daran zweifle ich keine Sekunde. Was für ein Glück, dass ich ihm niemals von meinen ganz persönlichen Ratgeberinnen erzählt habe, deren Stimmen oft in meinem Kopf gegeneinander und gegen mich an streiten. Natürlich ungebeten.

Ich fürchte, wenn Doktor Treibel von »Lady Tough« und »Heulsuse« wüsste, wie ich die beiden insgeheim getauft habe, würde er mir noch nicht den Berufsalltag empfehlen.

Von ihnen weiß niemand außer meiner Rebellenschwester Kat, die wie ich schon als Kind gegen unsere Streberfamilie aufbegehrte. Versonnen lächle ich beim Gedanken an Kat und ihre Biohühner. Doch selbst ihr gegenüber erwähne ich die Zwillinge schon lange nicht mehr. Zu gut kann ich mich daran erinnern, wie Kat reagierte, als ich im letzten Jahr ihre Frage, ob ich innere Stimmen hören würde, mit einem klaren »Ja« beantwortete. Dabei ging es mir da wegen mehrerer Mordanschläge auf mich so schlecht, dass kein Mensch ernsthaft behaupten kann, diese Stimmen wären Zeichen einer psychischen Erkrankung gewesen. Es war eine Ausnahmesituation!

Aber bevor ich mich auf der Psychocouch in diesen Erinnerungen verliere, straffe ich die Schultern und versuche, mit voller Konzentration wieder zu meinem Therapeuten zurückzukehren.

»Fräulein Schober?« Doktor Treibel wartet auf eine Antwort. Er sitzt vorgebeugt in seinem Sessel und betrachtet mich.

»Oh ja.« Ich schiebe die Beine zur Seite und setze mich aufrecht auf das Sofa. »Ich kann wieder arbeiten. Ich habe alles hinter mir gelassen.«

Er spitzt die Lippen, wodurch er mich an meinen Chef im Callcenter *Mediaboutique* Saarlouis erinnert. Beide sehen mit dieser Mimik so verdorrt aus wie Sultaninen, deren Haltbarkeitsdatum überschritten ist. Trotzdem werde ich überglücklich sein, wenn ich den Chef wieder täglich sehe. Das hätte ich niemals für möglich gehalten.

»Gut, dann wünsche ich Ihnen für die Zukunft viel Glück.« Treibel steht auf und streckt mir die Hand hin. »Erstaunlich, wie gut Sie das alles verkraftet haben.« Er sieht auf meinen Bauch, der vom doppelten Babyglück, das darin heranwächst, noch nichts erkennen lässt. »Meinen Glückwunsch! Ich vermute, es hängt mit Ihrem Zustand zusammen.«

»Ja, ganz bestimmt. Die Zwillinge machen mich stark.« Zweistimmiges Gelächter erklingt in meinem Kopf, und ich gebe mir alle Mühe, nichts davon erkennen zu lassen. Ich werde diese Stimmen noch zum Schweigen bringen. Allerdings werde ich das ganz allein hinbekommen, ohne die Hilfe eines sogenannten Fachmanns, der doch sofort die Gelegenheit beim Schopf ergreifen würde, nur um noch mehr Geld an mir zu verdienen. Ich weiß, dass ich das kann, schließlich habe ich es schon einmal geschafft: nach der Mordserie im letzten Sommer, an der ich irgendwie mit schuld war.

Ich lege eine kurze Gedenkminute an meinen ehemaligen Kollegen Maurice ein, der in seinem etwas einfach gestrickten Weltbild glaubte, die Kunden der *Mediaboutique* abmahnen zu müssen, die mich durch ihre Unflätigkeiten am Telefon zum Weinen gebracht hatten. Seither ist er Patient der Klinik in Merzig, und ich muss gestehen, dass ich nach einem Besuch dort meine Anwandlung, in Sachen Traumabewältigung Dr. Treibel meine inneren Stimmen zu enthüllen, ganz schnell niedergekämpft habe. Und das ist auch gut so, sonst könnte ich heute bestimmt noch nicht wieder in meinen Job einsteigen.

Ja, es ist ein ungeliebter Job. Aber dennoch erleichtert es mich, dass ich mich nicht mehr nur mit meiner kleinen Maisonettewohnung im Ortsteil Beaumarais, meinem Liebsten, Kriminalkommissar Frank Kraus – der leider eher zu viel als zu wenig Arbeit hat, seit er mit dem Gedanken spielt, sich befördern zu lassen – und mit Babykram beschäftigen muss. Ganz ehrlich, nach der Lawine unzähliger geschenkter und ungelesener

Bücher zum Thema Zwillingsaufzucht habe ich die Nase bereits gestrichen voll und freue mich, wenn ich wieder unter normale Menschen komme, vor allem meine liebe Arbeitskollegin und Freundin Lena Kougelhupf, die mit meinem Juristenbruder Rouwen erste Pläne einer gemeinsamen Zukunft schmiedet. Natürlich werde ich die Produktion von Babykleidung, die ich in den langen, freien Tagen aufgenommen habe, einstellen müssen, aber das ist nicht weiter schlimm, weil ich längst eine komplette Erstlingsausstattung zusammen habe, und zwar zweifach, wie es bei Zwillingsmüttern nun mal nötig ist.

In den schwierigen Wochen nach den Mordanschlägen habe ich mich an ein Hobby aus meiner Adoleszenzphase erinnert. Damals, als ich noch nicht wusste, dass ich mal Grundschulpädagogik studieren würde (was ich geschmissen habe), hatte ich gerade mein Herz fürs Nähen entdeckt. Ich habe mir in den späten Teeniejahren zahlreiche coole Röcke, Hosen und Oberteile selbst genäht. Auch meine Rebellenschwester Kat hat heute noch ein paar Einzelstücke von meiner Nadel in ihrem Schrank hängen. Aber mit diesem Hobby – das meine Mutter, die Apothekerin, mit einer Sorge betrachtete, die ich niemals ganz verstanden habe – hörte ich irgendwann auf, als ich in meinem Studiengang feststellen musste, dass die angehenden Grundschullehrerinnen ebenfalls begeisterte Schneiderinnen waren, jedenfalls viele von ihnen. Ich hatte keine Lust, mich darin mit ihnen zu messen.

Als ich nun etwas später die Praxis meines Psychologen verlasse, fühle ich mich zum ersten Mal seit langer Zeit wieder frei. Es ist nur vergleichbar mit dem Tag, an dem Frank mich aus den Klauen seines psychopathischen Kollegen Herbert rettete. Auch diesen Gedanken vertreibe ich rasch wieder. Das ist Geschichte.

Die sehr vitalen Zwillinge, die in meinem Bauch heranwachsen, haben sich uneingeladen zu uns gesellt. Aber wir haben ja noch viele Monate Zeit, uns auf sie zu freuen. Das Jahr ist noch jung, und erst im Sommer werden wir zu viert sein. Ich schlucke jedes Mal, wenn ich an die Geburt denke. Ich, Lucinda Schober, die nichts-auf-die-Reihe-Bekommerin, werde meine eigene Familie haben! Ohne Heiratsurkunde, das haben Frank und ich einmütig beschlossen, und es hat die Lage zwischen uns ungemein entspannt.

Ein Lächeln auf den Lippen, schlendere ich über den Großen Markt zur Fußgängerzone. Die Februarsonne strahlt und gibt trotz der Kälte eine erste Vorahnung darauf, wie zauberhaft Saarlouis bald erblühen wird. Ich denke darüber nach, ob ich zur Wache in die Alte-Brauerei-Straße gehen soll. Vielleicht hat Frank Zeit für eine Tasse Kaffee.

»Lucy!« Die dunkle Frauenstimme ruft meinen Namen, als handle es sich um einen Befehl. Unwillkürlich straffe ich die Schultern, um größer zu erscheinen, und hebe das Kinn, bevor ich mich zu ihr umdrehe. Einen Monat habe ich sie nicht gesehen, und keine Sekunde habe ich sie vermisst. Immerhin trägt sie die Haare jetzt wohl endlich in ihrer Naturfarbe, nachdem sie vorher meinen Stil imitiert hatte. Weizenblond und schulterlang sind sie inzwischen. Sie fallen in weichen Wellen und sehen natürlich zum Niederknien aus. Ich kann nicht umhin, Ilinas natürliche Eleganz zu bemerken, mit der sie sich bewegt. Und um die ich sie von der ersten Sekunde an beneidete, als unser Chef Dürrbier sie letzten Sommer in unserem Callcenter *Mediaboutique* vorstellte.

Sie wirkt gar nicht, als käme sie aus einem anderen Land, so auf den ersten Blick. Ihre Anmut, der Schnitt ihres feinen Gesichts und die himmelblauen Augen sind international; am ehesten erinnern sie mich an Grace Kelly. Ich seufze heimlich und ärgere mich über meine Gedanken. Eigentlich habe ich mir jegliche Vergleiche mit Ilina längst verboten. Umso mehr, als ich schwanger bin und täglich damit rechnen muss, auseinanderzugehen wie eine Dampfnudel.

Während Ilina sich mir nähert, bemerke ich überrascht, dass es mich tief im Innern freut, sie zu sehen. Zwar habe ich sie als intrigante Person erlebt, die mich aus unbekannten Gründen auf dem Kieker hatte. Andererseits hat sie mich in der *Mediaboutique* mit ihrem unvergleichlichen Vanillekaffee so oft aus tiefen Abgründen gerettet, wenn ich mit berüchtigten Horrorkunden wie dem »Hengst von Hamburg« zu tun hatte. Und auf ihre barsche Art ist sie richtig witzig. Zumindest, wenn die Scherze nicht auf meine Kosten gehen. Deshalb bin ich trotz aller Wiedersehensfreude auf der Hut, als sie schließlich heran ist und den Kopf leicht schräg legt, womit sie in der Männerwelt vermutlich immer sofort punkten kann. Vielleicht kann ich mir bei ihr auch noch was abgucken, um meine eher ungeschickte Art meinen Mitmenschen gegenüber zu verbessern, schießt es mir durch den Kopf.

»Ist es wahr, was sagt Lena? Kommst du bald wieder zum Arbeiten?« Ilina schüttelt mir kurz die Hand. Als wäre das nicht schon überraschend genug, beugt sie sich plötzlich vor und zieht mich für eine Sekunde wie eine Freundin in die Arme.

»Ähm, ja. Ich komme gerade vom Therapeuten.« Ich stocke. Da hat sie mich mit ihrer herzlichen Begrüßung doch glatt ausgeknockt! Weshalb bin ich so bescheuert und gebe sowas zu? Geringschätzung ist bekanntermaßen eine ihrer Haupttugenden.

»Verstehe. Hast du schlimme Erfahrungen gemacht.« Sie schluckt. Bleibt ihr etwa die Stimme weg? Wer ist dieses empathische Wesen, und was hat es mit der Schlange Ilina gemacht?

»Lucy, hallo Lucy! Warte mal!« Bei den Rufen, die ich höre, habe ich sofort ein Bild vor Augen: Die Frau schiebt hektisch einen Kinderwagen vor sich her, die eine Hand in der Luft, und winkt mir, obwohl ich sie noch gar nicht sehen kann. Das Bild bestätigt sich in dem Moment, in dem ich mich umdrehe. Ellen, Franks Exfrau. Es gibt mir jedes Mal einen winzigen Freudenstich im Bauch, wenn ich die Vorsilbe »Ex« denke. Die beiden haben es in letzter Sekunde geschafft, sich scheiden zu lassen, bevor das Baby geboren wurde. Nun sind Ellen und der Dieter zwar noch nicht verheiratet, aber wenigstens brauchen sie kein kompliziertes Vaterschaftsverfahren anzustrengen. Ohne die Scheidung wäre nämlich Frank der rechtliche Vater der kleinen Lily geworden, obwohl er und Ellen schon lange kein Paar mehr sind. So wird das Baby in Kürze den klangvollen Namen Schimmelschnulze erhalten, und ich weiß aus erster Hand, dass Ellen bereits Unterschriften geübt hat. Sie hat eine Weile gebraucht, sich damit anzufreunden, aber jetzt liebt sie ihn ebenso sehr wie den Dieter, der ihn ihr beschert hat. Und – nun ja – anspruchsvoller als Kraus, Franks Nachname, ist er allemal. Unter uns gesagt.

Seit der Silvesternacht, in der sie ihr Kind zur Welt brachte, habe ich Ellen nicht mehr gesehen. Sie wirkt ein bisschen fülliger als früher, was ihre Ausstrahlung einer lebensfrohen und sinnlichen Frau kein bisschen mindert, im Gegenteil. Die Haare hat sie in einem nachlässigen Dutt zusammengenommen, sie ist in eine kuschelige Jacke gekleidet, die sie auch in der Schwangerschaft trug. Der Reißverschluss ist offen, was mir einen Blick auf ihre Brüste erlaubt. Diese Üppigkeit ist neu. Als sie heran ist, kann ich in ihren Augenwinkeln Müdigkeit erkennen. Ein kleiner Widerspruch zu der wonneproppigen Lebensfreude, die sie ansonsten ausstrahlt.

»Oh, Ellen, wie schön! Lass mich mal Lily sehen.« Schon beuge ich mich über den Kinderwagen und sehe ein schlafendes Baby mit Schnuller im Mund. Erst danach begrüße ich Ellen mit zwei Wangenküsschen.

Ilina wirft ebenfalls einen Blick in den Buggy, bevor sie Ellen ein hinreißendes Lächeln schenkt. »Ist sie eine wunderschöne kleine Honigschnute. Herzlichen Glückwunsch!«

Ellen lacht laut. »Oh, vielen Dank. Ja, sie ist so ein Schatz.« Sie blickt sich um und deutet auf das Eiscafé, vor dem soeben ein kleiner Tisch frei wird. Bei diesem Sonnenschein hat der Betreiber Tische und Stühle nach draußen geholt und warme Decken bereitgelegt. »Wollen wir einen Kaffee trinken?« Sie schiebt den Buggy über den Weg.

Da bleibt mir wohl keine Wahl, wenn ich Ellen nicht vor den Kopf stoßen will. Außerdem wollte ich ohnehin einen Kaffee trinken. Ich sehe Ilina an, und ich fürchte, ein heimliches Flehen liegt in meinem Blick, denn noch bevor ich sie frage, ob sie auch möchte, sagt sie: »Kommt mir ein Kaffee gerade recht.« Sie wirft einen Blick auf die Armbanduhr. »Zwanzig Minuten habe ich.«

Ellen hat den Kinderwagen bereits schräg neben einem kleinen, runden Tisch geparkt. Ilina und ich setzen uns hin, als ein erstes Wimmern aus dem Wägelchen erklingt, und von einer Sekunde auf die andere macht Ellen den Eindruck einer Frau, die komplett aus dem Hier und Jetzt abtaucht. Sie beugt sich über den Kinderwagen und hebt vorsichtig ihr Baby heraus, das mit einem »Plopp« seinen Schnuller ausspuckt. Ich will schon mit einer hastigen Bewegung danach greifen, als ich sehe, dass er an einer bunten Holzperlenkette baumelt. Die Mutter drückt das Baby an sich, Wange an Wange, und obwohl sie in meine Richtung schaut, bemerke ich, dass Ellen wortwörtlich nichts sieht. Ein eigenartiges Gefühl überkommt mich plötzlich und unerwartet – ist es Rührung? Schließlich trage auch ich heranwachsendes Leben in mir.

Ellen lässt sich auf den Stuhl sinken, bringt in einer einzigen Bewegung das Kind in die richtige Position und gibt ihm die Brust. Sofort entspannt sie sich und kehrt mental wieder zur Erde zurück. Sie lächelt uns an. »Was möchtet ihr? Ich gebe einen aus.«

Wenige Minuten später kämpfe ich innerlich gegen eine Panikattacke an, denn in meinem Kopf formt sich in mindestens zwei Tonlagen die Frage, ob ich es hinbekommen kann, in der Öffentlichkeit meine Kinder zu ernähren. So? Und dann gleich zwei?

»Lucy, träumst du?«

Ich zwinkere und wende den Blick von dem saugenden Symbionten an Ellens Brust ab. Ellen und Ilina sehen mich abwartend an.

»Ähm ...«

Warum grinst Ilina? Erst als Ellen loslegt, wird mir klar, dass ich wohl einen ausführlichen Vortrag verpasst habe, den sie gehalten hat. »Hast du mir überhaupt zugehört? Wie ich dir gerade erklärt habe, ist Stillen das Praktischste, was du dir denken kannst.« Sie legt sich eine Mullwindel über die Schulter, nimmt das Baby hoch und tätschelt ihm den Rücken. Meine Antwort wartet sie gar nicht erst ab, sondern spricht sofort weiter. »Es ist schön, wirklich. Wenn es sich mal eingespielt hat, ist es schön.«

»Bei mir werden es aber zwei Säuger sein«, wage ich zu bedenken zu geben.

»Aber du bist nicht allein, du hast Frank an deiner Seite ... dass ihr Zwillinge bekommt, weiß er ja wohl?«

Ilina lässt ihre Blicke von Ellen zu mir wandern, sie kann ihr Feixen nicht unterdrücken. Ich spare mir eine Antwort.

»Möchtest du sie mal halten? Sie ist nach dem Trinken meistens gut gelaunt.« Schon steht Ellen auf und reicht mir das Baby über den Tisch. Keine Chance, abzulehnen. Ungeschickt springe ich hoch und nehme das Bündel entgegen. Es ist das erste Mal in meinem Leben, dass ich ein Baby in den Händen halte. Ich weiß nicht, wie ich sie anpacken soll, aber Ellen setzt sich einfach. Sie ist erstaunlich unaufgeregt, mir unerfahrener Person ihr Wichtigstes anzuvertrauen. Was, wenn ich es kaputtmache?

Das Baby schaut mich mit riesigen Knopfaugen in einer undefinierbaren Farbe an. Es hat ein Strickmützchen auf dem Kopf, ich kann seine Haare nicht sehen. Der Mund und die Nase sind so winzig! Überhaupt ist alles an Lily winzig, und ich wundere mich über das Gewicht, das mir nicht zu ihr zu passen scheint. Endlich beschließe ich, sie so zu halten, wie Ellen es gerade vorgemacht hat. Das Baby ist ja wach, also lege ich es mir an die Schulter. Sein Geruch löst in meinem Hirnstamm irgendwas aus. Ich fühle eine unglaubliche Zärtlichkeit diesem fremden Kind gegenüber.

Das Köpfchen wird schwerer, und ihr gleichmäßiger Atem verrät mir, dass sie einschläft. »Ellen, nimm du sie wieder.« In dem Moment, in dem ich aufstehe und mich vorbeuge, damit die Mutter mir das Kind aus den Armen nehmen kann, rührt das Baby sich. Es macht einen Ton, und ich spüre, wie der Kragen meiner Winterjacke nass wird.

»Ups!« Ellen lacht und nimmt Lily. Das Baby schläft einfach weiter, als hätte es mir nicht gerade meine Lieblingsjacke vollgekotzt. Das gibt Punktabzug. »Aber jetzt erzähl mal. Wie weit seid du und Frank denn mit euren Planungen?«

»Planungen?«, echoe ich schwach.

Ich mag Ellen sehr, ohne Zweifel. Aber bislang kümmerte sie sich ausschließlich um den Dieter, die Trennung von Frank und die Vorbereitungen auf die Geburt. Ich war bisher nie in ihrer Schusslinie, und solange es nicht um mich ging, konnte ich über vieles lachen, was sie von sich gab. Oft erfuhr ich erst durch Frank von ihren Aktionen, und ich musste ihr teilweise Respekt zollen für ihre Schlagfertigkeit. Dadurch, dass wir beide in einem Chor singen und immer gemeinsam zu den Proben fahren, ist eine lockere Freundschaft zwischen uns entstanden. Trotzdem: Ich habe keinerlei Ambitionen, meine Beziehung zu ihrem Exmann mit ihr zu erörtern.

Als in meinem Kopf zwei Stimmen anfangen, mir Vor- und Nachteile meiner Beziehung zu nennen, stülpe ich schnell den Deckel über den geistigen Kübel, in dem all das vor sich hinbrodelt, was mir an meinem geliebten Kriminalkommissar den letzten Nerv raubt. Entschlossen schiebe ich mehrere innere Bilder zur Seite: seinen ewigen Schmutzwäschehaufen auf und neben dem Stuhl, die Plattensammlung auf dem Sideboard, die meinen Gildeclowns ihren Lebensraum streitig macht, seine in der gesamten Wohnung verteilten Schuhe und die *ächz* stets offene und deformierte Zahnpastatube im Bad. Und das alles in meiner kleinen Wohnung! Meine Näh-Orgien haben die Situation natürlich nicht gerade einfacher gemacht.

»Also, ich kann dir nur sagen, wenn du in Frank einen echten Partner haben willst, musst du früh anfangen, ihn zu erziehen.«

Bei ihrem letzten Wort bleibt mir der Schluck Kaffee im Hals stecken, den ich gerade genommen habe. Mein Hustenanfall erspart es mir, darauf zu antworten.

»Ich kenne ihn. Er braucht ewig, um sich auf Veränderungen einzustellen. Wenn das Kind erst mal da ist, sind alle Versprechungen verpufft. Das Baby ändert alles.«

Ich runzle die Stirn. Ilina neben mir hat den Rücken durchgestreckt. Wahrscheinlich weidet sie sich an der Realsatire, die vor ihren Augen abläuft.

»Zuerst häkeln und stricken sie noch Mützchen und versprechen, dass sie nachts aufstehen, wenn das Baby weint. Aber glaub mir, bei den Kerlen klappt das mit dem Mutterinstinkt nicht so. Die ticken anders.« Ellen hat angefangen, den Buggy zu schaukeln. Ihre Bewegungen werden mit jedem Satz heftiger. »Aber der Herr ist ja zu müde von der Arbeit und den Kursen, die er hält. Der kriegt es gar nicht erst mit, wenn die Kleine sich vollgekackt hat und rumbrüllt wie eine Sirene.« Der Buggy wippt bedrohlich auf und ab. Ich sage nichts, spüre nur Ilinas Hand, die sich auf mein Bein gelegt hat und ab und an zudrückt. Ich kann ihr Verhalten nicht genau interpretieren, zu sehr bin ich von Ellen gebannt, deren Gesicht jetzt nicht mehr fröhlich und zufrieden wirkt.

»Und der Dieter ist ein *guter* Vater!« Sie wird laut, anscheinend muss sie sich selbst davon überzeugen. »Was meinst du erst, wie das mit Frank wird? Bereite ihn darauf vor, sag ihm, dass du es allein nicht schaffen wirst. Er soll Überstunden sammeln und nach der Geburt so lange frei machen, wie er kann. Du musst ihn mit zur Geburtsvorbereitung nehmen, er muss lernen, wie das geht. Du kannst dich nicht um zwei Babys gleichzeitig kümmern.« Sie hält einen Moment inne. Lily wimmert jetzt, und Ellen steckt ihr grob den Schnuller in den Mund. Ihr ist gar nicht aufgefallen, wie paradox ihr letzter Satz klingt; *natürlich* werde ich mich um zwei Babys kümmern müssen!

Ilina hat zwischenzeitlich die Kellnerin herbeigewunken und zahlt unsere drei Kaffee. Sie nimmt meinen Ellbogen. »Lucy, wir müssen. Ist es höchste Zeit, Dürrbier wartet.«

Ellen ruckt mit dem Kopf hoch. »Arbeitest du wieder? Ich dachte, du bist noch in Behandlung. Auch so ein Thema. Unterstützt er dich darin?«

Ich fasse nicht, was mit Ellen passiert. Dankbar lasse ich mich von Ilina hochziehen. »Ja, ich arbeite wieder. Danke für deine guten Ratschläge, aber bitte heb sie in Zukunft auf, bis ich dich danach frage.«

Erst als wir um die nächste Ecke gebogen sind, erlauben Ilina und ich uns, lauthals loszulachen.

»Dachte ich immer, Horrorliste auf Arbeit ist für dich das Schlimmste.« Ilina zieht ihre aristokratischen Brauen hoch, und dieses Mal höre ich deutlich einen Abklatsch der gewohnten Geringschätzung. »Aber nein, ist dein Leben noch viel gruseliger.« Mich überläuft ein Schauder bei ihren Worten.

Ich begleite Ilina bis zur *Mediaboutique*, weil ich meinen Wagen eh auf dem Großen Markt geparkt habe. Sie erkennt meinen Twingo und deutet mit dem Kinn in seine Richtung.

»Falls du willst kaufen neues Auto, würde ich übernehmen die Nuckelpinne.«

Ich zucke nur mit den Schultern und blicke an der Front des großen Gebäudes hoch, Ilina folgt meinem Blick. »Tja, wirst du bald wieder jeden Tag herkommen. Ach, fällt mir ein, hast du heimlichen Bewunderer.« Sie bleckt in einem Grinsen wie in ihren besten Zeiten die Zähne, eine Augenbraue possierlich hochgezogen.

Ich runzle die Stirn. »Wie meinst du das? Was für einen Bewunderer?«

»Ist Gedicht in *Mediaboutique* für dich angekommen.« Sie malt Anführungszeichen in die Luft. »›An holde Lucinden‹ steht darüber.« Sie lacht schnaubend, ihre Augen blitzen vor Vergnügen. Also ist sie doch noch die eher niederträchtige Person, als die ich sie kennengelernt habe.

Ich verdrehe die Augen. Mein Name in voller Länge ausgesprochen ist schon schlimm genug, aber noch ein -n drangehängt? Wer macht denn sowas?

Ich starre noch immer Ilina an, und tief in mir drin wird ein Erinnerungsschnipsel geweckt, aber ich finde keine konkrete Info, um welche Art von Erinnerung es sich handelt. Das beunruhigt mich eine Sekunde, weil ein eigenartiges Gefühl damit verbunden ist, aber dann straffe ich die Schultern. Wahrscheinlich weckt die Tatsache, dass mir jemand ein Gedicht geschickt hat, eine Assoziation zu einem meiner früheren Freunde, und ganz im Ernst? Die können mir gestohlen bleiben. Also zucke ich mit den Schultern. »Ich weiß von nichts.«

Ilina mustert mich einen Moment, dann zuckt sie ebenfalls die Achseln. »Macht nichts, ganze Büro freut sich darüber.«

»Wieso das denn?«

»Weil Dürri hat ausgedruckt und an Wand gepinnt. ›Gebenedeit der Tag, der Mond, das Jahr‹, so fängt an, aber kann ich nicht weiter, muss ich immer schon lachen nach erste Zeile.«

Ich verziehe den Mund. »Was ist das denn?«

»Ach, ist doch nur Lyrik. Und anscheinend schon sehr alt.« Sie blickt auf die Uhr an der Ludwigskirche. »Ich muss rein. Bis Montag, Lucy! Freue mich, dass du wiederkommst.«

***

An diesem Morgen fällt der Blick von Kriminalkommissar Frank Kraus beim Betreten seines Büros auf den Schreibtisch, der dem seinen gegenüber steht und seit mehreren Wochen verwaist war. Jetzt steht eine blau blühende Topfpflanze darauf, und ein Stapel Aktenmappen liegt neben der Computertastatur. Dann entdeckt er die Snoopy-Tasse neben dem Bildschirm und weiß, wer sich hier eingerichtet hat: Tina Kunz, die im letzten Jahr noch darunter gelitten hat, dass sie als Kriminalkommissarin bisher nur zuarbeiten durfte. Jetzt erfüllt sich also endlich ihr Wunsch, und sie bildet mit Frank zusammen ein Team.

Es hätte deutlich schlimmer kommen können: Mit Tina versteht er sich richtig gut, sie haben auch früher schon zusammengearbeitet, wobei sie immer die Arbeiten erledigt hat, die man vom Schreibtisch aus durchführen kann. Tina ist eine der wenigen Kolleginnen, die seine Sauklaue entziffern können, was sich besonders beim Berichte-Schreiben als echter Glücksgriff erwiesen hat.

Frank setzt sich und schaltet seinen Computer ein, da kommt Tina herein. Sofort legt sich ein eifriges Lächeln auf ihr Gesicht, das ihm wieder einmal bewusst macht, wie viel jünger sie ist. Trotz ihrer fünfundzwanzig

25

Jahre könnte sie auch noch als Teenager durchgehen. Aber, nun gut, sie ist nicht nur optisch so jung, sondern auch ihrer Lebensweise nach, was sich vielleicht noch als Vorteil entpuppen könnte. Tina ist viel fitter als er selbst in allen Dingen, die mit Social Networking zusammenhängen, und das ist nur *ein* positiver Aspekt. Ein weiterer ihrer Pluspunkte liegt darin, dass sie ein fotografisches Gedächtnis besitzt, was sich in der Vergangenheit schon einige Male als Tüpfelchen auf dem i erwiesen hat – auch im letzten Fall, den Frank noch mit Herbert zusammen gelöst hat.

»Guten Morgen!« Sie stürmt auf ihn zu, sodass er sich unwillkürlich aus seinem Sitz erhebt, um ihre impulsive Umarmung entgegenzunehmen. Sie drückt ihn fest, so wie man es von Familienmitgliedern gewohnt ist – typisch für Tina. »Jetzt hast du mich an der Backe, Frank. Ich freue mich!«

Er muss lachen, schiebt sie von sich und blickt in ihr koboldhaftes Gesicht. Tina erinnert ihn mit ihrer zerzausten Kurzhaarfrisur, deren Farbe alle paar Wochen wechselt, ein bisschen an Kat Schober, Lucys »Rebellenschwester«. »Herzlich Willkommen, Krümel!«

Wie erwünscht, blitzen ihre Augen bei dem verhassten Namen auf. »Don't call it Krümel«, faucht sie, und er muss grinsen, weil sie ihren Tadel in eine Anspielung auf eine Fernsehwerbung für ein Toastschnitzel packt. Tina gleitet hinter ihren Schreibtisch und lässt sich auf den Stuhl fallen, dann greift sie zu der obersten Akte. »Wusstest du schon, dass wir Herbert beerben werden?«

»Wie meinst du das?«, fragt er.

»Du weißt ja, dass er, bevor er in Saarlouis arbeitete, bei der Sitte war?«

»Ach so, ja.« Er zieht die Nase hoch. »Wir bekommen die halbseidenen Fälle. Glücklicherweise gibt es davon hier ja nicht so viele.«

»Hm, tja. Ich muss jedenfalls diese Akten nochmal durchgehen und erfassen, solange es für uns beide keinen neuen Fall gibt.«

Frank tritt neben sie und blickt auf mehrere handschriftlich ausgefüllte Formblätter. Er erkennt Herberts kantige Schrift, die im Gegensatz zu seiner wenigstens leserlich ist – wahrscheinlich auch der Grund, weshalb diese Formulare noch nicht digital erfasst sind. Er verzieht den Mund. »Das bedeutet dann wohl, dass ich den Bericht zu meinem letzten Fall selbst schreiben muss?«

Tina lacht auf. »Ja, das bedeutet es.« Sie sieht zu ihm hoch und zwinkert. »Wollen wir hoffen, dass das Telefon bald klingelt und ich«, ihre Augen strahlen, »mit dir zu unserem ersten gemeinsamen Fall gerufen werde.« Sie reibt sich die Hände. »Ich kann es kaum erwarten. Endlich raus auf die Straße!«

»Da bin ich ganz bei dir. Auf eine gedeihliche Zusammenarbeit, Krümel!« Feixend biegt er sich zur Seite, um dem Wurfgeschoss auszuweichen, das sie in seine Richtung feuert. Erst als er sich gleich darauf bückt, um das Ding vom grauen Büroteppich aufzuheben, erkennt er, was es ist: ein Kronkorken von der Biersorte, die Herbert gern zum Feierabend getrunken hat.

Er wirft ihn in den Papierkorb unter seinem Tisch. »Wollen wir hoffen, dass unser erster Fall ganz geradlinig wird und nichts mit Lucy zu tun hat!«

Tina sieht ihn stirnrunzelnd an, dann kichert sie. »Na, deine Freundin war jetzt zweimal hintereinander in Morde verwickelt, irgendwann muss ja auch mal Schluss sein.«

»Dein Wort in Gottes Hörrohr.«

Sie grinsen sich einvernehmlich über die Schreibtische hinweg an, dann vertiefen beide sich in den Schreibkram. Nach einer halben Stunde wird Frank bewusst, dass er diese neue Konstellation mag. So sehr er Herbert bis zu seinem Fehltritt letztes Jahr als Kumpel gesehen hat, ist Tinas Anwesenheit doch viel unkomplizierter. Heimlich nimmt er sich vor, ihren Wunsch zu respektieren und sie in Zukunft nicht mehr Krümel zu nennen. Sie hat ihr Studium mit deutlich besseren Noten abgeschlossen als er selbst und verdient Respekt. Und noch etwas beschließt er in dieser Sekunde: Es ist an der Zeit, auf den nächsten Schritt in seiner Karriere hinzuarbeiten. Umso mehr, als er bald Vater von Zwillingen wird.

Kapitel 2

Die letzten freien Tage, bevor ich wieder in meine Arbeit einsteige, nutze ich, um mir noch zwei hübsche Hosen zu nähen, die man im Bund der Größe des Bauchs anpassen kann, und um die Babyausstattung für die Zwillinge in meinem Koffer auf dem Schlafzimmerschrank zu verstauen, nachdem ich jedes Teil mit dem Handy fotografiert habe, um die Sachen am Montag Lena zu zeigen. Dort oben ist der Babykram erst mal aus den Füßen. Jetzt, da ich bald wieder ein normales Leben beginne, nerven mich die herumliegenden Nähutensilien, die ich in den letzten Wochen täglich benutzt, aber irgendwie gar nicht mehr wahrgenommen habe. Frank hat erst gestern was von Nestbau gemurmelt und irritiert einen der Stühle freigeräumt, damit er sich neben der Nähmaschine an den Tisch setzen konnte. Aber da es sowieso schon spät am Abend und er sehr hungrig war, habe ich nicht weiter nachgefragt.

Ja, ich gestehe: Ich habe es genossen, mich in Schnittmuster, Stoffproben und hübsche Accessoires für Babykleidung zu vertiefen. Meine neue Sucht habe ich vor mir selbst damit gerechtfertigt, dass wir durchs Selbermachen viel Geld sparen. Okay, gleichzeitig hatte ich auch für nichts anderes mehr Zeit, das gebe ich freimütig zu. Kinderwagen, Kindersitze, Kinderzimmer, größere Wohnung? Das sind alles Dinge, um die man sich später immer noch kümmern kann. Ich bin erst in der siebzehnten Schwangerschaftswoche. Man sieht nicht mal, dass ich schwanger bin. Also, wenn man mich nicht so gut kennt. Sonst schon.

Ich habe gerade den Koffer auf den Schrank geschoben – erstaunlich, wie schwer diese winzigen Kleidungsstücke sind –, als ich die Wohnungstür höre. Das muss Frank sein. In letzter Zeit hat es sich so ergeben, dass ich abends immer ein warmes Essen vorbereitet habe, weil es oft spät wird, bis mein Kriminalkommissar nach Hause kommt. Und da ist mir das bisschen Zeit, das uns noch bleibt, einfach zu schade für Küchenarbeit oder Planungen unserer Zukunft.

»Lucy, bist du oben?« Seine Stimme klingt nach guter Laune.

Sofort wird es in meinem Bauch warm. Wer hätte gedacht, dass sich eine Schwangerschaft positiv auf die Libido auswirkt? Ich jedenfalls nicht.

Vielleicht spielt auch die Angst eine Rolle, dass es mit den etwas akrobatischeren Aktionen, die wir in den letzten Monaten ausprobiert haben, bald vorbei sein könnte, die mich geradezu gierig danach macht, alle Gespräche, die ich mit meinem Liebsten führe, im Bett zu beenden. Allerdings haben wir heute noch nicht gegessen, also steige ich vom Stuhl herunter und trage ihn rasch zu der Treppe, bevor Frank heraufgestiegen ist und am Ende das Mahl als unwichtig deklariert. Denn bei aller Liebe – das geht gar nicht. Schließlich musste ich mir schon meine heißgeliebten Trüffelpralinés und Schokolade abgewöhnen, weil sie mir neuerdings Unbehagen bereiten. Noch dazu sind die Vormittage, was meinen Appetit und meine Fähigkeit, Essen zu genießen, angeht, nach wie vor problematisch. Da kann niemand ernsthaft von mir erwarten, dass ich auf meine Abendmahlzeit verzichte. Egal, wie toll der Sex sein mag: Mit leerem Magen geht das einfach nicht. Frank weiß das, und doch versucht er immer mal wieder, schneller zu sein als ich.

Heute jedoch nicht! Ich halte ihm den Stuhl entgegen, als er die oberste Stufe der Raumspartreppe erklommen hat, und schenke ihm mein reizendstes Lächeln. »Kannst du den bitte runtertragen? Wir können sofort essen.«

Zum Glück versteht er, worum es hier geht, und tut, was ich ihm aufgetragen habe. Kurz darauf lassen wir es uns schmecken.

»Hast du in letzter Zeit etwas von Herbert gehört?« Warum ich Frank ausgerechnet nach meinem Antagonisten frage, ist mir selbst nicht klar, aber anscheinend weckt das Wissen, ab Montag wieder täglich zu arbeiten, auch die Erinnerungen an andere Details meines Alltagslebens.

Frank kaut den Bissen Lasagne fertig und schluckt runter. Seine dunklen Brauen haben sich über den warmen, braunen Augen leicht gehoben. Ich muss mich beherrschen, nicht mit meinem Zeigefinger das Tröpfchen Soße in seinem Mundwinkel aufzutupfen. Bevor er antwortet, leckt er es selbst ab. Verstörend, dass ich diese simple Geste als warmes Gefühl unterhalb meines Nabels spüre!

»Nein, warum fragst du?«

»Ich weiß nicht genau. Mit wem arbeitest du denn jetzt zusammen, immer noch mit dieser, wie heißt sie noch?«

»Du meinst die ... Dings. Nein, die ist in Mutterschutz. Aber Tina darf jetzt endlich ran, wir werden in Zukunft ein Ermittlerteam bilden.«

»Tina? Cool, ich mag sie.« Ich muss sofort daran denken, wie sie auf meiner legendären Party letzten Oktober völlig verwirrt auf die Familienbande Schober reagiert hat. Und wie sie mir Ilinas Intrigen gegenüber zur Seite stand. Ja, Tina ist sympathisch. Außerdem kennen die beiden sich schon seit mindestens drei Jahren.

»Ja, ich auch. Sie ist noch ein bisschen übermotiviert, aber das wird sich einspielen.«

»Ach komm, du bist ja nur sauer, weil du ihr dann nicht mehr die Berichte aufs Auge drücken kannst.«

Frank verzieht seine vollen Lippen, dann grinst er entwaffnend. »Deine Kombinationsgabe erstaunt mich doch immer wieder.« Es sieht so aus, als wolle er noch etwas anhängen, aber dann schweigt er.

»Was ich dir noch erzählen wollte«, fange ich an, weil mir in dieser Sekunde wieder einfällt, was Ilina zu mir gesagt hat. »Im Callcenter habe ich anscheinend einen heimlichen Verehrer.«

»Oh nein, nicht schon wieder!«

Etwas pikiert wackle ich mit den Schultern. »Was ist das denn für eine Antwort? Du weißt doch noch gar nichts.«

Er greift mit seiner warmen Hand nach meiner, und ich liebe seine Berührung viel zu sehr, um sie abzustreifen.

»Lucy, sei mir nicht böse, aber mit Verehrern haben wir bisher nur schlechte Erfahrungen gemacht, stimmt's?«

Ich nicke, den Mund zu einer beleidigten Schnute gezogen, und murmle: »Ist das vielleicht meine Schuld?«

Er schenkt mir ein unwiderstehliches Lächeln. »Nur indirekt, weil du einfach so betörend bist.«

»Pff. Herbert war nicht *mein* Verehrer, sondern deiner!« Böse funkle ich Frank an, der eine Grimasse schneidet und seine Gabel neben den geleerten Teller legt.

»Was genau bedeutet denn in diesem Fall ›heimlicher Verehrer‹?«

»Ilina hat mir erzählt, es gäbe da ein Gedicht, vielleicht auch mehrere, die bei Dürri gelandet sind, aber an mich gerichtet waren. Der Verehrer hat also wenigstens nicht meine persönliche Mailadresse.«

Frank legt den Kopf schräg und denkt nach. »Lass uns das mal im Auge behalten. Wer weiß, wer dahinter steckt. Gedichte sind oft nur der Anfang.«

»Der Anfang wovon?«

»Ach, nichts. Wir behalten das einfach mal im Blick, ja? Bist du satt, Liebes?«

Er greift nach meinem leeren Teller und stellt ihn auf seinen, dann steht er auf und räumt beide in die Spülmaschine. Sein Lächeln vertreibt alle Fragen aus meinem Kopf, die ich ihm noch stellen wollte, und als er nach meiner Hand greift, braucht es keine weiteren Überzeugungskünste, um mich nach oben in unser kuscheliges Schlafloft zu locken. Es ist eh schon spät, und nichts ist entspannender als ein Gutenacht-Schäferstündchen mit meinem hinreißenden, attraktiven, ausdauernden, unwiderstehlichen, nimmersatten Kriminalkommissar.

***

Am Montagmorgen fühle ich mich gut gewappnet, als ich das Gebäude der *Mediaboutique* nach fünf Wochen Zwangspause zum ersten Mal wieder betrete, und niemanden erstaunt es mehr als mich selbst, dass ein gerührtes Kribbeln in meiner Brust anwächst, nachdem ich den Lift bestiegen habe. Die Türen schließen sich gerade, da schiebt sich eine grazile Frauenhand dazwischen, wodurch sie mit einem leisen Zischen wieder aufgehen. Ilina huscht neben mich, und mit dem Rücken zu all den Bankern, die im dritten Stockwerk aussteigen, stehen wir einträchtig nebeneinander – fast gleich groß, blond und brünett, und erstaunlicherweise gibt es keinerlei negative Schwingungen zwischen uns beiden. Anscheinend haben sich alle Animositäten, die uns jemals getrennt haben, verflüchtigt. Noch wage ich es nicht, diesem Frieden zu trauen, aber ich erlaube mir vorsichtig, eine Freundschaft mit der Vanilla-Latte-Königin in Betracht zu ziehen. Dass sie bei Weitem nicht so unbedarft ist, wie sie anfänglich glauben machen wollte, habe ich ja längst bemerkt. Und auch Lena hat mir erst neulich in einem Telefonat berichtet, dass Ilina ihr in einer Diskussion mit Dürri darüber, wann wir Mitarbeiterinnen ein Gespräch grußlos beenden dürften, zur Seite gestanden hat.

»Bist du wieder fit?«, fragt sie mich, nachdem die Anzugträger den Aufzug verlassen haben, und ich sehe nur Interesse in ihren Augen.

»Ja, und ich freue mich auf die Arbeit. Auch wenn ich mir auf lange Sicht was anderes suchen will. Aber erst mal ist es schön, euch alle wiederzusehen.«

»Das ist kluge Entscheidung.« Sie lässt ihren Blick zu meinem Bauch wandern. »Solltest du machen schnell, bevor man Babys kann sehen.«

Ausnahmsweise reagiere ich gnädig auf diese Bemerkung, zumal ich das ja auch so sehe. Aber generell mag ich kluge Ratschläge nun mal so gar nicht. Ich nicke einfach, und schon öffnen sich die Fahrstuhltüren zu dem altgewohnten *Pling*.

Als hätte er gewusst, wer kommt, steht Dürrbier da, die Hände im Rücken verschränkt, mit leicht vorgebeugtem Rumpf. Irre ich mich, oder hat sich sein Haarkranz noch weiter Richtung Hals verschoben? Nein, auf *ihn* freut sich keine einzige Faser in mir. Eher weckt sein Anblick einen Fluchtimpuls in meinem Rückenmark. Aber ich bewahre Haltung und erwidere sein Lächeln, in dem er seine von Zigarillo-Rauch und Kaffee gelblich verfärbten Zähne bleckt.

»Welch ein Glanz in unseren heiligen Hallen«, ruft er aus. Ich kann nicht verhindern, dass meine Augen sich bei seinen Worten in Richtung Decke verdrehen. Irre ich mich, oder höre ich die Kolleginnen leise kichern? Mist, mein Hochgefühl wird sofort gedämpft. Ich meine, verstohlene Blicke zu spüren. Trotzdem bemühe ich mich um ein unverkrampftes Lächeln und sehe meinen Chef an.

»Guten Morgen, Herr Dürrbier.« Ohne seine Antwort abzuwarten, schicke ich mich an, den langen Weg durch die Schreibtische der Kolleginnen – die männlichen Mitarbeiter sind natürlich mitgemeint, wie immer – zu meinem Arbeitsplatz einzuschlagen, da packt mich der Chef am Arm. Zum Glück trage ich einen Wollpullover, sodass er nicht meine Haut berührt. Nur mit Mühe ein angewidertes Grunzen unterdrückend, starre ich die knochige Hand an, deren Finger wie mit gelblichem Leder überzogene Klauen aussehen. Überhaupt wird mir in einem irrationalen Gedankenblitz klar, ist alles an Dürri gelb. Fahlgelb. Ekelgelb. Ich schlucke mühsam und frage mich eine Sekunde, ob solche Empfindungen für meine Babys gut sein können. Doch bevor ich mich in einem Gedankenwirrwarr verlieren kann, sorgt mein Kleinhirn dafür, dass ich die Klauenhand durch eine natürlich wirkende Bewegung abschüttle und meinem Chef emotionslos in die Augen blicke.

»Wir heißen Sie herzlich Willkommen, liebe Frau Schober, und freuen uns, dass Sie wieder unter uns weilen. Ihr Arbeitsplatz«, damit deutet er auf meinen Schreibtisch, und ich sehe Lena, die mir dort gegenübersitzt und mir ihr liebevoll-verschwörerisches Lächeln schickt, »und Ihre Kollegin warten schon auf Sie. Und doch«, er macht eine Kunstpause und beeindruckt mich damit nachhaltig, denn Eloquenz hat bisher wahrlich nicht zu Dürris Stärken gezählt, »und doch möchte ich Ihnen zuvor noch etwas zeigen, liebe Frau Schober.« Er betont das Wörtchen »liebe«, das er nun bereits zweimal benutzt hat, was mich hellhörig werden lässt. Immer, wenn Dürri jemanden als »lieb« bezeichnet, geht es ihm einzig und allein um den gesteigerten Umsatz. Und für einen gesteigerten Umsatz kann ich ja nicht verantwortlich sein, da ich fünf Wochen nicht gearbeitet habe. Das Ganze ist also mehr als suspekt. Er will wieder nach meinem Arm fassen, was ich nur durch geschicktes Umgreifen meiner Handtasche verhindern kann, und dirigiert mich nun zu der Wand, an der immer die Mitarbeiterinnen des Monats ausgehängt werden. Ich entdecke neben dem Kasten ein DIN-A4-Blatt und ahne, was das ist. Mit einem nervösen Ziehen im Bauch nähere ich mich dem ominösen Gedicht meines heimlichen Verehrers. Offenbar ist es bisher doch nur eines, oder Dürri hat nur eines aufgehängt. Ilina folgt mir auf dem Fuß, und ich höre ihre leise Stimme die absurden Worte deklamieren, die sie mir schon einmal aufgesagt hatte: »Gebenedeit der Tag, der Mond, das Jahr«, und wieder fängt sie an zu glucksen.

Ich bin nahe genug heran, um die Überschrift entziffern zu können:

An Lucinden

Dürri deutet mit einer großspurigen Geste auf den Bogen Papier. Das nervöse Ziehen wird zu einem Kribbeln, und mit wachsendem Erstaunen lese ich den eigentümlichen Text auf dem Blatt.

Der Segen
Gebenedei't der Tag, der Mond, das Jahr,
Die Jahreszeit, die Stunde, die Sekunden,

Das schöne Land, der Ort, wo mich gebunden,
Wo mich umstrickt der holden Augen Paar:

An diesem Punkt angekommen, bemerke ich, dass Dürri leise mitliest, und überrascht erkenne ich die Begeisterung in seiner Stimme. Ein Seitenblick überzeugt mich davon, dass er diesen Text auswendig aufsagen kann. Ich schlucke, dann lese ich rasch weiter, um mit Dürris Tempo mithalten zu können.

Gebenedei't, das ach! so süss mir war,
Das erste Bangen, dem sich Lieb' entwunden:
Der Bogen und der Pfeil, die ich empfunden,
Die Wunde, die mein Herz trifft immerdar.

Gebenedei't die Worte, die ich ihr,
Der Herrin, ihren Namen rufend, weihte;
Die Seufzer und die Tränen, die Begier:

Gebenedei't sei eine jede Seite,
Die Ruhm ihr gab, und der Gedank' in mir,
Der sie allein nur kennt, und keine Zweite.

In meinem Ohr höre ich immer noch Dürris gedämpfte Stimme, und nur widerwillig gestehe ich mir ein, dass seine Intonation diesem … Sonett? … irgendwie was gibt. Ich begreife sofort, dass es ein Liebesgedicht ist, wundere mich allerdings, dass es mit »Der Segen« betitelt ist. Ich nehme mir vor, im Internet danach zu suchen, weil ich gleich denke, dass es auch berühmt sein könnte. Leider bin ich in dieser Hinsicht nicht sattelfest.

»Wundervoll, nicht wahr, Frau Schober?« Dürris Augen leuchten in seinem gelben Gesicht vor Begeisterung, und für einen wahnwitzigen Moment frage ich mich, ob er es womöglich selbst …? Aber nein, das wäre absurd. Trotzdem vermag ich sein Verhalten nicht einzuschätzen. Was bezweckt er mit seiner Freundlichkeit mir gegenüber? Denn nicht nur, dass er mich jetzt zu meinem Schreibtisch geleitet, er fordert Ilina auch noch dazu auf, mir einen Kaffee an meinen Arbeitsplatz zu bringen.

»Nehmen Sie doch bitte die Lieblingstasse unserer Mitarbeiterin dafür. Die mit der Mohnblume.« Mit diesen Worten entfernt der Chef sich endlich in Richtung seines Büros, und ich atme auf.

»Was war'n das?«, erklingt die warme Stimme von Lena, und sie zwinkert mir über unsere Bildschirme hinweg zu. »Hascht du dem Dürri irgendwas verabreicht?«

Ich erwidere ihr herzliches Lächeln und schüttle den Kopf, während ich meinen PC einschalte und darauf warte, dass sich die Maske öffnet, um mich einzuloggen. »Du, ich habe null Ahnung.« Mit einem Kopfrucken in Richtung der Mitarbeiterwand und des Gedichts spreche ich weiter: »Und was das dort soll, weiß ich auch nicht. Wann ist dieses komische Gedicht denn angekommen?«

Lena blickt nachdenklich zur Seite, dann nickt sie kurz. »Vor einer Woche. Es hängt seit acht Tagen da.«

»Hier, bitteschön.« Ilina ist herangekommen und stellt meine Tasse mit der Mohnblume neben meinen PC.

Mit einem leichten Kopfschütteln reiche ich sie ihr zurück. »Sei mir nicht böse, Ilina, aber ich kann das nicht trinken.«

»Ach, wegen Koffein? Aber hast du doch letzte Woche noch Kaffee mit uns getrunken?«

Lena beugt sich herüber und streckt die Hand aus. »Ich nehm den Kaffee gern.« Sie lacht auf. »Es liegt nit am Koffein, hab ich recht?«

Ilina übergibt Lena die Tasse, dann tippt sie sich nachdenklich mit dem Zeigefinger auf die Oberlippe und mustert mich. Ein Ausdruck des Erkennens zieht über ihr schönes Gesicht. »Ah, weiß ich. Hat der Chef benutzt deine Tasse vor ein paar Wochen. Ist es deshalb?«

Ich nicke. »Genau. Seitdem kann ich mich nicht mehr überwinden, daraus nur einen einzigen Schluck zu trinken. Auch wenn ich mir hundertmal sage, dass sie in der Spülmaschine völlig sauber geworden ist.«

»Bringe ich dir gleich frischen Kaffee«, erklärt Ilina.

»Hm, dein Vanille-Kaffee ist einfach köstlich«, murmelt Lena, die gerade einen Schluck genommen hat. Um uns herum höre ich plötzlich ein warnendes Zischen, das den Lärm der permanent geführten Telefongespräche der Kolleginnen untermalt, und da sehe ich im Augenwinkel die Gestalt, die sich nähert. Woher Dürri weiß, wenn irgendwo ein paar Minuten nicht gearbeitet wird, ist mir echt ein Rätsel – vielleicht spioniert er die Aktivitäten auf unseren Computern aus? Und ich habe bisher nicht einmal nachgesehen, ob es noch Mails zu beantworten gibt, geschweige denn die erste Liste geöffnet, die Dürri mir zugeteilt hat, und die ich abtelefonieren soll. Jedenfalls naht er in seinem typischen Stechschritt heran, der einfach lächerlich wirken würde, wenn der kleine Mann nicht eine frappierende Ähnlichkeit mit Stromberg hätte, dem Inbegriff des intriganten, fiesen Büromenschen. Dadurch erhält seine Gangart etwas subtil Bedrohliches. Sie wissen schon, wie bei diesen kleinen Hunden, die auf den ersten Blick als Wadenbeißer zu entlarven sind. Vor denen muss man sich in Acht nehmen.

Lena stellt rasch ihre Tasse ab, richtet den Blick auf ihren Bildschirm und wählt eine Telefonnummer, was ich daran erkenne, dass sie wenig später freundlich in ihr Headset säuselt, um den Kunden zu begrüßen, der am anderen Ende der Leitung abgehoben hat. Ilina ihrerseits entfernt sich von unserem Schreibtisch, und zwar in die entgegengesetzte Richtung, um nicht am Chef vorbeizumüssen. Ich lege rasch das Headset an, öffne die erste Liste und klicke auf die oberste Nummer. Als Dürri heran ist, ertönt das Freizeichen, und nach dem zweiten Läuten ist jemand dran.

Einer Bemerkung meines Chefs komme ich zuvor, indem ich meine übliche Begrüßung abspule: »Einen wunderschönen Guten Tag, Callcenter *Mediaboutique*, Lucinda Schober am Apparat.« Dürri grinst zufrieden und geht weiter, während ich versuche, meinem ersten Kunden ein Zeitungsabonnement aufzuschwatzen.

Tja, bis zur Mittagspause hat sich trotz des von Ilina gestifteten Kaffees in der Eulentasse (meiner zweitliebsten) in meiner Gefühls- und Gedankenwelt die Erkenntnis festgesetzt, dass ich mir einen anderen Arbeitsplatz suchen muss. Dringend.

Die Pause ist eine Erlösung, und es tut mir so gut, endlich wieder mit Lena zusammen zu den Kasematten zu schlendern, wo wir zu Mittag essen wollen.

»Weißt du, Rouwen meint, ich sollte auch sehen, dass ich von der *Mediaboutique* wegkomme«, sagt sie, nachdem ich ihr erzählt habe, dass ich schon vor Monaten nach einem anderen Job Ausschau halten wollte. Mein Juristenbruder Rouwen, der sich durch die Beziehung mit Lena in einer überraschenden Metamorphose vom überperfektionistischen, gnadenlosen Rechtsanwalt zu einem herzlichen und sensiblen Guten entwickelt hat, rät ihr also das Gleiche? Eigentlich sollte mich das nicht überraschen, da ich weiß, dass Lena im Callcenter ihr Licht definitiv unter den Scheffel stellt – wie ich selbst ja auch. Bei mir war es die Revolte gegen die elterlichen Ansprüche, die mich dazu verleitet hat. Aber auch Lena hat ihr Studium vorzeitig beendet und ist in der *Mediaboutique* gestrandet, allerdings aus anderen Gründen als ich: Sie leidet unter Prüfungsangst, was ihr den Abschluss unmöglich gemacht hat.

»Ehrlich gesagt denke ich drüber nach, wieder ins Modebusiness einzusteigen«, überrascht sie mich mit ihren Worten. Lena ist eine etwas spezielle Art Frau. Früher hielt ich sie für unscheinbar, was aber wohl daran gelegen hat, dass sie sich den gesellschaftlichen Diktaten unserer Zeit gebeugt hatte. Lena ist der Typ, den man als Plus-Size-Model buchen könnte. Und das meine ich ganz ohne Häme. Lena ist eine Wawa-wawumm-Frau, und bloß weil wir in den Medien, in Filmen, Zeitungen und auf Werbeplakaten mit Magermodels vollgespammt werden, schämt jemand wie sie sich ihrer Formen. Ich kann mit meiner eigenen Figur unter der Wahrnehmungsschwelle hindurchtauchen, weil ich weder dick noch dünn, weder groß noch klein bin. Ich bin einfach gut so. (Es hat mich eine ganze Weile gekostet, dazu zu stehen. Mein Traummann und Kriminalkommissar hat mir da sehr geholfen.)

»Modebusiness?«, frage ich überrascht, weil ich nicht den geringsten Schimmer hatte, dass sie damit was am Hut hat. Weil sie noch bis vor einigen Monaten – genauer gesagt, bis sie zum ersten Mal in Kontakt mit dem Haus Schober gekommen ist, in dem Äußerlichkeiten eine eminent wichtige Rolle spielen – auf ihre Kleidung nicht sonderlich viel Wert gelegt hat. Lena kleidete sich unauffällig, was sich inzwischen allerdings geändert hat. Sie ist unglaublich stilsicher, was Muster und Farben betrifft, und ihre Kurven setzt sie perfekt in Szene, ohne dabei auch nur im Geringsten plakativ, herausfordernd oder gar vulgär zu wirken. Ich habe mir heimlich schon so manchen Styling-Tipp bei ihr abgeguckt.

»Ja, ich entwerfe und nähe meine Klamotten wieder selbst. Früher wollte ich Designerin werden, aber das Studium hat mich total entmutigt.« Sie deutet auf das Lokal, zu dem wir gehen wollten. »Das *La Tasca* hat heute Ruhetag. Sollen wir ins *Delphi* in der Bastion VI?«

»Lucy, Lena«, höre ich eine sonore weibliche Stimme, und zum ersten Mal löst sie kein unangenehmes Ziehen in mir aus. Auch Lena wirkt eher erfreut, als sie sich umdreht und Ilina erkennt, die mit raschen Schritten auf uns zukommt. »Darf ich anschließen mich? Wollt ihr essen gehen zur Feier des Tages?«

»Feier des Tages?«, frage ich und warte, bis sie heran ist.

»Erster Arbeitstag.« Ilina grinst entwaffnend. »Wohin wollt ihr?«

»Zum *Delphi*.« Sie schließt sich uns an, und nachdem wir den Anton-Merziger-Ring überquert haben, betreten wir das urige Restaurant in den Gewölben der ehemaligen Festungsanlagen und lassen uns vom Kellner einen Tisch zuweisen.

Unsere Entscheidung für ein Getränk und ein Gericht fällt rasch, und ich frage Lena nach ihren Plänen. »Aber nochmal zu deinen Modeideen. Du willst daraus einen Beruf machen? Was schwebt dir denn vor? Willst du einen Laden eröffnen?«

»Nein, vorerst nicht. Ich will Mode machen und sie im Internet anbieten, verstehst du?«

»Meinst du, das läuft?«, frage ich zweifelnd.

Lena runzelt die Stirn und nimmt vom Kellner ihre Apfelschorle entgegen, um einen großen Schluck zu trinken. »Es ist den Versuch wert, oder nicht? Ich muss mir ein Label schaffen, einen guten Namen.«

»Mode für Mollige?« Ilina grinst, und ich bin mir nicht sicher, ob ich da Überheblichkeit vonseiten der zierlichen, personifizierten Eleganz erkenne. Sie schenkt dem Kellner, der ihr nun ihren Salatteller hinstellt, ein atemberaubendes Lächeln, bevor sie Lena zunickt. »Finde ich eine super Idee.«

»Tatsächlich?«, fragen Lena und ich gleichzeitig.

»Klar. Du hast es drauf.«

Auf dieses unfassbare Kompliment der ehemaligen Zimtzicke schweigen Lena und ich beeindruckt und genießen die ersten Bissen unseres Essens.

»Ich finde, sie hat recht«, sage ich schließlich. »Erstens bist du wirklich gut«, ich deute mit dem Kinn auf den

Hosenträgerrock aus blassrotem, verwaschenen Jeansstoff, den sie heute trägt und um den ich sie ehrlich beneide, »und ich kann mir auch vorstellen, dass dir das richtig Spaß machen wird. Ich finde Nähen nämlich auch total geil.«

Lena legt ihre Gabel zur Seite und schaut mich an. »Du? Seit wann?«

»Ach, ich mache nur Babykram.« Ich winke ab und ziehe verlegen den Kopf zwischen die Schultern. »Und ein bisschen Schwangerschaftsmode. Aber ich entwerfe nicht selbst.« Ich halte inne und schaue zur Decke, mir darüber klar werdend, dass ich mir mal wieder etwas nicht zutraue und es nur deshalb nicht mache. »Also, Ideen hätte ich schon, aber ich traue mich nicht. Schließlich habe ich keine Ausbildung. Und außerdem erledigt sich das ja, wenn die Babys erst mal da sind und ich meine normale Figur zurück habe.«

Damit zücke ich mein Handy, um Lena die Babystrampler, Höschen und Oberteile zu zeigen, die ich genäht habe. Sie quiekt begeistert.

»Lucy, die sind klasse! Und was ist mit den Schwangerschaftssachen? Hast du davon auch ein paar Bilder?«

Darauf zeige ich ihr auch die Pumphosen, die ich für mich selbst genäht habe, und die bis in den Sommer hinein mitwachsen werden.

Sie strahlt mich an. »Daraus machen wir was! Kannst du dir vorstellen, auch Sachen im Partnerlook zu nähen? So Mama-und-Kind-mäßig, meine ich. Wir könnten gemeinsam einen Internethandel aufziehen. Babysachen, Mamasachen, Freundinnensachen. Mode von echten Frauen für echte Frauen, sowas halt. Ich mache meine Kollektionen für Frauen, du machst deine für Babys und Schwangere beziehungsweise Mamas.«

Verdattert starre ich sie an, doch mein Zögern dämpft ihre Begeisterung kein bisschen. »Wie viel Vorlauf brauchst du, um ein paar Teile in mehreren Größen zu machen? Oder«, sie redet sich immer mehr in Begeisterung, während Ilina von ihr zu mir blickt und dabei ihren Salat verspeist, »wir können auch auf Bestellung produzieren. Aber dazu brauchen wir ein paar Teile, die wir zeigen können. Am besten am lebenden Model, also Fotos von dir und von mir. Und vielleicht dürfen wir Ellens Lily auch als Fotomodel nehmen. Dann stellen wir Bilder online und warten, was passiert. Ich kenne ein paar Shops, bei denen man Selbstgemachtes anbieten kann. Das machen wir, Lucy!«

»Ich, ähm ...«, fühle mich überfordert und zögere. »Ich denke drüber nach, okay?« So schnell bin ich nicht im Umschalten, schon gar nicht, wenn es um berufliche Aussichten geht. Sonst wäre ich ja auch längst nicht mehr bei der *Mediaboutique*.

»Solltest du aber machen schnell mit Nachdenken«, erklärt Ilina, die ihren Salat aufgegessen hat. »Ist es jetzt guter Zeitpunkt, um Business zu starten. Wenn du erst mal hast Bauch und dann Babys, wird sein besser, wenn schon ein paar Leute kennen eure Sachen.« Sie wendet sich Lena zu. »Finde ich das wirklich großartige Idee. Macht das.«

Wir reden uns noch eine Weile die Köpfe heiß, weil ich mich immer noch nicht auf den Gedanken einlassen kann und beide mir in den schönsten Farben ausmalen, was für ein großartiges Geschäft aus der Idee entstehen könnte. Am Ende haben sie mich fast überzeugt, und erst als wir das Lokal verlassen, wird mir bewusst, dass meine inneren Zwillinge dazu gar nichts gesagt haben.

Darüber freue ich mich heimlich, als wir zurück ins Callcenter kommen und Ilina mit dem Versprechen, uns einen Kaffee zur Stärkung für den Nachmittag zu bringen, in Richtung Kaffeekabuff verschwindet, während Lena und ich unseren Schreibtisch ansteuern.

Wir sehen sofort die Traube der Kolleginnen, die vor der Mitarbeiterinnenwand stehen und etwas anstarren. Schon bewegen sich meine Füße wie ferngesteuert auf die Wand mit dem DIN-A4-Bogen zu, der dort angepinnt wurde – neben das »Gebebenei't«-Gedicht, das ich noch nicht verdaut habe. Spätestens, als die Kolleginnen auseinandertreten, um eine Gasse für mich zu bilden, ist mir klar, dass es ein zweites Schreiben an mich ist, und dass Dürrbier es ausgedruckt und aufgehängt haben muss.

Und nun muss ich mich doch sehr um Disziplin bemühen, da die inneren Stimmen gerade loslegen wollen, während ich mich dem Text nähere. Wie beim letzten Mal steht »An Lucinden« darüber. Mir wird ein bisschen übel, als ich halblaut lese:

Ungewissheit
Seh' ich dich: nicht seufze ich, noch wein' ich:
Erblick' ich dich: stets meiner Herr erschein' ich;
Und dennoch, war ich lange von dir ferne,
so fehlt mir etwas, seh' ich wen so gerne,
und sehnsuchtsvoll frag' ich mich selber trübe:
Sprich, ist das Freundschaft, oder ist es Liebe?

»What the fuck«, höre ich Lena murmeln und blicke zu ihr. Ihre Stirn ist gerunzelt, als sie meinen Blick erwidert. Ich ziehe die Mundwinkel nach unten und schüttle den Kopf, bevor ich nach Dürri Ausschau halte. Er hat anscheinend nur darauf gewartet, dass ich nach ihm suche, denn schon ist er zur Stelle und sieht mich lauernd an, ohne etwas zu sagen.

»Woher ist das?«, frage ich tonlos.

»Wundervoll, nicht wahr? Es kam heute Morgen per Mail. Leider ohne Absender, sonst hätte ich den Sender gefragt, ob er diese beiden wunderbaren Gedichte selbst verfasst hat. Und ich würde ihm Ihre E-Mail-Adresse geben. So sehr ich diese Lyrik wertschätze, so sehe ich doch ein, dass dies eine Privatangelegenheit ist, liebe Frau Schober.«

»Sind des Wahnsinns Sie?«, erhebt Ilina ihre kräftige Stimme und spricht meine Gedanken laut aus. »Werden Sie auf keinen Fall geben heraus Lucys Adresse. Wäre auch gegen die Datenschutz-Grundverordnung.«

Beeindruckt werfe ich Ilina einen Seitenblick zu. Wie leicht ihr dieses Wort von den Lippen kommt, das ich immer erst nach dreimaligem Anlauf aussprechen kann.

Dürri duckt sich fast unmerklich, dann nickt er in einer ergebenen Geste, die bei ihm wirklich deplatziert wirkt. »Da haben Sie recht, Fräulein Kowalska.« Darauf klatscht er in die Hände. »Und nun alle wieder hübsch zurück an die Arbeit. Wenn unsere *Mediaboutique* solche Post bekommt, bedeutet das, dass unsere Arbeit wertgeschätzt wird, so müssen wir das sehen, nicht wahr? Also bitte, meine Damen – und Herren – steigern

Sie den Umsatz, und vielleicht erhalten wir bald alle solche Liebeslyrik.«

Mit nach wie vor mulmigem Gefühl im Magen drehe ich mich um, da greift Dürris Klauenhand nach meinem Arm, und er streckt mir ein zusammengerolltes Blatt entgegen, das er zuvor hinter seinem Rücken verborgen haben muss.

»Es geht noch weiter, meine liebe Lucinda. Das Gedicht hat noch viele Strophen. Wenn Sie mich fragen: Da ist Ihnen jemand in tief empfundener Liebe zugetan. So etwas erlebt man nicht oft. Sie sollten sich geschmeichelt fühlen.« Für einen Moment erscheint seine Zunge zwischen den trockenen Lippen, ein auf verstörende Art erschreckender Anblick. Entgeistert strecke ich die Hand aus, um das Papier an mich zu nehmen, und abermals formt sich weit hinten in meinem Kopf die bange Frage, ob Dürrbier etwas mit der Sache zu tun hat. Auf die Tatsache, dass er mich mit meinem Vornamen angesprochen hat, gehe ich nicht ein. Ich straffe die Schultern, um seine Hand abzuschütteln zu können, ohne meinen Ekel offen zu zeigen. Schließlich will die Höflichkeit gewahrt bleiben. Mein Kopf jedenfalls fühlt sich an wie mit Watte gefüllt, nachdem ich, zurück an meinem Platz, die restlichen Strophen des Gedichts gelesen habe. Außer der wiederholten Frage »ist das Freundschaft, oder ist es Liebe?« verstehe ich ehrlich gesagt nicht sehr viel.

Schwind'st du dem Blick, will oft mir's nicht gelingen,
Dein Bildnis den Gedanken abzuringen;
Und dennoch fühl' ich manchmal wider Willen,
Dass stets es meine Seele wird erfüllen.

Und wieder thu' ich mir die Frage trübe:
Sprich, ist es Freundschaft, oder ist es Liebe?

Ich litt zuweilen; nicht hatt' ich den Willen,
Zu dir zu gehen, mein Leid dir zu enthüllen;
Doch wie ich planlos nicht des Weges achte,
Weiss nicht, was mich an deine Schwelle brachte;
Und überschreitend sie, frag' ich mich trübe:
Was führt hieher mich? Freundschaft oder Liebe?

Mein Leben gäb' ich für dein Glück zur Stelle,
Für deine Ruhe dräng' ich bis zur Hölle,
Wiewohl mein Herz den kühnen Wunsch nie dachte:
Wenn ich dein Glück, ich deine Ruhe machte!
Und wieder thu' ich mir die Frage trübe:
Sprich, ist das Freundschaft, oder ist es Liebe?

Wenn deine Hand auf meinem Arme lieget,
Fühl' ich in holde Ruhe mich gewieget,
Mein Leben, scheint's, hat leiser Schlaf geendet;
Doch stärk'rer Herzensschlag mich ihm entwendet,
Und macht mich durch die laute Frage trübe:
Sprich, ist das Freundschaft, oder ist es Liebe?

Als ich dies Lied dir schrieb in stiller Stunde,
War Dichtergeist nicht über meinem Munde;
Voll Staunen hab' ich selbst nicht wahrgenommen,
Woher Gedanke mir und Reim gekommen;
Und noch zum Schluss schrieb ich die Frage trübe:
Was hat beseelt mich? Freundschaft oder Liebe?

Erinnerung

Drei Jahre zuvor, Hamburg, 2010

»Leonora?«

Leonie fuhr hoch und sah in das runzelige Gesicht ihres Großvaters, der dicht vor ihren Augen mit den Fingern geschnipst hatte, um ihre Aufmerksamkeit auf sich zu lenken. Nur ihr Opa, Richard Spreulhagen, durfte sie bei ihrem Taufnamen nennen, ohne dass sie ausflippte. Der Alte hatte das Gesicht sorgenvoll verzogen und musterte sie nachdenklich. Inzwischen sah man ihm die fünfundachtzig Jahre an, und Leonie wusste, wie viel Mühe es ihn gekostet hatte, seinem Sohn Theodor, ihrem Vater, die Leitung der von ihm gegründeten Restaurantkette zu überlassen. Jetzt saßen sie im Stammhaus in der Hamburger City, es war spät, und die meisten Gäste hatten das Lokal verlassen, nicht ohne sich beim alten Spreulhagen mit Handschlag zu verabschieden. Leonies Opa war jeden Mittwochabend hier anzutreffen – immer, wenn er sicher sein konnte, dass sein Sohn eines der anderen Lokale aufsuchte. Sie beide, Leonie und der alte Richard, hatten es sich zur Gewohnheit gemacht, mittwochs hier einen letzten Schlummertrunk zu nehmen, wenn es bei Leonie ein langer Arbeitstag geworden war. Deshalb hatte sie auch heute, obwohl todmüde, nochmal im *Spreulhof* vorbeigeschaut.

»Min Deern, wenn du nur in die nächste Woche stierst, kann ich nicht mit dir reden. Wo bist du?«, wollte der Alte nun wissen, und in seinem breiten Lächeln gruben sich die Fältchen um seine hellblauen Augen tief ein.

Sie seufzte. »Entschuldige, Opa, ich bin mit den Gedanken beim nächsten Artikel.« Sie schauderte, als sie an das letzte Gespräch des heutigen Tages dachte, und zog die Strickjacke vor ihrer Brust zusammen.

Der Alte runzelte die Stirn. »Warum hast du dir so eine schwere Arbeit ausgesucht? Sieh dich an, ein bildhübsches, zartes, junges Ding bist du ...«

»Blödsinn«, unterbrach sie ihn. »Meine Arbeit ist nicht schwer, ich sitze die meiste Zeit am Schreibtisch!« Natürlich war ihr klar, dass er das nicht gemeint hatte. Trotzig schob sie die Unterlippe vor. »Außerdem bin ich kein zartes, junges Ding. Oma und du habt in meinem Alter schon euer zweites Restaurant eröffnet, also erzähl mir nichts von *meiner* schweren Arbeit, Opa, das ist nicht glaubwürdig.« Sie legte ihre Hand auf seinen Arm. »Abgesehen davon liegt Mutter mir schon in den Ohren, dass ich mir einen anderen Job suchen soll. Also bitte, fang du nicht auch noch damit an.«

Er wiegte den Kopf. »Deine Mutter macht sich doch nur Sorgen um dich, min Deern. In ihrem Innern wird sie wissen, dass du sehr wertvolle Arbeit machst.« Abermals runzelte er die Stirn. »Aber könntest du denn nicht den männlichen Kollegen den Vortritt lassen? Mädchen, lass die Polizei diese Dinge aufklären. Du könntest über andere Missstände berichten, warum musst du ausgerechnet im Milieu herumschnüffeln?«

Sie lachte trocken auf. »Im Milieu! Das ist fast putzig, wie du das sagst. Gerade weil ich eine Frau bin, und weil ich noch so jung und verletzlich aussehe, vertrauen die Mädchen sich mir an. Aber auch die Kerle reden bereitwillig mit mir. Und keine Sorge«, fuhr sie fort, als sie sah, wie der Alte sie unterbrechen wollte, »ich bin sehr gut vorbereitet. Du selbst hast mich in der Grundschule zu meinem ersten Wing-Chun-Kurs angemeldet. Und dafür bin ich dir auch ewig dankbar. Du siehst also«, sie streichelte sacht über seinen Arm, »alles ist gut. Und ich mache genau die Arbeit, die ich machen will, seit ...« Sie hielt inne und dachte an den Tag ihrer Graduiertenfeier vor zwei Jahren zurück.

»Seit du Mircela kennengelernt hast«, vervollständigte ihr Opa den begonnenen Satz. Er atmete tief ein und aus. »So oft habe ich mich gefragt, ob du heute für andere Medien schreiben würdest, wenn sie ...«, er hielt inne und schluckte. Leonie wusste, dass Mircelas Geschichte ihren Opa damals sehr mitgenommen hatte.

»Wenn sie überlebt hätte«, beendete sie seinen Satz und nickte. »Es gibt einfach zu viele Mircelas da draußen. Und jede einzelne, der ich helfen kann, aus den Klauen der Zuhälter zu flüchten und sich ein normales Leben aufzubauen, bestätigt mich in meiner Arbeit. Und ich weiß, dass du das verstehen kannst.« Sie verdrehte die Augen. »Sogar Mutter versteht es, da bin ich mir sicher. Sie setzt sich doch für die Rechte der Frauen ein, wie sollte sie da etwas dagegen haben, dass ich den Frauen helfen will, die am Rand unserer Gesellschaft stehen?«

Der Alte nahm Leonies Hand von seinem Arm und barg sie in seinen riesigen, warmen Pranken, und für eine Sekunde wünschte Leonie, sie könnte wieder das kleine, glückliche Mädchen sein, das nichts davon ahnte, was manche Männer Frauen antaten. Doch dann sprach er, und seine Worte wärmten sie von innen heraus, obwohl sie ihre Kindheitswelt nicht wiederauferstehen lassen konnten.

»Min Deern, die Welt wäre ein armseliger Ort, wenn es dich nicht gäbe. Und ja, du hast recht und du hast meine volle Unterstützung. Aber versprich mir, dass du immer gut auf dich achtgibst.«

»Natürlich tue ich das.«

Kapitel 3

Ein rhythmisches Summen vom Nachtkästchen her weckt Frank. Er wirft einen Blick auf Lucys Bettseite und sieht, dass sie noch fest schläft, greift nach seinem Handy und klettert gleichzeitig aus dem Bett. Als er den Anruf annimmt, hat er die Hälfte der Raumspartreppe bereits überwunden und flüstert unten »Was gibt es?« ins Telefon.

»Wir sollen zum Campingplatz kommen«, hört er Tinas Stimme. »Männliche Leiche am Saaraltarm. Ein Spaziergänger mit Hund hat den Mann entdeckt.«

Zehn Minuten später trifft Frank auf Tina, die wie er beim Campingplatz parkt und zum Ufer der Alten Saar eilt. Es beginnt gerade erst hell zu werden. Für eine Sekunde fragt Frank sich, wieso jemand bei diesem Kackwetter noch im Dunkeln mit seinem Hund spazieren geht, dann kann er Tina erkennen. Ihre Augen leuchten. »Unser erster Fall als Ermittlerduo«, flüstert sie und verzieht das Gesicht wie ein Kind, das durch das Schlüsselloch ins Weihnachtszimmer späht. Unwillkürlich muss er grinsen.

Wenige Momente später erreichen sie den Fluss, in dessen Nähe die Leiche gefunden wurde. Frank sieht die Kollegen von der KTU, die die Spuren sichern, und ein Stück weit entfernt einen Mann – wohl der Zeuge –

, der in ein Gespräch mit einem Kontaktpolizisten verwickelt ist. Zunächst eilt er, Tina im Schlepptau, zu Ringo Wachs, dessen weißer Overall im Dämmerlicht hell leuchtet.

»Ei Morjn, Frank!« Wachs schiebt mit dem Gelenk seines Mittelfingers die Brille auf seiner Nase nach oben. Die Gläser beschlagen von der Nasenwurzel her, was ihn schrullig wirken lässt. Dann sieht er von Frank zu Tina und zieht die Brauen hoch. »Ui, neues DreamTeam? Das loss ich mir gefalle.«

Tina winkt ab. »Guten Morgen, was hast du für uns?«

Frank schluckt, da sie ihm mit der Frage zuvorgekommen ist.

»Männliche Leiche, Mitte dreißig, Identität unklar. Kä Papiere. Offenbar gab's e Schläjerei. Do sinn Hämatome im Gesicht, die Nas is gebroch. Sieht no Dodschlach oder Körperverletzung mit Todesfolge aus. Aber ganz genau wääß ich es erst in paar Stunne.«

»Und woran ist er gestorben?«, hakt Tina nach. »Eine gebrochene Nase bringt einen ja noch nicht um«, fügt sie hinzu, als Ringo sie mit gespitzten Lippen ansieht. Frank unterdrückt ein Kichern.

»Naja, do isser woll mit der Birn uff e Stein druffgeknallt.« Wachs deutet auf die Blutlache neben dem Kopf des Opfers, die man in der regennassen Erde und bei den Lichtbedingungen mit ungeübtem Auge erst auf den zweiten Blick erkennt.

»Schädel-Hirn-Trauma. Awwer genau kann ich es noch nit sahn.«

»Und wie lange liegt er schon da?« Frank betrachtet das Opfer. Sein durchaus attraktives Gesicht ist durch die geschwollene und blutunterlaufene Nase etwas entstellt, aber sein dichtes, dunkelblondes Haar sowie der Dreitagebart wirken gepflegt. Er trägt einen Wollmantel, der über einer Dark-Denim-Jeans und einem Rollkragenpullover auseinanderklafft, dazu einen Schal. Alles ist vom nächtlichen Regen durchnässt. Frank registriert, dass das Innenfutter des Mantels zu sehen ist, was darauf hindeutet, dass jemand in die Innentasche gegriffen hat. Zudem liegt er mit leicht verdrehtem Becken auf der Erde. Vielleicht hat man auch die Gesäßtaschen seiner Jeans durchsucht. Ein Blick auf die Schuhe verrät Frank, dass er an seiner Garderobe nicht spart: Timberlands, die noch neu wirken. Er deutet auf die Hände des Toten. »Gibt es Kampfspuren an den Knöcheln?«

Ringo Wachs schnaubt. »Also zu deiner erschten Frage: Wahrscheinlich seit gestern Abend, aber wann genau kann ich noch nit sahn. Mit dem Rän unn dem Temperaturabfall letscht Nacht is das schwer, so uff de erschte Blick. Und zweitens …«, er hebt eine Hand des Toten hoch und dreht sie, sodass Tina und Frank sehen, dass seine Knöchel aufgeplatzt und blutverschmiert sind. »Jo, offenbar hat der Kerl sich gewehrt. Sieht wie ein wohlhabender Mensch aus, aber na ja«, er zuckt die Achseln, »Klopperei kommt in de beschte Familie vor.«

Dann richtet er sich wieder auf. Zwei seiner Kollegen bringen einen Transportsarg. »Mir wäre dann soweit fertisch. Wenn du nix dageje hast, packe mir zusamme.«

»Moment«, ruft Tina aus, »ich muss mir noch von allem ein Bild machen.«

»Ei dann mach, ich hann kalt. Mir hann doch schon alles geknipst.«

Frank schüttelt den Kopf zu Ringos Worten, dann geht er genau wie Tina um die Leiche herum und betrachtet den Ort, sieht sich die Schuhabdrücke in der aufgeweichten Erde an und erntet von Wachs ein zustimmendes Nicken, als er sich zu ihm wendet, um danach zu fragen, ob sie erkennungsdienstlich gesichert sind. Tina, die diese stumme Kommunikation verfolgt, entfernt sich ein paar Schritte und leuchtet mit ihrer Handytaschenlampe in die Büsche, die zwischen der Alten Saar und dem Weg wachsen, an dessen Seite der Tote liegt. Sie geht noch einige Schritte weiter, sodass Wachs die Augen verdreht. »Han mir doch alles abgesucht«, grummelt er in Franks Richtung und schlägt sich mit den Händen an die Oberarme. »Mann, ich frier mir hie de Arsch ab.«

Frank verzieht die Brauen und blickt zu dem Mann mit dem Hund. Mit den Worten »Ich rede mit dem Zeugen« entfernt er sich von Ringo.

Der riesenhafte Hund verwarnt ihn mit einem leisen Knurren, als Frank sich seinem Herrchen nähert, einem älteren Mann in Mantel und Hut, unter dem weiße Haare hervorlugen.

»Akki, still!«, hört Frank, wie der Alte die Höllenkreatur in Schach hält, die sich daraufhin lammfromm auf die Hinterläufe setzt. Ein Sabberfaden spult sich von ihren Lefzen herab, und Frank hat das Gefühl eines Déjà vu. Diese Dogge kommt ihm bekannt vor. Doch das ist im Moment nicht wichtig.

»Guten Morgen, Sie haben den Mann gefunden?«

»Ja, ich bin wie immer zu unserer ersten Morgenrunde mit Akki an der Alten Saar lang gelaufen, vorbei am Campingplatz, und da hat Akki angeschlagen. Ich hätte den Mann sonst glatt übersehen. Bin ein bisschen nachtblind, wissen Sie? Habe dann sofort die Polizei informiert und nichts angefasst.«

»Haben Sie sonst irgendetwas Verdächtiges beobachtet?«

»Nein, nichts, aber das habe ich Ihren Kollegen schon zu Protokoll gegeben.«

Frank wirft den Kontaktpolizisten einen Blick zu, die ihm mit einem Nicken zu verstehen geben, dass sie die Personalien des Zeugen aufgenommen haben.

»Gut, dann wäre es das fürs Erste. Ich melde mich bei Ihnen.«

»Frank«, erklingt da Tinas Stimme. Er entlässt den Mann mit einer winkenden Geste und dreht sich um. Tina steht mehrere hundert Meter entfernt auf dem Weg und hält den Arm in die Luft. »Hier ist was. Komm mal bitte her.«

Er läuft zu ihr, gefolgt von Ringo Wachs, der den Kollegen ein Zeichen gibt, worauf diese die Leiche in den Transportsarg heben.

Tina ist in die Hocke gegangen und leuchtet mit dem Handy auf den Wegrand. »Ich glaube, das ist ein Handschuh.«

Wachs geht ebenfalls in die Knie, macht ein Foto von dem Fundstück und hebt es dann mit seinen behandschuhten Händen hoch. »Stimmt.« Tina zieht einen Plastikbeutel aus ihrer Jackentasche und reicht ihn Frank, der ihn öffnet und Ringo auffordernd hinhält.

Mit ein paar gemurmelten Worten lässt der den Handschuh in den Beutel gleiten.

Frank hebt ihn vor seine Augen. »Ein Männerhandschuh aus Mikrofaser, wenn ich das richtig sehe. Den geben wir gleich ins Labor.« Er blickt über die Schulter zu dem Leichenwagen, der bereits davon fährt. »Ihm gehört der wohl nicht. Der Tote ist eher der Typ für Lederhandschuhe.«

»Siehn ich ach so. Alleh dann, ich fahre ins Krankenhaus und mache meine Obduktion. Wenn ich noch was Neues herausfinde, sag ich sofort Bescheid.«

»Schick mir bitte noch das Foto seines Gesichts, damit ich die Betreiber des Campingplatzes befragen kann.«

Tina hat ihre Untersuchungen beendet und kommt zu Frank. »Mal sehen, ob schon jemand wach ist.« Sie nickt mit dem Kinn in Richtung der Rezeption, dann setzen beide sich in Bewegung.

***

Oh mein Gott! Wie würde ich meine Arbeit aushalten, wenn Lena mich nicht auf den Gedanken gebracht hätte, mehr aus meinem Hobby zu machen? Das frage ich mich schon die ganze Woche, wenn ich morgens meine Arbeitsstelle betrete. Deshalb kümmere ich mich mit Feuereifer ums Nähen, seit Lena und ich den perfekten Markennamen für uns gefunden haben. Wir nennen uns *L&L Fashion – Mode von Frauen für Frauen*. Mein Frank, der smarteste Kriminalkommissar in ganz Saarlouis, findet die Idee prima. Zumindest sagte er das neulich, als ich ihm am späten Abend im Bett von unserem Projekt erzählt habe. Ich bin mir sicher, dass er es nicht nur deshalb gesagt hat, weil er zu müde war, um nachzuhaken. Schließlich ist er in letzter Zeit immer müde, wenn wir miteinander sprechen. Und unsere Gespräche sind trotzdem gut, auch wenn sie kurz ausfallen, jedenfalls wenn wir nicht am Tisch sitzen und gemeinsam essen. Momentan wirkt er immer abgelenkt, aber das kenne ich schon. So ist er drauf, wenn er einen neuen Fall hat. Vor ein paar Tagen ist ein unbekannter Toter beim Campingplatz im Stadtpark gefunden worden. Mich gruselt es immer ein bisschen, wenn ich daran denke. Aber na ja, der Campingplatz ist normalerweise ja nicht mein Ziel, und ich will mir die Pausenspaziergänge zur Vauban-Insel bei schönem Wetter nicht vermiesen lassen.

Nun trägt mich die Vorfreude darauf, heute Abend zu nähen, über den Tag in der *Mediaboutique*. Draußen zeigt der Februar sich schon seit Tagen von seiner miesepetrigsten Seite, und sogar Saarlouis wirkt bei diesem Wetter und den Temperaturen düster, trostlos und langweilig. Ich aber denke an den entzückenden, fröhlich bunten Baumwollstoff in meiner Tasche, den ich Lena in der Mittagspause gezeigt habe, und aus dem ich eine Kollektion Babyhöschen herstellen will.

Um die Liebesgedichte, die Mister Unbekannt mir geschickt hat, habe ich mich hingegen nicht weiter gekümmert. Dazu fehlt mir einfach die Zeit. Immer wenn ich mich zu Hause an den Laptop setze, um mit der Textsuche nach dem Ursprung der Gedichte zu suchen, muss ich erst mal meine Mails checken, dann muss ich mich um die Homepage kümmern, die Lena und ich uns letzte Woche gebaut haben, und an der noch einiges zu tun ist. Sie muss sinnvoll gegliedert sein, damit unsere Kunden auf den ersten Blick erkennen, wo sie Mode für Babys, für werdende Mamis, für fertige Mamis und für alle anderen Frauen finden, das leuchtet doch jedem ein.

Dann müssen wir Fotos einstellen, auf denen unsere Teile zu sehen sind. Bisher geben wir uns mit Bildern ohne Models zufrieden, aber wir haben vor, bald auch Mode am Objekt zu zeigen. Um dem Datenschutz Genüge zu tun, werden wir Fotos ohne die Köpfe der abgebildeten Personen (auch unsere eigenen) verwenden. Das war ein Tipp von Ilina, die sich mit diesem Kram gut auskennt. Außerdem finde ich die Idee schlicht genial, weil ich mich nicht im Internet zeigen will – außer vielleicht auf einem Schnappschuss von Lena und mir für die »Über uns«-Seite.

Kurz und gut, ich habe viel zu viele andere Dinge zu tun, um mich mit altmodischen Liebesgedichten zu befassen. Außerdem glaube ich nicht, dass es wichtig ist. Diese Gedichte sind harmlos, und so wie sie klingen, stammen sie eh von irgendeinem alten Mann, der weiß, dass ich in Saarlouis bei der *Mediaboutique* arbeite, aber das war's auch schon. Was ist schon dabei?

Obwohl mich die Arbeit im Callcenter nur noch nervt, ist es heute ein guter Tag, denn ich habe einen Lauf! Ja, ich hatte vor der Mittagspause schon mehrere gute Abschlüsse. Vor allem das Kleinkindspielzeug geht heute gut, aber auch Wein ist sehr gefragt, liegt vielleicht am Wetter. Und dieser Lauf hat sich nach der Pause bis zum späten Nachmittag weiter fortgesetzt. Deshalb dränge ich alle Gedanken, die ich mir gerade über die Gedichte gemacht habe, im Kopf nach hinten und wähle die nächste Nummer, die auf der Liste steht.

»Ja«, meldet sich eine sehr dunkle männliche Stimme, und ich muss wohl fürchterlich abgelenkt sein, denn ich erkenne sie nicht auf Anhieb. Allerdings habe ich sie auch schon sehr lange nicht mehr gehört, dafür hat Dürri gesorgt. Und dummerweise habe ich nicht auf die Liste geachtet. So spule ich nichts ahnend meinen Begrüßungsspruch ab.

»Einen wunderschönen guten Tag, hier ist Lucinda Schober von der *Mediaboutique* Saarlouis, spreche ich mit …«, ich schaue endlich auf den Namen neben der Telefonnummer, und noch bevor Tymon Nowak mich unterbricht, läuft ein Schauder durch meinen ganzen Körper.

»Lucinda«, knurrt er mit dieser Stimme, die mich in meine nächtlichen Träume verfolgen wird. »Sind das tatsächlich Sie?« Irre ich mich, oder hat Herr Nowak, der »Hengst von Hamburg«, an seinem Akzent gearbeitet?

Ich stoße ein helles Lachen aus, das frappierend an das Quieken eines Schweinchens erinnert, und atme vorsichtig ein und aus, um die Zwillinge zu beruhigen, und mit ihnen auch mich selbst. Solche Aufregung kann für die Babys nicht gut sein, auch wenn es erst die achtzehnte Schwangerschaftswoche ist. »Guten Tag, Herr Nowak, wie geht es Ihnen?«, sage ich das Erste, was mir einfällt. Warum, zum Geier? Er wird denken, ich wolle mit ihm plaudern.

»Oh, habe ich so lange nicht mehr gehört deine Stimme, Kätzchen! Wie ich mich freue. Jetzt geht es mir gut. Was bietest du mir an?«

Warum hört sich eigentlich alles, was Herr Nowak sagt, wie ein Flirt an? Lena hat an meinem Tonfall wohl bemerkt, dass etwas nicht so läuft wie gewünscht. Ihre Augen tauchen oberhalb unserer Bildschirme auf. Ich ziehe eine unglückliche Grimasse, um auf ihren fragenden Blick zu antworten. Dann klicke ich auf das Weinsortiment. Herr Nowak hat mir zwar schon die verrücktesten Dinge abgekauft, aber das war meinerseits nicht ganz seriös, weil ich seine Vorliebe für meine Stimme damals schamlos ausgenutzt habe. Deshalb bin ich für ihn das »Kätzchen mit der geilen Stimme«. Oh, wie peinlich diese Erinnerungen sind! Wie konnte es geschehen, dass Tymon Nowak wieder auf meinem PC gelandet ist? Dürrbier hatte doch auf Anweisung meines Kriminalkommissars sämtliche Horrorlisten aus meiner Reichweite entfernt.

Kurz zu den Horrorlisten: Unser Chef hat für jedes Bundesland eine eigene angelegt. Darauf versammeln sich die Namen der schlimmsten Kunden – derjenigen, die am Telefon unhöflich bis beleidigend werden. Diese Horrorkunden sind leider nicht immer diejenigen, die nichts kaufen, im Gegenteil, und nur deshalb bleiben sie in unseren Karteien, eben auf den Horrorlisten. Immer wenn eine Mitarbeiterin besonders viele Abschlüsse hat, bekommt sie eine der Listen, weil Dürri mit seinem kranken Weltbild der Meinung ist, dass wir dann *besonders motiviert* sind. Na, jedenfalls könnte das der Grund sein, weshalb ich jetzt den Mann an der Strippe habe, mit dem ich nie wieder sprechen wollte, und das aus mehreren Gründen.

Zum Ersten, weil er mich mit seiner tiefen Stimme einschüchtert, zum Zweiten, weil er sich selbst als »Hengst« bezeichnet und damit Dinge andeutet, mit denen ich mich nicht beschäftigen will. Zum Dritten, weil ich vor einigen Monaten in einer Anwandlung von Geistesumnachtung bei einem Gespräch auf seinen anzüglichen Tonfall eingestiegen bin und mich dazu hinreißen lassen habe, mit ihm so zu sprechen, wie es die Damen diverser Sex-Hotlines tun. Zwar habe ich bei jenem Gespräch so viel verkauft wie nie zuvor und nie danach, aber ich habe mir geschworen, so etwas nie wieder zu tun. Den kurzen Spaß, den ich bei jenem legendären Telefonat durchaus empfand, habe ich hinterher bitter bereut, zumal er mir ein schlechtes Gewissen meinem Liebsten gegenüber bescherte.

Ich konzentriere mich also darauf, den verlogen-sinnlichen Tonfall zu unterdrücken, in dem ich sonst mit den Kunden spreche, und benutze meine normale, sachliche Stimme, um ihm den Wein schmackhaft zu machen.

»Herr Nowak, wie ich sehe, haben Sie seit Langem keinen Wein unserer Handelspartner mehr bezogen. Darf ich Ihnen diesbezüglich ein Angebot unterbreiten?« Obwohl das der normale Duktus unserer Verkaufsgespräche ist, wird mir, noch während ich die letzten Worte ausspreche, klar, dass jemand, der so drauf ist wie Herr Nowak, sie mir im Munde umdrehen wird.

»Ja, unterbreite mir dein Angebot, Lucinda.«

Ich tue so, als registriere ich das brünftige Tremolo in seiner Stimme nicht, und spreche einfach weiter, zu spät bemerkend, dass ich ausgerechnet das Angebot unseres humorvollsten Weinhändlers geöffnet habe. Nicht! Mir steigt die Hitze in die Wangen, während ich Tymon Nowak Weißweinsorten aus der Mosel-Saar-Ruwer-Region anbiete. Ich ärgere mich, dass ich nicht einfach die Seite des Weinhauses Pethgen ausgesucht habe, dessen Weine ich liebe, und deren Bezeichnungen nicht anzüglich sind. Tja, habe ich aber nicht, und einmal begonnen, muss ich natürlich weitermachen. Ich sehe im Augenwinkel, wie Lenas Stirn über dem Bildschirm sich in Falten legt – vermutlich schneidet sie eine mitleidsvolle Grimasse, weil ihr die aufsteigende Röte meiner Wangen genauso wenig entgeht wie die Namen, die ich Nowak gegenüber abspule. Ich verdanke es ausschließlich der toughen Hälfte in mir, dass ich mich nicht komplett verheddere, womit ich mich noch mehr zum Opfer des Hengstes machen würde.

»Rüdigers Rebenlust‹ ist ein fruchtig-herber Riesling, den Sie am besten gut gekühlt genießen. ›Susis schäumende Sinnenfreude‹ ist ein halbtrockener Winzersekt, der bei den Frauen sehr beliebt ist ...«

»Wie heißt der Sekt, sag das nochmal, Kätzchen.«

»Susis schäumende Sinnenfreude«, wiederhole ich, peinlichst darauf bedacht, nicht zu lispeln. Wer zum Geier denkt sich solche Bezeichnungen für Sekt aus?

»Magst du es halbtrocken, Lucinda?«, unterbricht der Hengst mich abermals. »Schäumende Sinnenfreude gefällt mir.«

»Ich, ähm ...« Verflixt, was tun? Mir dämmert, dass ich den Hengst schröpfen könnte, wenn ich es wollte. Ich habe es in der Hand, zur Mitarbeiterin des Monats gekürt zu werden, wird mir als nächstes klar. Innerhalb von Sekundenbruchteilen kämpft es in mir: zwei imaginäre Frauen gegeneinander, und ich gegen mein schlechtes Gewissen. Die Babys in meinem Bauch schlafen wohl gerade, sie mischen sich kein bisschen ein. Der Gedanke, dass sie nichts von dem mitbekommen werden, was ich jetzt zu tun im Begriff bin, gibt schließlich den Ausschlag. Ich straffe die Schultern und recke das Kinn vor, in schönster Ilina-Manier. Dabei scanne ich mit dem Blick flugs unser Büro nach ihr ab, denn ich erinnere mich noch allzu gut daran, wie Ilina mich das letzte Mal gerügt hat, als ich den Hengst gemolken habe.

Ehrlich, es ist keine Absicht, dass meine Stimme abrutscht, aber ich höre mich in der tiefsten Tonlage antworten, derer ich fähig bin: »Wie ich es am liebsten mag, möchten Sie wissen?«

Er checkt natürlich sofort, dass ich im Begriff bin, auf seinen ungebührlichen Flirt einzusteigen, und hakt ein: »Duze mich, Lucinda, ich bin Tymon. Lass hören mich, wie du aussprichst meinen Namen, Süße.«

Selbst der völlig deplatzierte Kosename kann mich jetzt nicht mehr bremsen. »Tymon«, knurre ich seinen Namen, worauf ich ein leises Stöhnen im Telefon höre. »Halbtrocken ist mir viel zu seicht. Ich mag es *brut*. Keine halben Sachen.«

Er lacht kehlig. »Warum wusste ich das? Gefällt mir. Also bestelle ich Susis schäumende Sinnenfreude nicht. Was du bietest mir anstatt, Lucinda?«

»Da habe ich ›Brunos brutalen Brut‹ im Angebot, einen extrem trockenen Rieslingsekt für Kenner, auch geeignet für Cocktails, um Frauen mit Geschmack zu bezaubern.«

»Also für Frauen wie dich. Bestelle ich davon zehn Kisten. Und Wein, welcher Wein dich bezaubert? Hell und klar, oder dunkelrot wie Sünde?«

Schnell suche ich den teuersten Rotwein heraus. Der stammt zwar nicht aus Deutschland, aber das kann mir ja egal sein. »Dunkelrot und italienisch«, schnurre ich.

»Kennst du Bolgheri, Tymon? Ein wunderschöner, kleiner Weinort in der Toskana.«

»Nein, unglücklicherweise ich war noch nie in Italien. Und du, meine Rosenblüte?«

Ich ignoriere die ansteigende Kosenamendichte und auch die Tatsache, dass Herr Nowak diesbezüglich eine gewisse Fantasie an den Tag legt, und betrachte das kleine Foto auf der Seite des Weinhändlers, das einen wahren Traumort zeigt. »Nein, ich auch nicht. Aber ich möchte dahin.« Zum Glück fällt mir dann ein, dass ich Wein verkaufen und nicht von Zielen für den nächsten Urlaub träumen soll. »Der Wein dieser Region ist berühmt, und ich wünsche mir schon seit Langem, den ›Sassicaia‹ zu probieren. Er soll unwiderstehlich nach roten Beeren, Kräutern und gerösteten Mandeln duften, und am Gaumen entwickelt er eine charaktervolle, herb-würzige und kräftige Textur, mit Früchten, wohlbalancierten Tanninen und reichhaltigen Fruchtnoten«, zitiere ich die Beschreibung auf der Händlerseite. Zielgerichteter hätte ich selbst es nicht ausdrücken können, denn mir ist klar, dass Tymon auf die Reizworte einsteigen wird. Was er auch tut, aber sowas von.

»Mhm«, höre ich ihn genüsslich brummeln, »unwiderstehlich. Erst recht aus deinem Mund, meine Nymphe. Ich stelle mir vor, wie ich den Nektar von deinen Lippen koste.«

Ich schlucke ob der Dinge, die er da andeutet, und schaudere unter einem Prickeln, das von meinem Rückenmark aus hochkrabbelt. Wahrscheinlich sind die Babys in meinem Bauch aufgewacht und beeinflussen meinen Hormon- und Moralspiegel. Vor meinem inneren Auge blitzt das Bild eines Mannes auf, der sich auf einem Sofa rekelt. Ich muss das Geschäft zu Ende bringen, bevor mir der Umsatz durch die Lappen geht, weil ich das scheinheilige Spiel nicht mehr aufrechterhalten kann. Und um die Bilder in meinem Kopf loszuwerden, was ich mir allerdings nicht eingestehen will.

»Und im Finish kommst du in den Genuss eines langen und fruchtig-würzigen Nachklangs«, säusle ich, bevor ich ihm den Preis nenne, schlappe hundertvierzig Euro pro Flasche.

»Eine Kiste davon, und hoffe ich, dass kommt der Tag, an dem du mir gibst aus deinem süßen Mund daraus zu trinken.«

Ich quieke gleichermaßen entsetzt wie erfreut auf und beende rasch den Handel, ohne Herrn Nowak noch weitere Schnäppchen unterzujubeln, denn das würde ich rein von meinem Magen her nicht mehr aushalten, der sich warnend gemeldet hat. Außerdem sehe ich Ilina auf mich zusteuern, die strahlend lächelt und meine Eulentasse in der Hand hält. Erfreulicherweise trägt sie heute eine Pumphose, die ich genäht habe – dieses Modell natürlich nicht für wachsende Babybäuche – und sieht darin sensationell aus. Jung, selbstbewusst, attraktiv. Ihr Lächeln ist echt, als sie an meinem Platz angekommen ist und mir meine Tasse reicht.

Sofort überfällt mich das schlechte Gewissen, weil ich ihre Einstellung zum Umgang mit den Kunden kenne, und rasch klicke ich den Namen des Mannes weg, der soeben Waren im Wert von zweitausend Euro bestellt hat. Tymon Nowak muss einen sehr großen Durst haben, denn zehn Kisten Sekt verkaufe ich sonst nur für Feste.

Gerade reicht Ilina mir meine Tasse, da sehe ich im Augenwinkel jemanden durch den Gang auf meinen Platz zu wuseln, und mir ist sofort klar, dass Dürri in seinem Stalkerbüro den Geschäftsabschluss mitbekommen hat. Sein Gesicht strahlt denn auch wie eine alte Straßenlaterne, deren einstmals helles Licht von Spinnennetzen voller verendeter und halbverwester Fliegen gedimmt wird. Er wirft die Hände in die Luft und rennt dermaßen zielgerichtet auf mich zu, dass Ilina erschrocken einen halben Schritt zur Seite springt und ich mich innerlich wappne, seiner Umarmung – die ich befürchten muss – standzuhalten, ohne mich endgültig zu übergeben. Mein Magen ist durch das unsägliche Telefongespräch mit dem Hamburger Horrorkunden gehörig übersäuert, da geht nichts mehr!

Tatsächlich senkt Dürrbier die ausgebreiteten Arme und beugt sich zu mir herunter, da stolpert Ilina gnädigerweise über ihre eigenen Füße (mir ist klar, dass dies ein Freundschaftsdienst ist) und rammt ihm aus Versehen ihre Schulter gegen die Hühnerbrust, sodass ihm die Luft aus den Lungen entweicht, er zurückprallt und schweratmend stehenbleibt.

»Sorry«, ist Ilinas knapper Kommentar, doch Dürri winkt nur ab. Ilina hat bei ihm Narrenfreiheit. Ich muss sie bei Gelegenheit fragen, wie sie das macht, denn sie hält ihn immer geschickt auf Abstand, egal, wie er sich ihr zu nähern versucht.

»Liebste Lucinda«, bricht es aus Dürrbier heraus, und ich schlucke heftig an der Magensäure, die mich bedroht. Da erkennt er, dass das nicht die korrekte Anrede seiner Untergebenen gegenüber ist. »Sehr verehrte

Frau Schober meine ich natürlich, bitte verzeihen Sie mir den Fauxpas. Aber ich bin begeistert!«

Er greift nach meiner Hand und zieht mich vom Stuhl, obwohl ich noch das Headset trage, das mir auch prompt vom Kopf rutscht und auf die Tastatur knallt.

»Meine lieben Mitarbeiterinnen, soeben hat unsere Lucinda Schober«, langsam kann ich meinen Namen nicht mehr hören, und ich zische ihm deutlich »Lucy« zu, was ihn kurzzeitig irritiert. Er blickt mich stirnrunzelnd an, dann nickt er. »Lucy Schober, natürlich. Ihre Kollegin Lucy Schober hat soeben Wein und Sekt im Wert von annähernd zweitausend Euro verkauft.«

Peinlich berührt erkenne ich, dass ihm Tränen in die Augen steigen.

Ein Raunen geht durch den Saal, und ich fühle mich mies, weil ich den Verkauf auf eine Art und Weise erreicht habe, für die ich mich schäme. Hoffentlich erfährt Ilina nicht, was da gelaufen ist, sonst zieht sie mir die Hammelbeine lang. Als ob es sie was anginge.

»Welcher Kunde war das?«, fragt Ilina tatsächlich nach. Ich deute ein Kopfschütteln an, doch Dürri hat ja null Feingefühl. Ihm geht es nur um die Zahlen, nicht um die Mitarbeiterinnen, sonst hätte er mir den Hengst ja gar nicht erst auf die Liste gesetzt. Ich frage mich, ob es ein Versehen war, oder ob er das mit voller Absicht getan hat. Jedenfalls posaunt er es in dieser Sekunde für alle gut hörbar heraus: »Tymon Nowak.«

Auch ohne dass er eine weitere Erklärung gibt, weiß jeder, wer gemeint ist. Und während einige der Kolleginnen leise kichern und andere genervt aufstöhnen – vermutlich hatten sie auch schon das Vergnügen –, verzieht Ilina ungläubig das Gesicht. »Haben Sie Lucy die

Horrorliste mit Nowak gegeben?«, fragt sie in fassungslos klingendem Ton. Fällt nur mir auf, dass sie das in reinstem, flüssigem Deutsch sagt? Doch ihr nächster Satz ist wieder so typisch Ilina, dass ich denke, mich verhört zu haben. »Sind noch zu retten Sie?«

»Das ist eine Frage, die ich mir auch schon einmal gestellt habe«, erklingt da die tiefe, angenehme Stimme des Mannes meiner Träume, und mit freudig galoppierendem Puls sehe ich Frank vom Aufzug aus auf mich zu kommen. Er trägt diese unglaublich gut sitzende Jeans und darüber eine Lederjacke und sieht einfach zum Anbeißen aus. Mit gelassenen Schritten kommt er näher, und ich habe das Gefühl, alles geschehe in Zeitlupe, wie in der Werbung mit dem Cola-Mann.

Was für ein Tag!

»Haben Sie Lucy mit Tymon Nowak verhandeln lassen, dem Kunden aus Hamburg?«, will Frank, an Dürrbier gewandt, wissen.

Dieser sieht aus, als würde er noch mehr zusammenschrumpfen, und ringt die Hände. »Es war ein Versehen«, krächzt er dann.

Mit einem Kopfschütteln, aus dem ich herauslese, was mein Schatz von Dürri hält, beugt Frank sich zu mir und haucht mir ein Küsschen auf die Lippen. »Ich bin da, um dich abzuholen. Wir müssen ein paar Dinge besprechen.«

Ich werfe einen Blick auf die Uhr an meinem PC und erkenne erfreut, dass gerade Feierabend ist. Auch meine Kolleginnen packen zusammen, um die Schreibtische für die nächste Schicht zu räumen, die bald dort weitermachen wird, wo wir aufgehört haben. Also logge ich mich rasch aus und packe die wenigen Dinge in meine Tasche, die ich herausgenommen hatte, dann greife ich nach der Kaffeetasse und trinke sie in großen Schlucken aus. Ilinas Kaffee ist zu schade, um ihn auszukippen. Sie nickt und nimmt mir die Tasse ab. »Räume ich weg für dich«, erklärt sie.

Meine Jacke vom Stuhl nehmend, hake ich mich bei Frank unter. Seine Ankündigung, wir hätten etwas zu besprechen, bewirkt nicht mehr so viel Schrecken wie noch vor ein paar Monaten, als ich ihm noch nicht erzählt hatte, dass ich schwanger bin und dass es eine Zwillingsschwangerschaft ist, aber nervös macht sie mich trotzdem. Schließlich weiß man ja nie so genau. Hat sein neuer Fall etwas mit mir zu tun? (Was ja nicht das erste Mal so wäre.) Oder hat ihn eine seiner Phobien überfallen und ihm klargemacht, dass er noch nicht reif für eine Beziehung und eine Familie ist? Oder hat sich etwa meine Mutter bei ihm gemeldet, um ihn darauf hinzuweisen, dass wir noch immer nichts in Sachen größere Wohnung unternommen haben, und er will sich bei mir beklagen?

Wie auch immer, sage ich mir dann, viel wichtiger ist doch, dass er seit Wochen zum ersten Mal an meiner Arbeitsstelle aufgetaucht ist, um mich abzuholen. Pünktlich. Damit zeigt er allen um uns herum, dass wir eine funktionierende Beziehung führen.

»Ach, noch etwas«, sagt Frank zu Dürrbier, »Horrorlisten für Lucy können gefährlich sein. Sie wollen doch nicht, dass es wieder Tote gibt?«

Also ehrlich, diesen letzten Satz hätte er sich sparen können! Das unbeschwerte Lächeln, das er mir

schenkt, als wir im Aufzug nach unten fahren, entschä-
digt mich dann ein kleines bisschen für seinen frechen
Scherz.

Kapitel 4

»Hast du für heute Abend etwas geplant, oder darf ich dich ins *Tapas* entführen? Ich hatte ewig nicht mehr ›Pasta Inge‹, und außerdem brauche ich schnell was zu essen, sonst kippt mir der Giebel um.« Frank feixt bei dieser letzten Formulierung, die so typisch saarländisch ist. Mein Giebel schwankt auch schon bedrohlich, weil die heranwachsenden Symbionten in meinem Bauch nach Nahrung gieren. Tatsächlich hatte ich heute Morgen eine Veränderung an mir bemerkt, die mir erst jetzt, wo ich dicht neben meinem Traummann im Lift hinunterrausche, wieder bewusst wird: keine Morgenübelkeit mehr! Dafür fülligere Brüste, die Frank noch nicht wahrgenommen hat, und Appetit. Appetit auf alles, was gesund ist glücklicherweise, aber einen, der nicht mehr enden will, wie es scheint.

»Da bin ich sofort dabei. Mir würde es heute auch zu lange dauern, wenn ich kochen müsste, ehrlich gesagt.«

So schlagen wir fröhlich den Weg zur Alte-Brauerei-Straße ein und steuern unser Stammlokal an.

»Frank«, höre ich eine helle Stimme rufen, als wir am Eingang der Polizeiwache vorbei sind, und wir drehen uns gleichzeitig um. Tina, die Kollegin von Frank, die neuerdings mit ihm als Ermittlerduo zusammenarbeitet, kommt auf uns zu. »Sorry, ich will nicht stören. Guten Tag, Lucy, lange nicht gesehen.« Damit streckt sie mir die Hand entgegen und schenkt mir ihr offenes Lächeln. Mit ihrem zerzausten, pinkfarbenen Pixie-Cut erinnert sie mich an meine Lieblingsschwester Kat, ihre Augen unterstreichen diesen Eindruck. Ich könnte gar nicht anders, als sie zu mögen.

»Hey, kein Problem. Und? Geht's dir gut?«

Ihr Händedruck ist warm und angenehm fest. »Ei jo. Frank, hast du noch zwei Minuten?« Tina sieht mich entschuldigend an, und endlich kapiere ich.

»Ich gehe vor und suche uns einen Tisch aus. Soll ich Pasta Inge mit Extra Käse für dich bestellen?«

»Ja, bitte. Ich bin gleich bei dir.«

Ich winke Tina zu und schlendere weiter. Im *Tapas* sichere ich uns einen Tisch am Fenster und muss lachen, als ich merke, dass die Bedienung – es ist nicht die traurige junge Witwe von Mark Friskeel – mich kennt. Mit einem Grinsen fragt sie, ob der Kommissar auch kommt, und schreibt dann ganz selbstverständlich unsere üblichen Nudelgerichte auf. Und obwohl ich eben noch dachte, dass mein Appetit sich nur auf gesunde Sachen erstreckt, freue ich mich jetzt auf die Spaghetti mit der deftigen und nicht gerade fettarmen Soße.

Als Frank hereinkommt, wirkt sein Gesichtsausdruck nicht erfreut. Trotzdem bemüht er sich um ein Lächeln, setzt sich über Eck neben mich und bestellt ein Bier.

»Alles in Ordnung?«, frage ich besorgt, denn er schweigt sich aus. Dabei hat er doch angekündigt, dass wir ein paar Dinge besprechen müssen.

Er legt beide Unterarme auf dem Tisch ab und dreht einen Bieruntersetzer, den er vom Stapel auf dem Tisch genommen hat, zwischen seinen schönen, schlanken Fingern. Zwar fasziniert der Anblick mich, wie immer, aber die Tatsache, dass er nervös wirkt, beunruhigt mich auch. Also schiebe ich meinen Arm zu ihm und berühre seine Hand. »Ist etwas passiert?«

»Nein, nein, alles gut. Es knirscht noch ein bisschen im Getriebe, weil Tina und ich uns aneinander gewöhnen müssen.« Er sieht mir offen ins Gesicht. »Es ist halt eine Umstellung, mit ihr zu arbeiten. Sie prescht zu schnell los. Aber das klappt schon. Wir verstehen uns gut.«

»Hm, das hört sich nicht überzeugend an. Also, ich habe kein Problem damit, dass du jetzt mit einer jungen, toughen Kollegin zusammenarbeitest. Vorher, mit dem älteren, kauzigen männlichen Kollegen war es ja letztes Endes nicht so ...«, mir fällt kein passendes Wort ein, ich ziehe die Schultern hoch. »Na, egal. Jedenfalls wird Tina sich ja nicht in dich verlieben und mich dann um die Ecke bringen wollen.« Ich verdrehe die Augen und lache, um ihm klarzumachen, dass es nur ein Witz sein soll. Doch er zieht irritiert die Brauen herunter. Okay, wird mir klar, ihm ist nicht nach Scherzen zumute.

Meine Finger streicheln weiterhin über Franks Hand, und es beruhigt mich, dass er sie nicht wegzieht, sondern im Gegenteil seine zweite Hand auf meine legt, als die Bedienung unser Bier bringt. Meines ist selbstverständlich alkoholfrei.

»Nein, natürlich nicht. Tina ist ein Kumpel, darum geht es nicht. Ich befürchte nur, dass sie den Pathologen und die Leute von der KTU gegen uns aufbringt, weil sie manchmal eine echte Nervensäge sein kann.«

»Oh, du meinst diesen Doktor Wachs? Der ist mir nicht geheuer.« Ich sehe den Glatzkopf vor meinem inneren Auge, den ich im letzten Jahr erlebt habe, als er eine Leiche am Tatort zwischen der Ludwigskirche und dem Callcenter in Augenschein nahm. Nicht meine Art von Humor. Ich könnte mir vorstellen, dass die kesse Tina dem Paroli bietet.

»Jap.« Frank nimmt sein Bier, stößt mit mir an und nimmt einen tiefen Zug. »Könnte stressig werden, vor allem, wenn wir in Zukunft tatsächlich enger mit der ›Sitte‹ zusammenarbeiten sollten. Ich kann mir die Witze schon lebhaft vorstellen.« Er verdreht die Augen. »Ein Erbe von Herbert, auf das ich hätte verzichten können.«

»Du meinst Sexualstraftaten?«

»Genau.«

»Ist euer aktueller Fall denn eine?«

Er schüttelt den Kopf, doch seine Miene sagt mir deutlich, dass er keine Informationen zum Fall preisgeben wird. Das macht es mir ja oft so schwer, seine Stimmungen einzuschätzen. Mit meiner Art neige ich manchmal dazu, seine schlechte Laune auf mich zu beziehen, obwohl das Quatsch ist, wie er mir schon oft genug versichert hat. Anscheinend liest er genau diese Bedenken gerade aus meinem Gesicht heraus, denn er streichelt meinen Unterarm. »Wir wissen noch gar nichts«, sagt er dann, »nicht einmal, wer der Tote ist. Aber das bleibt unter uns.«

Die Bedienung nähert sich unserem Tisch mit zwei vollbeladenen Tellern und stellt sie vor uns ab. »So, bitteschön, und guten Appetit.«

Wir wünschen uns gegenseitig einen ebensolchen und beginnen zu essen. Frank schweigt sich aus, und in meinem Bauch setzt sich ein unsicheres Gefühl fest.

»Frank, du hast gesagt, wir müssten reden?« Ich formuliere es als Frage und sehe ihn auffordernd an.

»Ja. Deine Mutter hat sich heute Morgen bei mir gemeldet.«

Ich stöhne. »Während deiner Arbeitszeit?«

Frank nickt. »Sie hat mehrere Dinge angesprochen, die sie von uns erwartet.«

Ich verziehe das Gesicht. »Lass mich raten: Wohnung suchen, Babyzubehör kaufen, Namen für die Zwillinge aussuchen. Was noch?«

Nun lacht er doch, und es löst die Stimmung zwischen uns sofort. »Ja, all das, aber das Wichtigste hast du vergessen, Schatz. Rate nochmal.«

»Andere Arbeitsstelle suchen.« Ich ziehe einen Flunsch. »Jetzt bin ich in der Mitte der Schwangerschaft. Ist es da sinnvoll, noch Bewerbungen rauszuschicken?« Mir ist klar, dass ich Frank gegenüber zu erkennen gebe, dass ich die Arbeitssuche vorerst ad acta gelegt habe. Andererseits gibt es den neuen L&L-Businessplan. Er atmet tief ein, doch ich rede weiter, bevor er mir auf meine eher rhetorisch gemeinte Frage eine Antwort gibt. »Ehrlich gesagt hat mich der Mut verlassen, nachdem ich im Jobcenter war und dort mit der Mitarbeiterin über meine Möglichkeiten gesprochen habe. Es ist nicht einfach. Ich weiß«, betone ich und hebe beide Hände wie zur Verteidigung in die Luft, »ich habe es schleifen lassen. Und ich ärgere mich am meisten darüber, dass ich nach dem abgebrochenen Studium in der *Mediaboutique* gestrandet bin.« Ich verstumme und lade mir die Gabel mit Spaghetti voll. Irgendwie muss ich doch dieses schale Gefühl loswerden können, das das ewige, leidige Thema in mir geweckt hat. Frank beobachtet mich schweigend. Seine Haselnussaugen blicken … verständnisvoll, wird mir klar. Kein Vorwurf spricht daraus. Seine nächsten Worte sorgen dafür, dass das schale Gefühl verschwindet, als ich die zerkauten Spaghetti runterschlucke.

»Lucy, ich lebe mit dir zusammen, weil ich dich liebe, nicht weil du einen perfekten Lebensplan verfolgst.« Noch bevor ich ihm antworten kann, grinst er auf seine verführerische Art und spricht weiter. »Deiner und Lenas neuer Plan kann ja auch funktionieren, das wünsche ich dir jedenfalls. Aber ich wusste nicht, was ich deiner Mutter antworten sollte. Wenigstens konnte ich sie vertrösten.«

»Vertrösten?« Meine Stimme klingt leicht schrill. »Wollte sie den Sonntagsbrunch wieder einführen?« Der Sonntagsbrunch ist ein Wunschtraum meiner Mutter. Sie lädt regelmäßig ein, aber bisher kommt er – zum Glück! – nicht jede Woche zustande. Tatsächlich hatten wir seit Weihnachten Ruhe, fällt mir auf. Immer konnte jemand nicht, mal Rouwen und Lena, mal Kat und Susa, mal Frank und ich – und einmal sogar A-Mi, meine mustergültige Juristenschwester. Ich habe mich in den Wochen meiner Rehabilitationszeit nicht in der Lage gefühlt, mich meinen Eltern und ihren Vorstellungen über die Art und Weise, wie man sich auf eine Geburt vorbereitet, zu stellen. Meine Babys werden die Ersten in der Familie sein, und entsprechend übermotiviert ist meine Mutter. Das musste ich nach Franks und meiner Ankündigung, dass wir Nachwuchs erwarten, erfahren, und ich verdanke es meinem Psychologen, dass meine Mutter mich nur selten angerufen hat. Nun ja, inzwischen haben sie sicher mitbekommen, dass ich wieder arbeite, und da ist es letzten Endes nur natürlich, dass sie sich bei mir melden. Bei Frank vielmehr, um genau zu sein. Eine Tatsache, die mich verwundert.

Aber vielleicht liegt es auch daran, dass ich mein Handy seit Tagen nicht mehr benutze, weil es mir neulich ins Wasser gefallen ist. Das ist die häufigste Todesursache bei Smartphones. Ich habe mir ein neues bestellt, in der inständigen Hoffnung, dass die SIM-Karte noch brauchbar ist, die ich sofort herausgenommen hatte, nachdem das Unglück passiert war. Noch auf der Toilette.

Wie auch immer, meine Mutter hat also Frank angerufen. Ich hoffe, das Gespräch hat sich nicht über Stunden hingezogen. Andererseits kann Frank, wenn er im Dienst ist, sehr bestimmend sein. Und meine Familie hat sich nach anfänglichen Vorbehalten an ihn gewöhnt. Die Tatsache, dass er bald befördert wird, hebt sein Ansehen in den Augen des Herzchirurgen und der Apothekerin gewaltig. Aber selbst A-Mi, die Franks Charme am längsten widerstanden hat, betrachtet ihn inzwischen als vollwertiges Familienmitglied, nachdem ihm zuerst Kat und Susa, dann Rouwen und schließlich sogar meine Eltern verfallen waren.

»Ja, sie träumt davon, dass die Familie jeden Sonntag im trauten Kreise zusammenkommt«, bestätigt Frank meine Befürchtung. Er zieht die rechte Braue hoch, was mich dazu bringt, ihm ein Luftküsschen zuzuhauchen.

»Ich habe ihr gesagt, dass das nicht gehen wird. Meine eigene Familie hat auch Ansprüche, und wir bräuchten jeden Monat mindestens zwei freie Sonntage. Noch dazu fallen manche weg, wenn ich ermitteln muss.«

»Cool. Hat sie es geschluckt?«

Er spitzt die Lippen, und da fällt mir wieder ein, dass ich aus guten Gründen nicht mehr gern im öffentlichen Raum mit ihm speise. Er ist so verdammt lecker und erreicht mich mit seinen Blicken und Gesten dauernd in den niedersten Gefilden meines Hormonhaushalts. Ich schlucke und atme tief ein und aus. Vielleicht hilft mir diese Atemtechnik auch bei der Geburt, flitzt ein typisch konfuser Lucy-Gedanke durch meinen Kopf.

»Sie hatte keine andere Wahl. Aber als ich *LøL* erwähnte, ist sie fast ausgeflippt.«

Mein Hormonhaushalt ist schlagartig nüchtern (im übertragenen Sinne), und ich stöhne. »Du hast ihr von Lenas und meinem Label erzählt? Wie konntest du nur!«

Er schüttelt den Kopf und hat die Frechheit, schief zu grinsen. »Schatz, du bist damit im Internet, das ist jedem zugänglich. Und außerdem finde ich, dass ihr das gut macht. Wie läuft es denn?«

»Lenk nicht ab.« Ich will ihm nicht auf die Nase binden, dass wir noch keine einzige Bestellung hatten. »Aber wie konntest du das hinter meinem Rücken der Apothekerin erzählen? Du weißt doch, was sie von schlichtem Handwerk hält.«

Bevor er darauf antworten kann, kommen drei Personen durch die Kneipentür herein, und als hätten sie geahnt, dass sie uns hier finden, steuern sie zielstrebig auf uns zu. Vielleicht sollten wir uns ein anderes Stammrestaurant suchen. Hier im *Tapas* habe ich Ellen damals kennengelernt, und danach haben wir oft hier zusammen gesessen. Nur als Streiflicht kommen mir meine sonnengelben Peeptoe-Manolos in den Kopf, mit denen letztes Jahr alles begonnen hat.

Der Dieter trägt das Baby vor dem Bauch. Ellen hat sofort »Lucy, Frank!« ausgerufen, nachdem sie das Lokal betreten hat (sie hat uns sicher schon von außen gesehen) und stürzt auf uns zu. Ein fast unmerklicher Ruck geht durch meinen Herzensmann, und auch ich drücke den Rücken durch. Aber obwohl die beiden etwas anstrengend sind, freue ich mich, sie zu sehen. Sie wirken glücklich, und da der Dieter das Baby heute trägt, vermute ich, dass Ellen sich mit ihm ausgesprochen hat. Ich hoffe, die schlechten Schwingungen, die ich bei unserer letzten Begegnung gespürt habe, haben sich in Luft aufgelöst.

Ellen strahlt wie eh und je, sie ist eine Frau, die man gerne ansieht. Ich stehe auf, um die beiden zu begrüßen, Frank tut es mir gleich.

»Dürfen wir uns zu euch setzen? Lily schläft«, erklärt Ellen und zieht einen freien Stuhl zurück. Wie sollten wir da noch Nein sagen? Aber mir ist die Ablenkung ganz willkommen, weil ich so drum herum komme, weiter über meine Mutter oder *LeL* zu sprechen.

Die beiden ordern Essen und Getränke, und schon sind wir im schönsten Gespräch über Babykleidung gelandet. Mir ist klar, dass Frank davon nicht begeistert ist, aber er schlägt sich wacker. Er bewundert gebührend das süße Bommelmützchen, das der Dieter Lily vom Kopf zieht und uns zeigt. Er hat es selbst entworfen und gehäkelt, was mich gleich auf eine weitere Geschäftsidee bringt.

»Dieter«, rufe ich aus, »das ist *die* Idee. Du kannst unsere Kollektion erweitern.«

Ellens Räuspern auf meinen Ausruf klingt irritiert, und mir ist klar, dass ich ihr zuerst mal berichten muss, dass es *LeL* gibt und wofür es steht. Tatsächlich wirkt Ellen nicht begeistert, sondern verzieht zweifelnd die Mundwinkel. Aber als ich an dem Punkt ankomme, an dem ich ihr vorschlage, Lily als Model einzusetzen, taut sie sichtlich auf. Überraschenderweise stimmt sie sofort zu, nachdem ich ihr erklärt habe, dass wir keine Gesichter zeigen wollen.

»Gibst du eigentlich noch deine alternativen Bastelkurse?«, will Frank vom Dieter wissen, worauf dieser stolz nickt, dann jedoch die Schultern sinken lässt.

»Der Letzte läuft bald aus. In letzter Zeit ist der Zulauf nicht mehr so hoch, auch in den Häkelkursen meldet sich niemand mehr an. Aber das macht nichts, weil ich dadurch mehr Zeit für Ellen und Lily bekomme.« Er lächelt seiner Frau zu, die seine Hand nimmt und kurz drückt, bevor sie weiter isst. Aha, da hat sich tatsächlich einiges getan. Gut so, denke ich.

»Insofern wird es mir eine Freude sein, euch mit Häkelsachen zu beliefern«, erklärt der Dieter.

»Häkelsachen?«, höre ich eine weitere Stimme, und erst jetzt bemerke ich, dass die Tür sich wieder geöffnet hat. Herein kommen Lena und Rouwen. Meine Freundin stürzt sich sofort auf unseren Tisch und begrüßt uns, bevor sie bei dem Dieter stehen bleibt, zuerst das

Baby bewundert und dann das Mützchen entdeckt, das neben seinem Teller liegt.

»Oh, sowas hier? Ist das handgemacht?« Sie hat es hochgehoben und fingert mit Kennermiene daran herum.

Rouwen hat uns in der Zwischenzeit ebenfalls begrüßt und fragt die Bedienung, ob wir den Nachbartisch dazu stellen dürfen, worauf ich aufstehe, damit er und Frank den Tisch an unseren heranschieben können. Ich stelle meinen Teller neben den von Frank und setze mich, während ich grinsend dem Gespräch von Lena und dem Dieter lausche. Innerhalb kürzester Zeit ist die Zusammenarbeit abgemachte Sache. Die Stimmung am Tisch wird immer gelöster, nachdem auch Rouwen und Lena Pasta Inge geordert und bekommen haben. Unsere Pläne entwickeln sich prächtig und lassen mich die Sorge darüber, dass wir bis jetzt unglaublich viel Zeit investiert, aber noch nichts verkauft haben, wieder vergessen.

»Ihr müsst ein Gewerbe anmelden«, erklärt Rouwen, und wir stimmen ihm zu. Das steht für nächsten Montag auf der To-do-Liste. Ja, solche Dinge erledige ich schneller als früher. Ich verpasse auch keinen meiner Arzttermine. Ich entwickle mich weiter. Aber das nur nebenbei.

»Ihr braucht ein Lager«, gibt der Dieter zu bedenken.

»Haben wir«, erklärt Lena.

»Haben wir?«, echoe ich.

»Ja, wir bekommen einen Kellerraum im Haus von Oma und Opa. Da können wir ein Büro einrichten und die Wände mit Regalen vollstellen. Rouwen und ich kümmern uns drum. Nächste Woche wird alles fertig sein.«

»Klingt perfekt«, sagt Frank. Ich bin gerührt, weil er voll und ganz hinter unserem Projekt steht.

»Aber mal was anderes«, meint Lena und sieht mich an. »Hast du was über die Gedichte herausgefunden?«

Ich verziehe das Gesicht. »Nein.«

»Welche Gedichte?«, hakt Ellen nach.

»Auf der Arbeit sind Gedichte für mich angekommen, die mir irgendjemand geschickt hat.« Ich winke ab. »Fürchterlicher Kitsch.«

Stirnrunzelnd wirft Ellen Frank einen Blick zu. »Was sagst du dazu?«

»Ich behalte es im Auge«, sagt er vage. Mich ärgert die Art, wie Ellen über meinen Kopf hinweg Frank darauf anspricht. Ich meine, was soll das?

»Du behältst es im Auge? Also hast du noch nichts unternommen, obwohl jemand der Mutter deiner Kinder komische Gedichte schickt?«

»Es gibt keinen Grund, etwas zu *unternehmen*.« Dabei malt er Gänsefüßchen in die Luft. »Bisher handelt es sich offensichtlich um eine harmlose Schwärmerei.«

»Ach so? Und das sagst du so seelenruhig, wo Lucy bereits mehrfach durch harmlose Schwärmereien in Gefahr war?«

»Ähm, ich sitze mit am Tisch«, werfe ich dazwischen, doch Ellen ignoriert mich. Die anderen verfolgen gespannt das Gespräch. Also wirklich, als ob zwei Liebesgedichte irgendeine Gefahr bergen!

»Na, Maurice sitzt in Merzig und Herbert auf dem Lerchesflur. Von den beiden geht keine Gefahr aus.«

»Pff«, stößt Ellen aus. »Von denen wird wohl auch keiner dahinterstecken. Aber das riecht doch meilenweit nach Stalking.«

Frank stöhnt. »Danke für deine Belehrung, Ellen. Ich sagte doch, ich behalte es im Auge. Momentan gibt es lediglich zwei Gedichte, die an die zentrale Mailadresse der *Mediaboutique* geschickt wurden. Nichts, das ein Eingreifen der Polizei rechtfertigen würde.«

»Moment, zwei?«, sagt Lena. »Nein, heute ist noch eins angekommen.«

Überrascht sehe ich zu ihr. Sie nickt. »Nachdem ihr beide schon weg wart. Ich musst noch zur Toilette, und wie ich danach zum Fahrstuhl gang bin, hat Dürri grad ein neues Gedicht aufgehängt. Wart, wie fängt es nochmal an?« Hinter ihrer Stirn arbeitet es. »Ich liebe das Weib, das sind die ersten Wörter, und dann kommt noch irgendwas mit ›Lust‹.« Sie kichert. »Sorry, Ellen, aber ich finde, das kann man nicht ernstnehmen. Unter uns gesagt, vielleicht hat der Dürri das selbst rausgesucht, weil Lucy heut so gut abgeschnitten hat.«

Mir wird schlecht, ein kleines bisschen, und das liegt nicht nur daran, dass ich mich daran erinnere, mit *wem* ich heute das beste Geschäft gemacht habe.

Doch da durchbricht ein schriller Piepton die Stille, die Lenas Worten gefolgt ist, und Frank zieht sein Smartphone heraus. Der Klingelton verrät ihm offenbar, wer dran ist, denn er meldet sich mit den Worten: »Was gibt's?« Seine Stirn legt sich in Falten, er legt die Serviette von seinem Schoß neben den Teller und steht auf. »Ich bin sofort da. Habt ihr Tina schon benachrichtigt? Gut, bis gleich.«

Er beugt sich über mich, um mir ein Küsschen auf die Wange zu hauchen. »Neue Erkenntnisse, ich muss leider los.« Er blickt in die Runde. »Kann einer von euch Lucy nach Hause begleiten?« Noch bevor ich ihm klarmache, dass ich sehr wohl allein nach Hause kann, ist er davongerauscht.

***

Frank klingelt an der Tür eines zweistöckigen Hauses in Lisdorf. Der Handschuh hat sie hergeführt. Im Sportgeschäft, in dem die Marke verkauft wird, sind zwei Käufe mit Karte bezahlt worden. Der erste Käufer war ein Familienvater, der für den Tattag ein wasserdichtes Alibi hat. Der zweite Kauf führt zu einem Max Schöller, der hier wohnen soll.

Ein etwa dreißigjähriger Mann öffnet. »Ja, bitte?«

»Guten Abend, ich bin Frank Kraus, das ist meine Kollegin Tina Kunz, wir sind von der Polizei.« Frank hält ihm seinen Dienstausweis hin. »Sind Sie Max Schöller?«

»Nein, ich bin Nick. Max ist mein Bruder. Er ist drinnen.« Der Mann runzelt die Stirn. »Worum geht es?«

»Könnten Sie Ihren Bruder bitte rufen? Wir haben ein paar Fragen an ihn.«

»Ja, klar. Kommen Sie herein. Warten Sie dort.« Er deutet auf eine offen stehende Tür, die zum Wohnzimmer führt. Frank und Tina treten ein und sehen sich um. Die gediegene Einrichtung lässt auf eine gutbürgerliche Familie schließen. Tina zeigt auf das Foto eines Paars in den Sechzigern. Über einer Ecke ist ein schwarzes Band gespannt.

88

Frank hört, wie Nick Schöller im Flur nach seinem Bruder ruft. Kurz darauf werden Schritte auf der Treppe laut, ein gemurmelter Wortwechsel folgt. Dann schwingt die Tür auf, und neben Nick tritt eine jüngere Ausgabe seiner selbst ein, vielleicht um die zwanzig. Die dunkel geränderten Augen und gerunzelten Brauen lassen den jungen Mann auf den ersten Blick älter wirken. Anscheinend hat Max Schöller ein paar schlaflose Nächte hinter sich.

»Setzen Sie sich«, bittet Nick Schöller, nachdem sie sich seinem Bruder vorgestellt haben. Tina und Frank lassen sich auf der Zweiercouch nieder, während die beiden jungen Männer jeweils einen Sessel wählen.

»Ist das Ihr Handschuh?«, fragt Tina und hält die Tüte mit dem Beweisstück über den Couchtisch. Max Schöller streckt die Hand aus, doch Tina zieht den Beutel zurück.

»Sieht so aus«, sagt der Junge. »Wo haben Sie ihn her?«

»Wo waren Sie in der Nacht vom vierzehnten auf den fünfzehnten Februar?« Tina hat Frank zuvor gebeten, diese klassische Frage stellen zu dürfen, was er ihr mit einem Grinsen zugestanden hat.

»Keine Ahnung, warum?« Max vermeidet es, Tina oder Frank in die Augen zu sehen.

»Denken Sie nach.«

Nick Schöller beobachtet seinen Bruder und verzieht den Mund. »Max, was ist passiert? Rück endlich mit der Sprache raus!«

Frank betrachtet nachdenklich den Älteren der beiden und erkennt Sorge in dessen Blick.

»Seit ein paar Tagen ist mein Bruder wie ausgewechselt«, sagt Nick Schöller schließlich. Max ruckt mit dem Kopf zu ihm herum und starrt ihn abweisend an.

»Ich will, dass mein Bruder rausgeht«, erklärt er dann. Frank blickt zu dem Älteren und nickt ihm zu. Der zieht die Brauen hoch und verlässt widerwillig den Raum.

»Was ist bloß passiert?«, sagt er im Vorbeigehen.

»Wissen Sie etwas über Bianca?« Es wirkt, als habe sich die Frage aus Max' Mund gelöst, ohne dass er es wollte. Mit fahrigen Bewegungen ringt er die Hände und starrt Frank einen kurzen Moment an, dann fixiert er eine Stelle im Teppich auf dem Boden.

»Bianca?« Tina sieht mit vielsagendem Blick von Max zu Frank. »Wer ist das?«

Der Junge rauft sich die Haare. »Worum geht es hier?«

»Vielleicht beantworten Sie zuerst unsere Frage«, sagt Frank. »Wo waren Sie am vierzehnten Februar?«

»Seit dem Tag ist Bianca verschwunden. Bianca Fillipova. Sie hat mir eine WhatsApp geschickt.« Max kramt in seiner Gesäßtasche nach seinem Smartphone, schaltet es ein und starrt auf das Display. »Aber ich glaube nicht, dass sie freiwillig gegangen ist.« Mit diesen Worten öffnet er den Nachrichtendienst, tippt einen Kontakt an, scrollt auf dem Bildschirm nach oben und hält Frank das Handy hin.

Ich gehe heim zu meiner Tante und meinem Onkel.
Bitte sei nicht traurig.
Ich hab dich lieb.
Bianca.

Unter dieser Nachricht folgt eine ganze Flut von Postings, die der Junge anschließend geschickt haben muss, und in denen er das Mädchen mit Fragen und der Bitte, sich zu melden, bestürmt. Aber Frank kann sehen, dass seine Nachrichten nicht zugestellt worden sind, denn sie haben nur einen einzelnen Haken.

»Wollen Sie uns nicht erzählen, was passiert ist?«

»Bianca ist Bulgarin, sie war erst seit ein paar Monaten in Deutschland, und ich habe sie ...«, er räuspert sich und vergewissert sich mit einem Blick über die Schulter, dass die Zimmertür geschlossen ist. »Ich habe sie in so einer Art Nachtclub kennengelernt.« Flammende Röte überzieht die Wangen des Jungen. »Nicht, was Sie jetzt denken. Wir lieben uns. Ich habe bemerkt, dass sie nicht frei war.« Max verzieht das Gesicht und sieht plötzlich wie ein Schuljunge aus, der nicht weiß, wie er aus dem Schlamassel wieder herauskommen soll, in den er sich geritten hat. Frank legt ihm eine Hand auf den Unterarm. Der Junge blickt auf, schüttelt sie dann geistesabwesend ab und zieht die Schultern hoch, als fröre er.

»Wie meinen Sie das, sie war nicht frei?« Tinas Stimme klingt belegt, sie wirft Frank einen Blick zu. »Was für ein Nachtclub?«

»Ähm, so ein Club halt. Wir waren mit ein paar Kumpels dort und wollten Mädchen aufreißen. Na ja, die anderen wollten das, ich bin nur aus Neugier mitgegangen. Dort haben Frauen nackt getanzt und so.« Die erneute Röte, die ihm in die Wangen steigt, macht ihn Frank sympathisch. »Ich ...«, Max stockt, dann spricht er weiter. »Ich wollte es mir nicht eingestehen, aber sie hat wohl auch«, er räuspert sich und flüstert fast, als er weiterspricht, »… angeschafft.«

»Sie meinen, diese Bianca ist eine Prostituierte?« Tina macht sich Notizen.

»Sag ich doch. Aber sie ist da ungewollt hineingeraten, das müssen Sie mir glauben. Da war dieser Typ, für den sie gearbeitet hat. Aber es war nicht nur das. Sie hat auch bei ihm gewohnt. Er ist sowas wie ein Zuhälter.« Das letzte Wort ist wieder kaum hörbar. Max erweckt den Eindruck, überfordert zu sein.

»Wieso haben Sie nicht die Polizei eingeschaltet?«

»Sie hat mich davon abgehalten.« Der Junge schüttelt den Kopf. »Ich hätte es trotzdem machen müssen. Aber sie hatte Angst. Sie sagte, sie dürfte nicht auffliegen, weil ihre Verwandten auf sie angewiesen sind. Der Typ hat Macht über sie. Das ist unheimlich. Aber er wusste immer, wo sie war.« Max springt auf und läuft auf und ab. »Sie müssen mir sagen, was mit Bianca passiert ist«, sagt er plötzlich. »Ich werde wahnsinnig. Was hat der Kerl mit ihr gemacht?«

»Können Sie den Mann beschreiben, kennen Sie seinen Namen?«, will Frank wissen. Tina ist verstummt, ihr Kuli fliegt über die Seiten ihres Notizbuchs.

»Nein, den Namen kenne ich nicht. Er ist groß, dunkelblond, breitschultrig, und er trägt teure Kleidung. Sieht aus wie einer mit Kohle.« Max verengt die Augen. »Anscheinend verdient er sein Geld damit, Frauen auszubeuten. Er spricht reines Hochdeutsch. Muss aus Norddeutschland kommen, vielleicht Niedersachsen oder Hamburg. Jedenfalls kein Saarländer.«

»Woher wissen Sie, wie er redet? Haben Sie mit ihm gesprochen?«

»Ja, hab ich. Nachdem Bianca verschwunden war. Wir hatten uns verabredet, aber sie kreuzte nicht auf. Am nächsten Tag hat sie mir dann diese Nachricht geschickt. Also bin ich zu dem Club und habe nach dem Kerl gesucht. Ich hatte Glück, er kam gerade dort heraus und ist zum Stadtpark gelaufen. Also bin ich ihm gefolgt.«

»War das am Vierzehnten?«, will Frank wissen.

»Ja, verdammt. Am frühen Abend, es wurde schon dunkel.« Max ballt die Hände zu Fäusten und drückt sie auf seine Augen, dann lässt er sie wieder sinken. »Der Kerl lief zielstrebig durch den Park, ich dachte, dass er Bianca irgendwo dort abholen wollte. Dann hat er mich bemerkt, das war in der Nähe des Campingplatzes.«

»Er bemerkte Sie, und dann?«

»Er hat mich angesprochen. Ich habe ihn gefragt, wo Bianca ist, aber er sagte, er wüsste es nicht. Sie wäre nicht die Erste, die ihm entwischt ist.«

Frank zieht sein Handy aus der Hosentasche und öffnet das Bild des Toten, hält es Max unter die Nase. »Ist das der Mann?«

Max reißt die Augen auf. »Ja, was ist mit ihm?«

»Es gab eine Schlägerei, ist das richtig?«

»Ja. Ich habe ihn bedrängt und gefragt, wo Bianca sein könnte. Er ist ausgerastet und hat zugeschlagen.«

»Und Sie haben sich gewehrt.«

Max zieht die Mundwinkel nach unten. »Klar habe ich mich gewehrt, was denken Sie denn? Aber der Typ ist erfahrener als ich. Der hat mich fertiggemacht.« Unwillkürlich greift Max sich an die Seite seines Brustkorbs. »Aber ich bin ihm entwischt.«

»Haben Sie ihn niedergeschlagen?«

»Nein, er war stärker, das sage ich doch. Er hat *mich* niedergeschlagen, aber ich konnte abhauen. Zuerst ist er mir noch ein paar Schritte gefolgt, aber dann hat er mir nur noch hinterhergeflucht, und ich bin nach Hause gerannt. Seitdem versuche ich, Bianca zu erreichen, aber ich glaube, sie benutzt ihr Telefon gar nicht mehr. Wissen Sie, wo sie sein könnte?«

»Dazu kommen wir später. Was wissen Sie über den Mann?«

»Nichts. Außer, dass er Biancas Zuhälter ist und sie wohl entführt hat. Ich wollte mit Bianca zusammen abhauen und habe mein Sparkonto aufgelöst, aber ich hatte das Geld noch nicht.« Max sieht unglücklich von Tina zu Frank. »Sie müssen mir helfen, sie zu finden.«

»Max, denken Sie nach, ob Ihnen noch irgendein Detail zu diesem Kerl einfällt. Er ist an dem Abend, an dem Sie sich mit ihm geschlagen haben, an den Folgen eines Sturzes gestorben.«

Max saugt heftig die Luft ein. »Heißt das, Sie verdächtigen mich?«

»Nach allem, was wir bisher wissen, sind Sie der Letzte, der ihn lebend gesehen hat. Und Sie haben sich mit ihm geprügelt. Sein Nasenbein ist gebrochen. Der Schlag war so heftig, dass er dabei zu Boden gegangen sein könnte.« Frank hält ihm nochmals das Foto hin.

»Das war ich nicht. Er ist nicht gestürzt, sondern ich. Als ich weggerannt bin, stand er auf seinen Beinen. Ich habe ihn ja kaum erwischt.«

»Nun gut. Was können Sie uns noch über ihn sagen? Ist irgendwann mal ein Ort gefallen oder ein Name? Vielleicht im Gespräch mit Ihrer Freundin?«

»Bianca hat mir erzählt, dass sie aus Bulgarien gekommen ist und zuerst in Hamburg gearbeitet hat, als Tänzerin. Sie spricht ja nur gebrochen Deutsch.«

»Hat sie irgendeinen Namen gesagt, vielleicht ein Lokal oder einen Club genannt?«

»Nein, nichts.«

Frank seufzt. »Wir nehmen jetzt alles auf, was Sie über Bianca wissen, um sie in die Vermisstendatei aufzunehmen. Sie möchten sie doch vermisst melden?«

»Ja, auf jeden Fall.«

»Danach kommen Sie mit, damit wir Sie erkennungsdienstlich erfassen können.«

»Muss ich etwa in Haft?« Max starrt Frank mit weit aufgerissenen Augen an.

Die Tür öffnet sich, Nick tritt herein. »Was ist passiert? Bitte, redet mit mir!«

Kapitel 5

Gestern Abend ist es dann noch sehr spät geworden, bis Frank zu mir unter die Decke geschlüpft ist, und ich hatte keine Gelegenheit mehr, das Thema »Gedichte« mit ihm zu vertiefen. Als wir uns aneinandergekuschelt in unsere liebste Schlafposition mümmelten, murmelte er mir ins Ohr, dass anscheinend jemand ein Gespür dafür hätte, was in mir derzeit los wäre. Weil das Wort »Lust« in den letzten Wochen eine neue Dimension angenommen hätte. Doch dann küsste er mir zärtlich den Hals und versprach mir, ich müsse keine Angst haben. Er werde auf mich aufpassen. So sind wir kurz darauf auch eingeschlafen.

Nun ist Angst eh nicht gerade eine meiner Schwächen, seit ich im letzten Jahr so manches habe durchmachen müssen. Wer sich Aug in Aug mit Rupert Kunze oder mit Herbert Groß-Grühnkool gesehen hat, fürchtet weder Tod noch Teufel. An diesem Morgen stöckle ich also leichten Schrittes am legendären Bodengitter vorbei durch den Eingang zum Callcenter.

Gestern, während ich mit Ellen und den anderen am Tisch im *Tapas* saß, sind mir *jene Schuhe* wieder in den Kopf gekommen. Die Schuhe, mit denen alles begann, für die ich vor einem Jahr monatelang nur Tütensuppen gegessen und auf jegliche Schokolade verzichtet habe. Und die zu Franks und meinen romantischen Anfängen gehören, weil er ja ein kleiner Fußfetischist ist und meine Füße in den Schuhen, von denen ich rede, geradezu anbetet. Ich meine natürlich die sonnengelben Peeptoe-Manolos, die vor vielen Monaten in dem Bodengitter neben unserem Eingang einen bösen Unfall erlitten haben, und die durch einen Schuhgott im saarländischen Riegelsberg wiederbelebt wurden.

Sie trage ich heute und bewundere mich mit Stolz in jedem Fenster, das bis zum Boden reicht. Die korallenroten Absätze, die der Schusterhannes ihnen verpasst hat, leuchten im fahlen Licht des Februarnebels. Klar, es ist Winter, und meine Zehen kühlen ein bisschen aus. Aber wer weiß, wie lange ich diese hochhackigen Dinger noch tragen kann? Im Sommer jedenfalls nicht, schon aus Sicherheitsgründen. Mit einem Doppelbabybauch High Heels? Dazu bin selbst ich zu vernünftig.

Okay, jedes Mal, wenn ich auf den großen Zeh in der Wollstrumpfhose blicke, zucke ich innerlich zusammen, aber immerhin habe ich die Strumpfhose in der einzigen Farbe gewählt, die zu den Schuhen passt, nämlich korallenrot. Mit ein bisschen gutem Willen übersieht man die Tatsache, dass es keine Nylons, sondern Wollstrümpfe sind. Darüber trage ich ein sonnengelbes Kleid, das zugegebenermaßen für die Witterung einen Ticken zu luftig ist, aber wozu gibt es Wintermäntel?

Gerade, als ich den Aufzug betrete, höre ich ein leises Kichern und drehe mich um, wissend, wer sich da über mich amüsiert. Tatsächlich eilt Ilina herbei, sodass ich rasch meine Hand zwischen die Fahrstuhltüren schiebe, um sie für sie offen zu halten. Sie gleitet anmutig hindurch und stellt sich neben mich, das Lachen liegt immer noch auf ihrem elfengleichen Gesicht. Ihre Aufmachung lässt mich trotz der Manolo-Blahnik-Unikate kleiner werden. Warum macht sie es mir nur so verdammt schwer? Inzwischen sind wir doch Freundinnen geworden, und jetzt trägt sie so lässige und gleichzeitig elegante Kleidung – nebst obercoolen Boots –, dass ich mir neben ihr wie der Bauerntrampel vom Dienst vorkomme! Eine Freundin sollte nicht eine solche Wirkung haben, oder?

Also lege ich gespielt genervt den Kopf schief und starre sie an.

»Coole Strumpfhose«, sagt sie und verbeißt sich derart offenkundig ein Lachen, dass ich einfach mitlachen muss. Sie zwinkert mir zu. »Würde ich so machen auch, wenn ich hätte Manolos in Schrank. Im Sommer du wirst sein so«, sie deutet mit beiden Armen die erwartbaren Ausmaße meiner Leibesfülle an, »und wenn man nicht einmal sehen kann eigene Füße, ist klüger zu tragen flache Schuhe. Wie diese hier.« Dabei hebt sie ein Bein hoch, um mir ihre Wildlederboots zu zeigen. Womit sie sich sofort wieder in mein Herz schummelt. Man kann ihr einfach nicht böse sein.

Pling, sind wir oben angekommen und treten ins Büro. Ich gehe zielstrebig auf die Mitarbeiterwand zu, weil ich das neue Gedicht sehen will, das tatsächlich neben den ersten beiden hängt. Ilina, die sich Richtung Kaffeekabuff gewandt hat, bemerkt, was ich tue, und folgt mir auf dem Fuße. »Ah, gibt es neue Mail für Lucinden?«

Ich nicke mit einem leisen Knurren, und schon stehen wir vor der Wand und kommen in den Genuss der ersten Strophe. Mehr hat Dürri nicht aufgehängt. Das finde ich einerseits rücksichtsvoll von ihm, andererseits weiß ich nicht, was das Ganze überhaupt soll! Vielleicht sollte ich ihn fragen, ob er diese Gedichte selbst aussucht. Allerdings müsste ich dann auch fragen, *warum* er das macht. Und ganz ehrlich, das ist mir zu peinlich. Nur mal angenommen, er streitet das Ganze kategorisch ab. Wie stehe ich dann da?

Andererseits – wenn er es zugeben sollte … Wie stehe ich dann da? Ein Teufelskreis!

Ilina liest die Worte leise mit, und in ihrer tiefen Tonlage bekommt das Gedicht etwas Eigenartiges, das ich nicht näher analysieren will. Jedenfalls beunruhigt es mich tief im Innern.

Ich liebe das Weib
Ich liebe das Weib, wenn vor Lust es vergeht,
Wenn lodernd im Banne der Lüste es steht,
Wenn neblig ihr Blick, ihr Antlitz erbleicht,
Halboffen ihr Mund, die Lippen so feucht.

Sofort muss ich an letzte Nacht und an meinen kuscheligen Kommissar denken, aber er ist es ja nicht, der mir sowas schreibt, das hat er gesagt. Dieses Gedicht ist ziemlich explizit, finde ich, und wer auch immer das an mich gerichtet hat, hat Bilder im Kopf. Das will ich nicht! Ilina hat mir das Gesicht zugewandt und betrachtet mich prüfend. Ich verziehe den Mund, worauf sie kurzerhand nach dem Blatt greift und es von der Wand reißt. Sie streckt den Rücken durch und das Kinn vor. Warum, kann ich nicht genau sagen, aber sie wirkt wie jemand, der gerade einen Geist gesehen hat. Unverhofft fühle ich mich ihr innerlich plötzlich sehr nahe, und in mir erwacht der Wunsch, diese junge Frau besser kennen und verstehen zu lernen. Manchmal ist sie mir völlig fremd, dann wieder glaube ich, in ihr Gefühle zu entdecken, die ich selbst auch allzu gut kenne. Seltsam. Doch Ilina lässt mir keine Zeit zum Nachdenken.

»Ich werde mal ein Wörtchen reden mit Herrn Dürrbier. Das geht so nicht!« Ich will ihr zum Büro folgen, da streckt sie mir die Hand wie ein Stopp-Signal entgegen, worauf ich verdutzt stehen bleibe. »Lässt du mich zuerst reden allein mit ihm. Wenn er nicht auf mich hört, du kannst kommen und auf Privatsphäre pochen. Ist das nicht Angelegenheit von Büro, sondern von dir und«, sie verdreht die Augen, »von wem-auch-immer.«

Beeindruckt von ihrer Entschiedenheit gehe ich zur Garderobe, wo ich meinen Mantel aufhänge, dann zu meinem Schreibtisch. Lena, die inzwischen gekommen ist, hat sich gerade an ihren Platz gesetzt und sieht zu mir auf. Mit einem Kinnrucken in Richtung der Mitarbeiterwand schaltet sie ihren PC ein.

»Guten Morgen, Lucy. Ist das Gedicht verschwunden?«

»Ilina hat es abgenommen. Sie will mit Dürri sprechen.« Ich hänge meine Tasche über die Stuhllehne, setze mich und fahre ebenfalls den PC hoch.

»Allein?«, fragt Lena. »Über die Gedichte?«

»Ja, sie sagte, sie wolle mit ihm unter vier Augen reden.« Ich ziehe die Schultern hoch, weil ich das selbst eigenartig finde.

Lena erhebt sich und gestikuliert mit dem Arm in meine Richtung. »Komm, lass uns zu ihnen gehen. Es geht hier um dich. Das ist zwar total lieb vom Ilina, und ich glaube, es kann dem Chef am ehesten Paroli bieten, aber schließlich sind die Gedichte an dich gerichtet.«

Zögernd stehe ich auf, doch ja, Lena hat recht. Zu zweit marschieren wir zu Dürris Büro. Die Jalousie an seiner Glastür ist geöffnet, und wir können Ilina vor seinem Schreibtisch stehen sehen. Sie hat die Hände in die Hüfte gestemmt und redet mit vorgebeugtem Oberkörper auf ihn ein. Obwohl sie rein optisch eher wie eine Abiturientin wirkt, kann man an ihrer Haltung und Ausstrahlung erkennen, dass sie eine Frau ist, die mitten im Leben steht. Für eine Sekunde frage ich mich, wie alt Ilina eigentlich ist. Darüber haben wir niemals gesprochen, und bisher habe ich sie immer für jünger als mich gehalten. Aber jetzt glaube ich, wir sind ungefähr gleichaltrig.

»Sa mo, wie alt is es Ilina eigentlich?«, spricht erstaunlicherweise Lena meine Gedanken aus. »Das könnt schon um die dreißig sinn, wenn ich es so genau betrachte, oder?«

Ich nicke und klopfe an die Tür, Dürri blickt kurz rüber, deutet jedoch ein Kopfschütteln an. Also trauen wir beide uns nicht hinein. Ilina hat anscheinend nichts davon bemerkt, denn sie spricht weiter und hält Dürri das abgerissene Blatt Papier mit der Gedichtstrophe entgegen. Während sie sich immer mehr in Rage redet – ich fühle mich eigenartig wohl bei dem Gefühl, dass sie das macht, weil sie *mir* beistehen will – wird auch ihre Stimme lauter, und unwillkürlich beugen sowohl Lena als auch ich uns dezent vor, um aus dem Gemurmel, das nach draußen dringt, etwas herausfiltern zu können.

Zunächst sind es nur einige Schlüsselwörter, die ich dechiffrieren kann, wie »Stalking«, »Milieu«, »besessen«, »Irrer«. An dieser Stelle steigt Übelkeit aus meinem Magen auf, und in meinem Bauch zuckt etwas. Bewegen meine Babys sich ausgerechnet jetzt zum ersten Mal? Das sollte ein wunderbarer, erfüllender Moment sein, nicht eine Sekunde der Angst.

»Ist das nichts, was man auf leichte Schulter nimmt«, höre ich jetzt ganze Sätze von Ilinas Ansprache. »Habe ich das selbst schon einmal erlebt.« Sie zögert. »So ähnlich jedenfalls«, schiebt sie hinterher. Ein Blick auf Dürri zeigt mir, dass er wie ein beleidigter kleiner Junge die Arme vor der Brust verschränkt hat und Ilina von schräg unten anfunkelt. Wenn er nicht so klein und schrumpelig wäre, würde er mich frappierend an jenen narzisstischen Landesfürsten denken lassen, der demokratisch gewählt wurde, jedoch wie ein Diktator agiert. Suchen Sie sich einen aus, es passt immer. »Sollten Sie darüber nachdenken, die Polizei einzuschalten. Sie wissen nicht, wer dahintersteckt, oder etwa doch? Ich bin jemandem von dieser Sorte selbst nur knapp entkommen.« Ihre Aussprache und ihre Grammatik werden anscheinend immer besser, wenn sie sich über irgendetwas aufregt.

Sie hält inne, und Dürri bewegt den Mund. Ich glaube, »Sind Sie fertig?« von seinen Lippen ablesen zu können.

Ilina stellt sich aufrecht hin, zerreißt den Papierbogen in der Luft und nickt. »Fürs Erste.«

Was Dürri ihr nun alles erzählt, können wir leider nicht hören, aber Lena sieht mich fragend an. »Sa mol, was war'n das? Meinst du, es Ilina hat irgendwelche schlimme Erfahrungen mit Männern gemacht? Ich meine, im Milieu?« Sie runzelt die Stirn. »Damit ist ja wohl Rotlichtmilieu gemeint, oder?«

Ich sehe von Lena zu Ilina, die vor Dürri steht und sich kein bisschen einschüchtern lässt, dann zucke ich mit den Schultern. »Sieht ganz danach aus. Wer weiß, was für eine Geschichte hinter ihr steckt. Bisher hat sie ja nichts von sich erzählt. Außerdem«, ich streiche mir die Haare hinter das Ohr und sehe Lena wieder in die Augen, »ist sie auf diesem Posten als Mädchen für alles eindeutig fehl am Platz. Wieso gibt sie sich mit diesem Job zufrieden?«

Bevor Lena mir darauf eine Antwort geben kann, öffnet sich die Tür. Ilina bittet uns herein und schließt sie hinter uns wieder. Dürrbier kommt hinter seinem Schreibtisch hervor, einen Papierbogen in der Hand.

»Frau Kowalska hat mich gebeten, in Zukunft die Gedichte nicht mehr auszuhängen. Was meinen Sie dazu, Frau Schober? Ich betrachte sie im Grunde als ein Kompliment an Sie. Einer unserer Kunden«, Ilina schnaubt bei diesem Wort, doch Dürrbier lässt sich nicht beirren, »einer unserer Kunden hat sich Ihren Namen gemerkt. Was ist denn schon dabei? Ihre Privatsphäre bleibt gewahrt, und Sie können sicher sein, dass ich Ihre E-Mail-Adresse nicht herausgebe, wenn mich denn jemand danach fragen würde. Was ja nicht der Fall ist.« Er nickt betont in Ilinas Richtung, wie um seine Worte zu bekräftigen. Sie blickt finster drein, und es ist nicht zu verkennen, dass ihr Dürrbiers Einstellung zum Thema nicht gefällt. Mir fällt bei Dürris Worten bezüglich »Privatsphäre« glühend heiß ein, dass ich mich mit meinem ganzen Namen melde, wenn ich mit Kunden telefoniere. So viel dazu. Sofort nehme ich mir vor, dafür zu sorgen, dass mein Name und meine Adresse aus dem örtlichen Telefonbuch entfernt werden. Es wundert mich, dass der Versender der Gedichte noch nicht versucht hat, mich anzurufen. Aber vielleicht, kommt es mir dann in den Sinn, ist das auch ein gutes Zeichen: Er will mir nur aus der Ferne seine Bewunderung zeigen und hat gar kein Interesse daran, mich persönlich kennenzulernen. Sowas soll es doch geben. Sonst wäre ja kein Prominenter mehr seines Lebens sicher, wenn Fanpost immer gleich auf einen distanzlosen Irren hinweisen würde. Außerdem höre ich in dieser Sekunde nochmals Franks Worte in meinem Kopf, mit denen er mir versprochen hat, auf mich aufzupassen. Er ist Kriminalpolizist! Wer, wenn nicht er, kann das einschätzen?

Ich entscheide mich dafür, Dürrbier gar nicht zu antworten, sondern nehme wortlos das Gedichtblatt entgegen.

»Lesen Sie, liebe Frau Schober, lesen Sie es! Das ist wahre Kunst.«

Ich richte den Blick auf das Papier und lese das Gedicht halblaut, sodass auch Lena es mitbekommt. Meine Ohren werden glühend heiß bei den Worten des unbekannten Poeten. Nach der ersten Strophe geht es nämlich genauso unverblümt weiter, wie es begonnen hat.

Ich liebe, wenn lustvoll verlangend, doch stumm
Sie preßt in die Arme die Finger ganz krumm,
Wenn eiliger Atem bewegt ihre Brust
Und sie sich ergibt in ohnmächtiger Lust.

Ich liebe die Scham, die dem Weibe verwehrt,
Zu zeigen, wie sehr sie von Lüsten beschwert,
Und wenn sie, erdrückt fast von ihrer Wucht,
Ohn' Worte und Blicke die Lippen nur sucht.

Dies lieb ich – und auch, wenn an mich geschmiegt,
Sie müd und erschöpft zur Seite mir liegt ...
Und meine Gedanken enteilen im Traum
In anderer Welten endlosen Raum ...

»Kunst? Dass ich nicht lache«, zischt Ilina. »Es kommt darauf an, in welchem Rahmen und mit welcher Intention sowas vermittelt wird. Sicherlich es ist eine Art von Kunst, vielleicht sogar berühmt, wer weiß? Müssen wir herausfinden das«, sagt sie zu mir gewandt. Ich runzle die Stirn. Mein Kopf ist leer. Aber sie hat wohl recht. Ich sollte das Ganze nicht mehr auf die leichte Schulter nehmen. Es ist mir zu unheimlich.

»Ja«, sage ich. »Ich kümmere mich darum.«

Dürrbier zeigt auf die Uhr an seiner Wand und klatscht in die Hände. Wie sehr ich das an ihm hasse! »Meine Damen, jetzt aber hopp hopp! Verplempern Sie bitte nicht meine Zeit und mein Geld, los, frisch an die Arbeit. Frau Schober, sollten Sie Ihren Abschluss von gestern wiederholen, winkt Ihnen eine Prämie.«

»Eine Prämie?«, echoe ich schwach. »Davon habe ich ja noch nie gehört.«

»Sie erhalten eine Flasche von ›Susis schäumender Sinnenfreude‹, ist das nicht großartig?«

Während Lena und ich einen Moment später zu unserem Schreibtisch gehen und Ilina den Weg zum Kaffeekabuff eingeschlagen hat, murmelt Lena mir zu:

»Ich will wissen, welche Geschichte hinter Ilina steckt. Ich glaube, sie kann zwei gute Freundinnen wirklich brauchen, was meinst du?«

Ja, das meine ich auch.

Kapitel 6

Tatsächlich läuft der Tag gut an, und die Kunden scheinen bester Laune zu sein. Hat sich etwa nicht nur an meiner körperlichen Verfassung etwas geändert, sondern auch an meiner Stimme? Ich weiß es nicht. Was ich weiß, ist, dass sich neben meinem Appetit mein gesamtes Körpergefühl geändert hat. Als ob ich die einzelnen Bausteine genauer spüren könnte. Ich weiß nicht, wie ich es beschreiben soll. Vielleicht so, als würde sich meine Wahrnehmung schärfen, wie in einem Rausch von sanften Drogen, die das Hirn zu Höchstleistungen bringen. Es fühlt sich jedenfalls so an, als könnte ich die Welt aus den Angeln heben, während ich gleichzeitig eine Art Gefühlsduselei spüre, die mich glücklich macht. Ja, vielleicht ist es auch einfach das: Glück! Ich empfinde pures Glück, als ich heute zum allerersten Mal hauchzarte Bewegungen in meinem Bauch spüre.

Außerdem bin ich glücklich, weil ich in Ilina mehr und mehr eine echte Freundin sehe. Dann kommt noch der Anklang hinzu, den Lenas und meine L&L-Homepage und unser Facebook-Auftritt finden. Lena hat mir berichtet, dass wir eine allererste Bestellung bekommen haben. Es geht dabei um ein Partnerset von Pumphosen für Mutter und Tochter. So süß! Allerdings muss ich beides erst noch nähen, weil die Mutter eine Größe braucht, die wir noch nicht in der Kollektion haben, und das Kind ebenfalls. Aber das macht nichts. Jedes Mal, wenn ich mir vorstelle, dass da draußen eine Mama und ihr kleines Mädchen diese von mir genähten Hosen tragen werden, löst sich eine Träne aus meinem Augenwinkel.

Langer Rede kurzer Sinn – ich mache, trotz verspäteten Arbeitsbeginns und ohne einen Kunden wie den Hengst von Hamburg an der Strippe zu haben, genauso viele und gute Abschlüsse wie gestern Vormittag. Kurz vor der Mittagspause nutze ich deshalb die Gunst der Stunde und gehe online. Dürrbier sieht es zwar nicht gern, wenn wir uns in die sozialen Netzwerke einloggen, aber ich will nur die Suchmaschine bemühen und endlich nach dem Urheber der Gedichte suchen. Ilina hat ja recht mit ihrem stummen Vorwurf, dass mein Verhalten nachlässig ist. Also tippe ich die Worte »Ich liebe das Weib« in die Suchzeile ein, stoße allerdings nur auf Seiten mit Ratschlägen für glückliche Liebesbeziehungen. Echt jetzt? Ich tippe also »wenn vor Lust es vergeht« ebenfalls ein. Immer noch keine Treffer, sondern nur Abhilfen für ein abschlaffendes Sexualleben. Also vermute ich, dass diese Gedichte doch nicht so berühmt sind, wie ich dachte. Allerdings ist mir nicht ganz klar, ob ich das als gutes oder als schlechtes Zeichen werten soll. Bedeutet es, dass der unbekannte Verehrer sich das Zeug tatsächlich selbst aus den Fingern gesogen hat? Und wenn ja ... wie alt ist der Typ?

Aber vielleicht sollte ich noch nicht aufgeben und weitersuchen. Gerade will ich die zweite Zeile in die Suchmaske eintippen, da zischt Lena warnend. Sie hat ein Gespür dafür, wenn ich etwas mache, das Dürrbier nicht schätzt, und ganz richtig, sehe ich ihn zielstrebig auf meinen Schreibtisch zukommen, sodass ich rasch die Seite wieder schließe und zur letzten Kundenliste zurückkehre, die ich geöffnet hatte. Bis Dürri neben meinem Stuhl steht, höre ich das Freizeichen von Familie Trauensieck, und nur wenig später freut sich die Dame des Hauses über eine besonders schöne Osterhasenfamilie für den Vorgarten. Innerlich muss ich lachen, aber des Menschen Wille ist sein Königreich, heißt es nicht so? Wenn Frau Trauensieck die Gunst der Stunde nutzt und die Geschäftsreise ihres Mannes darauf verwendet, den Vorgarten nach ihren Vorstellungen zu verschönern, wäre ich die Letzte, die ihr in den Rücken fallen würde. Läuft bei mir.

Bei Lena läuft es auch gut, und so starten wir in bester Laune in die Mittagspause. Als wir auf den Lift warten, sehe ich, wie Ilina aus dem Kaffeekabuff tritt, und winke ihr zu. Lächelnd gesellt sie sich zu uns. Ja, das könnten wir zur Gewohnheit machen: zu dritt in die Pause.

Da der morgendliche Nebel sich verzogen und einer zaghaften Frühlingssonne Platz gemacht hat, beschließen wir, im Freien zu essen, holen uns beim Bäcker belegte Brötchen und schlendern zur Vauban-Insel, um unter den wachsamen Augen des steinernen Maréchal Ney zu essen und zu quatschen.

»Sa mol«, beginnt Lena eine Befragung unserer neuen Freundin, und sie steuert damit das gleiche Ziel an, das auch ich mir gesetzt habe: herausfinden, welches tragische Geheimnis Ilina mit sich herumträgt. »Du hast doch ganz bestimmte Erfahrungen gemacht, oder?«

»Was meinst du?«, will Ilina wissen.

»Mit Männern«, fährt Lena genauso vage fort, wie sie ihre Befragung begonnen hat. Ich muss lachen.

»Wer hat das nicht?«, antwortet Ilina das Nächstliegende. Sie runzelt leicht die Stirn und blickt von Lena zu mir. »Worauf wollt ihr hinaus?«

»Wir möchten gern mehr über dich erfahren«, versuche ich es. »Wir kennen uns jetzt schon Monate, arbeiten zusammen und verstehen uns gut, da ist es doch ganz natürlich, dass wir gern ein bisschen mehr über dich und deine Familie erfahren würden.« Ich mache eine ausholende Geste mit dem Arm. »Siehst du, über uns weißt du Bescheid, aber wir wissen nichts über dich. Du stammst aus Polen, oder?«

Wir schlendern weiter und setzen uns auf eine der Bänke, die uns einen Blick auf den Altarm der Saar gewähren. Obwohl die Bäume noch kahl sind, wirken die zarten Nebelwölkchen, die die Sonne über dem Wasser hervorzaubert, faszinierend auf mich.

Ilina, die gerade von ihrem Sandwich abgebissen hat, kaut lang und umständlich, dann schluckt sie. Aber offenbar ist sie zu dem Schluss gekommen, uns ein bisschen mehr Einblick zu geben, denn sie nickt.

»Okay, möchtet ihr wissen mehr über Ilina. Warum nicht? Wo soll ich fangen an?«

»Vielleicht damit, wie alt du bist, woher du kommst, und was mit deiner Familie ist?« Lena sieht mich an, ich nicke grinsend.

»Ich bin ich neunundzwanzig.« Sie stutzt einen Moment. Ich muss mich sehr wundern: Auf diese Art hat sie die deutsche Sprache bisher noch nie gebeugt. Aber vielleicht liegt es einfach daran, dass sie nervös ist.

»Komme ich aus Katowice und habe ich Eltern und Bruder.« Sie stockt, als ob sie sich daran gewöhnen müsste, über sich selbst zu sprechen, was in mir den Eindruck erhöht, dass sich eine tragische Geschichte hinter ihr verbirgt. Aber immerhin hat sie bestätigt, was ich dachte, nämlich dass es der polnische Akzent ist, der sie noch einen Ticken interessanter macht, vor allem für die Männerwelt.

»Wie alt isn dein Bruder?«, will Lena wissen.

»Sechsundzwanzig, er heißt Hector.« Schon wieder hält sie inne, blickt kurz zur Seite, dann spricht sie weiter. »Hector hat letztes Jahr geheiratet und lebt in Polen.«

»Wie kommt es, dass du nach Deutschland gekommen bist? Der Liebe wegen?«, frage ich sie geradeheraus, obwohl ich bisher nicht den Eindruck hatte, dass Ilina liiert ist. Sie hat ja sogar mit meinem Kommissar geflirtet, bevor ihr klar war, dass Frank und ich fest zusammen sind.

Sie verzieht den Mund und sieht plötzlich unglücklich aus. Lena seufzt und beugt sich zu ihr vor. »Oje, is was Schlimmes passiert?«

»Ja, kann man sagen, ich bin hier wegen unglückliche Liebe.«

Lena schnalzt mit der Zunge. »Das dachten wir uns schon. Willst du drüber reden?«

Ilina blickt zögernd von Lena zu mir, ihre Augen wirken umwölkt. Ich verziehe mitleidig den Mund und atme mit einem Zischen die Luft ein. »Du musst es uns nur erzählen, wenn du wirklich magst.«

Ilina schließt die Augen, dann nickt sie und blickt uns abermals mit diesem umschatteten Schmerzensblick an. »Nun gut, ich erzähle euch, aber ist nicht schöne Geschichte. Normalerweise ich nicht denke daran, aber wenn ihr erst einmal wisst, sprechen wir nicht mehr darüber. Einverstanden?«

Lena und ich nicken heftig. In mir fängt es vor Aufregung an zu kribbeln. Man kann Ilina ein Gespür für Dramatik nicht ganz absprechen. Ich muss mich extrem anstrengen, nicht belustigt zu schnauben. Damit würde ich wahrscheinlich Ilinas Bereitschaft, uns alles zu erzählen, sofort zunichtemachen, und das will ich auf gar keinen Fall.

»Nun gut. Beginnt alles damit, dass ich war verlobt ...«

Lena quietscht, während ich mich frage, warum Ilina schon wieder eine Kunstpause einlegt.

»War ich verlobt mit Ceslaw, der ist gewesen attraktiver und netter Mann und alles, aber ich habe ihn nicht wirklich geliebt. Doch das habe ich erst spät bemerkt. Beinahe zu spät. Meine Eltern wollten, dass ich heirate Ceslaw, und er wollte das auch. Er war reicher Mann, Sohn von Industriellenfamilie, und ich war geschmeichelt, weil er wollte mich.«

»Stammst du auch aus wohlhabenden Verhältnissen?«, frage ich, obwohl ich noch genau weiß, wie Ilina hier auftauchte in ihren billigen Klamotten und mit schlechtgefärbten, langen Haaren. Ich nannte sie für mich nur das Kittelmädchen, obwohl ich in der ersten Sekunde unserer Begegnung ihre Schönheit erkannte. Auf meine Frage blickt sie mich an, als hätte ich etwas sehr Dummes gesagt, und schüttelt den Kopf.

»Spielt es keine Rolle mehr.«

Lena quiekt erneut, und auch in mir setzt sich die Frage fest, ob dieser Ceslaw, von dem sie in der Vergangenheitsform berichtet, womöglich nicht mehr lebt. Doch Ilina gebietet uns mit einer Hand Einhalt, als wir beide Luft holen, um nachzufragen.

»Wenn ihr nicht könnt warten und mich reden lassen, werden wir nicht schaffen Geschichte in unserer Pause. Also haltet mal die Klappe, ja?« Sie wartet unser zustimmendes Nicken ab, dann fährt sie fort. »War ich also verlobt mit Ceslaw, und machten wir Reise auf Oder, um zu feiern. Auf dem Schiff ich lernte kennen anderen Mann, Janusz, der mich hat von erste Moment an fasziniert. Er war Fotograf und kreativer Mensch, hat er gearbeitet für Ceslaw.«

Ich registriere, dass sie auch von diesem Mann in der Vergangenheitsform spricht, halte aber meinen Mund. Sie wird uns sicher gleich alles erzählen.

»Durch Janusz ich habe endlich geahnt, wie sich Liebe anfühlen soll: wie Blitz, der in mich eingeschlagen ist. Ich wurde unglücklich, weil ich nicht sah, wie ich kann entrinnen meiner Verlobung. Ceslaw hat nichts geahnt, aber mein Vater hat Janusz an dem Abend kennengelernt und sofort gehasst.«

»Dein Vater war dabei?«, fragt Lena nach. Auch mir ist die Konstellation nicht ganz klar.

»Ja, mein Vater war mit Geschäftskollege ebenfalls auf Schiff. Ist es aber nicht wichtig das. Ich war dumm und verzweifelt, und an dem Abend nach dem Essen ich habe mich versteckt und gewartet, bis alle haben geschlafen, und dann ich wollte machen Schluss.«

»Mit Ceslaw?«, will Lena es genau wissen.

»Nein, mit meinem Leben. Ich habe nicht mehr gesehen Ausweg, weil ich merkte, dass ich mich verliebte in falschen Mann. Und Ceslaw war so guter und schöner Mensch. Ich wollte mich stürzen in die schwarzen Fluten der nächtlichen Oder. War ich schon geklettert über Reling, als plötzlich ich spürte starke Arme mich umfangen, und ich hatte diesen Geruch in Nase.«

Lena und ich seufzen gleichzeitig. »Nach Aftershave?«

»Nein, nach Dieselöl. Hatte mich gemacht benommen, so ich plötzlich bin abgerutscht, und Janusz hat mich heraufgezogen. Hat er gerettet mein Leben.« Eine Träne kullert ihre Wange hinunter. Ich atme heftig ein und aus. Diese Geschichte berührt mich. Und jetzt leben beide Männer nicht mehr?

Sie hat eine ihrer Dramapausen eingelegt, um uns tief in die Augen zu schauen, bevor sie weiterspricht. »Ist es gekommen, wie kommen musste. Hat mich Janusz mitgenommen auf seine Kabine und haben wir gehabt schönste Nacht aller Zeiten. Er hat mich geknipst, wie mich hat geschaffen Gott. Ich habe getragen nur Kette auf meiner Haut, sonst nichts.« Sie zögert, als müsse sie nachdenken und lässt ihren Blick zwischen Lena und mir hin und her wandern. Ihre Hand greift den herzförmigen Anhänger ihrer silbernen Halskette, und gedankenverloren spielt sie damit. Wir hängen an ihren Lippen. Ich kann es mir so gut vorstellen: Die zarte Elfe mit der samtenen Haut, im schummrigen Licht auf einer Pritsche liegend, und Janusz, der mit einer Digitalkamera Fotos von ihr macht. Ganz bestimmt waren es ästhetische Bilder, und ich wünschte fast, ich könnte eines davon sehen. Doch wie ein Todesschwert hängt die Tragik der Geschichte über allem, da sie ja von beiden

Männern in der Vergangenheitsform gesprochen hat. Mein Magen zieht sich zusammen, als sie fortfährt, weil ich ahne, dass es kein gutes Ende nehmen wird.

»Ende der Geschichte ist schnell erzählt. Ich war glücklich und unglücklich in selbe Moment und wusste nicht, wie ich sollte Ceslaw beichten, dass ich nicht konnte heiraten ihn. Er hat aber entdeckt Nacktfoto auf meinem Handy und sofort geahnt, was ist los, und dann er hat angewandt gemeine Trick. Er behauptete, Janusz wäre ein Dieb auf der Flucht und hat ihn angezeigt, sodass Janusz wurde eingesperrt, bis Polizei konnte sein vor Ort. Aber dann ist passiert Unglück.« Sie schlägt die Hände vor das Gesicht, und ihre Schultern zittern plötzlich, sodass Lena und ich uns erschrocken vorbeugen, weil wir von den bitteren Tränen erschüttert sind, die Ilina vergießt. Wir legen ihr die Hände auf die Schultern und schauen uns über ihren gesenkten Kopf hinweg an. Oje, wir haben Ilina gezwungen, sich ihrem Trauma zu stellen. Hoffentlich haben wir damit keinen Schaden angerichtet! Sie hält den Kopf weiterhin in den Händen geborgen, während sie spricht. Ihre Stimme klingt dumpf, und wir müssen uns anstrengen, um alles zu verstehen.

»Das Schiff hatte Unfall und ist gesunken. Bis heute ist nicht geklärt, was genau ist passiert.«

Ich erinnere mich dunkel an einen Bericht über eine Schiffshavarie vor ein, zwei Jahren. Zwar weiß ich nicht mehr genau, wo das war, aber das ist ganz sicher das Schiff, auf dem Ilina war. Mir wird schlecht.

»Ich wollte ich Janusz retten und habe ihn gesucht, obwohl Ceslaw und mein Vater mich daran hindern wollten. Ich bin ihnen entwischt. Als ich hatte gefunden Janusz, wir waren schon halb unter Wasser, und er hat dafür gesorgt, dass ich konnte klettern auf treibendes Floß.« Sie hebt den Kopf wieder, sodass wir ihre geröteten Augen sehen können, und wischt sich eine Träne von der Wange. »Janusz ist ertrunken, und ich habe nicht mehr gesehen Sinn in meine Leben. Also ich habe verlassen meine Familie und bin gegangen nach Deutschland. Und das ist alles.«

Das Ende kommt mir etwas abrupt vor, und ich habe tausend Fragen, die ich ihr stellen will. Zum Beispiel, ob Ceslaw auch tot ist, oder ob er lebt und akzeptiert hat, dass sie ihn nicht heiraten will. Außerdem interessiert mich, ob sie keinen anderen Beruf gelernt hat, oder wie es kommt, dass sie als Mädchen für alles im Callcenter arbeitet.

Doch sie tippt vielsagend auf ihre Armbanduhr und strafft die Schultern. Ihr Blick ist wieder völlig klar, und nur noch eine zarte Rötung der unteren Augenlider lässt erkennen, wie emotional aufgewühlt sie gerade war. Ich kann nicht anders, als sie zu bewundern, als sie den Kopf reckt wie in den Zeiten, in denen sie für mich noch das Kittelmädchen war. Mit fester Stimme sagt sie: »So, das ist alles, will ich nicht mehr darüber reden. Und außerdem ist vorbei unsere Pause. Sollten wir uns beeilen, damit du kannst machen weiterhin gute Abschlüsse und gewinnst ›Susis schäumende Sinnenfreude‹.« Ihr Lachen hat etwas Hämisches, zwingt Lena und mich aber dennoch, einzustimmen, als wir mit beschwingten Schritten den Weg zurück zum Callcenter einschlagen.

Wir haben den Park noch nicht verlassen, als Ilina plötzlich abrupt stehen bleibt und angestrengt zwischen den Bäumen hindurch starrt. Ihre Haltung drückt Alarmbereitschaft aus, sodass ich unwillkürlich ihrem Blick folge, in der Ferne unter den Bäumen jedoch nur eine Gruppe von Fußgängern erkennen kann, die auf den ersten Blick nicht einmal zueinander gehören.

»Ilina?«, sage ich irritiert. Sie strafft die Schultern und schaudert kurz zusammen, so als laufe ihr eine Gänsehaut über den Rücken, dann sieht sie mir in die Augen.

»Alles gut, beeilen wir uns.«

Lena wirft mir hinter ihrem Rücken einen fragenden Blick zu, den ich jedoch nur mit einem Schulterzucken beantworten kann. Was auch immer unsere Freundin hat stocken lassen, bleibt mir verborgen. Ich bemerke jedoch sehr wohl, dass sie nachdenklicher als sonst wirkt und bei unserem kurzen Weg keinen Ton mehr sagt. Wen hat sie dort bloß gesehen?

Ilinas tragische Geschichte hat ein Gefühl von Zusammengehörigkeit in uns geweckt, und für mich fühlt es sich an, als wären wir ein verschworenes Trio, als wir kurz darauf aus dem Fahrstuhl in das Büro eintreten und Dürrbier, der wie immer am Ende der Mittagspause das Eintrudeln seiner Mitarbeiterinnen überwacht, in einer synchronen Bewegung zunicken.

Die folgenden Stunden sind so vollgepackt mit Telefonaten und gelungenen Verkaufsgesprächen, dass ich an Ilinas Geschichte oder an die Gedichte meines heimlichen Verehrers keine Gedanken mehr verschwende.

Als Dürrbier mir an diesem Abend tatsächlich eine Flasche Sekt überreicht, stehen Lena und Ilina an meiner Seite, und da ich von Frank eine WhatsApp bekommen habe, in der er mir mitteilt, dass es heute wieder spät wird, frage ich die beiden, ob sie mit zu mir nach Hause kommen wollen, damit sie »Susis Saft aus der Rebenfrucht« trinken können. Die bestellten Pumphosen kann ich danach noch nähen. Wie sich herausstellt, mögen beide, im Gegensatz zu mir, die halbtrockenen Sorten und stimmen erfreut zu. Nach einem Schlenker zur Lebensmittelabteilung des *Klopfer* schlagen wir also zu dritt den Weg nach Beaumarais ein. Zu Hause angekommen lege ich die Flasche ins Eisfach, und es ist gerade mal sieben, da sitzen wir zu dritt an meinem Tisch, wobei ich die beiden bitte, Franks Klamottenhügel auf dem Stuhl zu ignorieren, seine Plattensammlung und seine Schuhe mit Nichtachtung zu strafen, und meine Nähsachen freundlicherweise zu übersehen.

Wie sich zeigt, haben beide damit keinerlei Probleme, sodass wir uns entspannt die leckeren Antipasti zu Weißbrot und Sekt beziehungsweise Wasser schmecken lassen.

Lena wagt es irgendwann zaghaft, Ilina noch einmal auf Ceslaw und Janusz anzusprechen, doch diese lässt sich lediglich dazu hinreißen, uns zu sagen, dass Ceslaw und ihr Vater damals, wie die meisten Passagiere, das Unglück unbeschadet überstanden hätten. Und dann wechselt sie geschickt das Thema, worüber ich nicht sehr erfreut bin.

»Hast du inzwischen herausgefunden, ob Gedichte sind berühmt?«, fragt sie mich.

Ich runzle die Stirn. »Anscheinend sind sie das nicht. Ich habe nach dem lustvollen Weib gegoogelt, aber nichts gefunden.« Ich verziehe den Mund, weil ich weiß, dass meine Suche alles andere als gründlich war. Anscheinend kann Ilina meinen Gesichtsausdruck mit Leichtigkeit interpretieren, denn sie schnalzt missbilligend mit der Zunge.

»Hast du PC hier?« Suchend blickt Ilina sich um. Erst jetzt habe ich das Gefühl, dass sie die Unordnung wahrnimmt, und schäme mich. Aber nur kurz.

»Ja, oben.« Ich stehe auf und klettere die Raumspartreppe hinauf, um meinen Laptop aus dem Schlafzimmer zu holen. Wieder unten, sehe ich, dass die beiden den Tisch abgeräumt haben, und stelle das Notebook darauf ab, klappe es auf und schalte es ein.

»Tot«, sage ich und ziehe eine Grimasse. »Ich habe vergessen, den Akku aufzuladen. In letzter Zeit benutze ich es ja oft, um den Shop zu aktualisieren, aber ich vergesse immer das Scheißladekabel.« Mit diesen Worten stehe ich auf und laufe hoch, um besagtes Kabel zu suchen. Erfolglos.

Ich steige wieder runter und zucke die Schultern. »Kann es gerade nicht finden.«

»Du bist so leichtsinnig!« Ilina fuchtelt wie eine Lehrerin mit dem Zeigefinger vor meiner Nase herum. Mir scheint, sie ist von Susis Sinnenfreude gehörig angeschickert. Dabei habe ich sie doch auf meiner legendären Party als trinkfest erlebt. Lena lehnt sich zurück und beobachtet Ilina mit schiefgelegtem Kopf.

»Jetz reg dich mol ab«, sagt sie entspannt. »Morje müsse mir sowieso ins L&L-Büro unn die neue Klamotte unterbringe. Wahrscheinlich hats Lucy sei Kabel dort vergess.« Lenas saarländisch Platt ist dank Alkoholgenuss stärker ausgeprägt als sonst. Das ist eines der Dinge, die ich an ihr so liebe. Ich hoffe wirklich, dass sie bald meine Schwägerin wird.

»Wieso leichtsinnig?«, will ich von Ilina wissen. »Was ist denn dabei, wenn ich mein Kabel irgendwo liegenlasse? Weit kann es nicht sein.«

»Ich verstehe nicht, wie du das aushalten kannst. Du musst doch wissen wollen, wer steckt hinter Gedichten. Und ob sie sind selbst verfasst.« Sie blickt kurz zur Decke, und für eine Sekunde sieht sie wieder so verhuscht aus wie heute Mittag im Park, als sie wer-weiß-wen gesehen hat. »Was das Ganze noch schlimmer machen würde.«

Ich schnaube. »Ach, jetzt hör doch auf, du übertreibst.«

Ilina setzt sich aufrecht hin, und ihre Augen blitzen. »Du bist genauso ignorant wie Dürri, Herzchen! Ist dir denn nicht klar, dass jemand richtig Fieses dahinter stecken könnte? Vielleicht ein Irrer, vielleicht aber auch ein Zuhälter. Ist man gewohnt sowas von denen. Machen sie gefügig junge, dumme Mädchen mit Liebesgesäusel und Geschenken.«

Ich lache schallend. »Bin ich vielleicht ein junges Mädchen? Habe ich vielleicht Geschenke bekommen? Nein, nur diese Gedichte, die anonym an die *Mediaboutique* geschickt wurden.«

»Was für junge Mädchen meinst du eigentlich, Ilina? Hast du Erfahrungen gemacht mit solchen Männern?«

»Ja, genau«, nehme ich Lenas Frage auf. »Weißt du mehr als wir?«

Sie starrt uns an und hat wieder einen so feindseligen Ausdruck wie früher, als sie sich mir gegenüber immer total überlegen gab.

»Meine Güte«, stößt sie dann aus. »Tut ihr nur so, oder seid ihr wirklich so unbedarft?« Ich komme nicht dazu, mich über ihre Ausdrucksweise zu wundern, denn sie springt vom Stuhl auf und beginnt, in meiner kleinen Wohnung hin und her zu laufen. Dabei hält sie uns einen Vortrag, der sich gewaschen hat. Ihr Akzent tritt nach und nach deutlicher hervor, als sie uns davon berichtet, dass junge Mädchen aus europäischen Ländern, auch Polen, und vom Balkan in Deutschland zur Prostitution gezwungen werden, und wie schwer das Schicksal dieser Mädchen ist. Ich bin beeindruckt von ihrem detaillierten Wissen, kann den Zusammenhang jedoch nicht erkennen. »Ja, Ilina, das ist wirklich furchtbar. Aber was hat das mit den Gedichten zu tun?«

Sie setzt sich wieder an den Tisch, nimmt ihr Glas und leert es. Dann sieht sie mir lange in die Augen, und ich habe das Gefühl, dass es hinter ihrer Stirn arbeitet. Ist die Liebesgeschichte, die sie uns heute Morgen erzählt hat, nur die Spitze eines Eisberges?

»Nun, hoffe ich, dass es hat nichts zu tun mit Gedichten. Hoffe ich, dass dein Verehrer wirklich nur ist armes Würstchen, das hat verliebt sich in deine Stimme. Aber was, wenn nicht? Was, wenn steckt dahinter jemand, der ist genauso krank oder kriminell wie Männer, die benutzen importierte, junge Mädchen?«

»Das ist aber arg weit hergeholt«, sagt Lena, und ich kann ihr nur zustimmen.

»Ist es wirklich? Könnt ihr wissen das? Kann irgendjemand wissen das?«

»Nein, niemand kann das wissen. Aber es gibt doch überhaupt keinen Hinweis auf sowas. Du redest da gleich von Prostitution. Wie kommst du bloß darauf?« Jetzt will ich es aber wirklich wissen. Ich meine, wozu soll ich mir von Ilina solche Angst einjagen lassen? Es ist doch, verdammt nochmal, gar nichts passiert. Ich habe nicht wochenlang mit Doktor Treibel daran gearbeitet, meine Ängste abzubauen, um mir jetzt wegen ein paar Gedichten ins Hemd zu machen. Ich lasse mir meinen wiedergefundenen Seelenfrieden ganz bestimmt nicht von Ilina zerstören ...

»Ist es ein Gefühl. Weckt das Ganze *bad vibrations* in mir.« Sie bricht ab.

Entnervt krame ich mein Smartphone aus meiner Handtasche und tippe darauf herum. »Bitte, wenn du es unbedingt selbst sehen willst!« Damit gebe ich erneut die ersten beiden Zeilen des besagten Gedichts ein, und erneut spuckt die Suchmaschine meines Handys Tipps für ein gelungenes Liebes- und Sexleben aus. Ich halte das Handy vor Ilinas Augen, damit sie es selbst sehen kann. Sie zieht eine ungläubige Grimasse.

»Hm, aber dann er hat geschrieben selbst das Zeug.« Sie runzelt die Stirn. »Gefällt mir das alles nicht.« Sie zieht die Schultern hoch. »Will ich sagen nur, dass du musst geben Acht auf dich, ja?«

Ich stöhne. »Das mache ich doch! Außerdem hat Frank auch ein Auge auf mich.«

»Wo bleibt der eigentlich?« Lena sieht auf ihre Uhr, dann zu mir. »Du musst doch noch nähen, oder? Ich habe der Kundin zugesagt, dass wir die Ware in zwei Tagen fertig haben.« Lena steht auf. »Wir sollten gehen, Ilina.«

Es erweckt den Eindruck, dass Ilina erleichtert über Lenas Vorschlag ist, so schnell steht sie auf und rafft ihre Sachen zusammen. Kaum eine Minute später haben die beiden sich verabschiedet. Ich schließe die Wohnungstür hinter ihnen und bleibe mit einem eigenartig hohlen Gefühl im Magen zurück.

Was eigentlich ein Kinderspiel sein sollte, entpuppt sich dann als unüberwindbare Herausforderung: die Pumphosen, die innerhalb von zwei Tagen fertig sein sollen. Normalerweise brauche ich dafür nur zwei Stunden, also beginne ich fröhlich mit der Arbeit und lege die Stoffbahnen auf dem leergeräumten Tisch aus, um das Schnittmuster mit Nadeln daran zu befestigen. Ich habe gerade noch genug von dem Stoff da, den die Kundin sich ausgesucht hat, und die Teile für die passenden Größen zuzuschneiden ist auch kein Problem. Wie immer in den letzten Wochen vergesse ich darüber alles, was mich beschäftigt, heute also die Gedichte und die Frage, ob mein unbekannter Verehrer tatsächlich selbst solche Lyrik verfasst. Ich vertiefe mich stattdessen in die aufwendigen grafischen Muster, deren Zuschnitt natürlich penibel genau verlaufen muss, damit die Hosen am Ende auch so wirken wie sie sollen.

Keine Ahnung, woran es liegt, aber meine Gedanken wandern doch wieder ab, zu dem Liebesdichter und zu meinem Liebsten, der von seinem aktuellen Stadtparkmordfall sehr beansprucht ist. Ein kurzer Moment der Unkonzentriertheit führt jedenfalls dazu, dass ich am Ende die eine Seite der Mama-Hose genau falsch herum zugeschnitten habe, sodass das Muster kein harmonisches Ineinanderfließen ergibt, sondern ein irgendwie abgehackt wirkendes komisches Etwas, das jede Frau, die es trägt, unförmig wird wirken lassen. Ich ziehe die Hose selbst an, um das Ergebnis im Spiegel zu betrachten, und dass mir die Tränen die Wangen hinunterlaufen, ist die einzig logische Reaktion auf meinen Anblick. Mist! Dreimal Mist! So können wir das Ding auf gar keinen Fall verkaufen.

Ich schicke Lena einen Schnappschuss und eine WhatsApp mit der Info, dass ich den letzten verbliebenen Stoff versaut habe und nun die georderte Hose nicht rechtzeitig werde liefern können. Dieser Stoff war nämlich aus einem Restposten, und die Wahrscheinlichkeit, ihn wieder zu bekommen, ist verschwindend gering.

Sie antwortet mit dem Glotzaugen-Smiley, was meine Stimmung nicht gerade hebt. Dann vibriert mein Handy, es ist Lena. »Weißt du, was das für eine Kundin ist?«

Ich ahne Schlimmes. »Nein.«

»Eine Influencerin, die einen Mama-Mode-Blog betreibt. Ihre Besprechungen werden tausendfach angeklickt. Die wird uns in der Luft zerreißen.«

Mir wird schlecht. So etwas hat uns zum Start-Up gerade noch gefehlt.

»Oh Gott, was machen wir denn jetzt?«

»Du besitzt diese Hose auch selbst, oder?«

»Ja, aber ich habe sie schon einige Male getragen. Und sie hat einen Olivenölfleck.« Eine Sekunde muss ich daran denken, wie der Fleck in die Hose gekommen ist. Es war ein kuscheliger Sofa-Abend mit Frank, an dem er mich mit frisch gebackenem Weißbrot gefüttert hat, das er zuvor in Olivenöl tunkte. Der Fleck ist kaum zu sehen, aber er ist da.

»Kriegst du den nicht irgendwie raus? Wir müssen der Frau die Hose verschaffen. Ich han die doch zugesagt. Die Hos fürs Mädche is fertig?«

Ich halte die kleine Version der Hose hoch. »Ja, die habe ich hier, in der gewünschten Größe.«

»Lucy, du musst entweder den Stoff nochmal ufftreibe, oder du reinigst dei eigene Hos.«

Ich treffe meinen Entschluss sofort. »Okay, morgen gebe ich sie in die Express-Reinigung. Wird schon klappen.«

Wenig später bekomme ich von Frank noch eine Gute-Nacht-WhatsApp-Nachricht. Ich solle nicht auf ihn warten.

Ich werde das schlechte Gefühl nicht los, als ich erst sehr spät ins Bett gehe.

Kapitel 7

Frank wartet im Besucherraum der JVA Ottweiler auf Max Schöller. Der Richter hat den Haftbefehl für den Jungen noch am selben Abend erteilt. Seitdem sitzt er in Ottweiler in Untersuchungshaft. Die Haftprüfung, die seine hinzugezogene Anwältin Anna Maria Schober anstrebt, kann frühestens in ein paar Tagen erfolgen. Der Junge tut Frank leid, weil er vermutlich nicht der Stadtparkmörder ist; Frank glaubt ihm. Doch als ermittelnder Kriminalbeamter hat er keinen Einfluss auf die Entscheidungen des Richters. Die Suche nach dem Mädchen Bianca Filipova ist bisher ohne Ergebnis verlaufen. Wahrscheinlich ist der Name nicht einmal echt. Jedenfalls hat Tina das heute Nachmittag in den Raum gestellt, da sie zwar eine Frau mit dem Namen hat ausfindig machen können, es sich dabei jedoch um eine fast Neunzigjährige handelte. Die Frau lebt in Bulgarien, scheint aber mit dem Phantommädchen nichts zu tun zu haben.

Erst heute Nachmittag hat Max ausrichten lassen, dass ihm ein Detail eingefallen sei. Der Vollzugsbeamte führt den Verdächtigen in den Raum. Die dunklen Augenringe haben sich noch vertieft. Die Haft muss ein Schock für den Jungen sein, dessen Bruder Nick auf

Franks Anraten hin sofort einen Rechtsanwalt mit seiner Verteidigung betraut hat. Da Rouwen Schober beruflich derzeit ausgelastet ist, hat dieser seine Schwester A-Mi empfohlen. So ist es gekommen, dass sie in diesem Fall die Rechte des Jungen vertritt. Es war ein komisches Gefühl, Lucys überkritische Schwester bei den bisherigen Vernehmungen dabei zu haben, andererseits hat Frank sie dadurch von einer neuen Seite kennengelernt. Sie macht ihre Arbeit besonnen und professionell. Sie will innerhalb der kürzestmöglichen Frist versuchen, Max aus dem Gefängnis zu holen. Auch sie ist von seiner Unschuld überzeugt, das hat sie Frank signalisiert. Dennoch bleibt Max der Hauptverdächtige, solange es keine neuen Erkenntnisse gibt.

Frank begrüßt A-Mi und Max mit Handschlag, dann nehmen sie alle drei Platz.

»Sie möchten mir noch etwas mitteilen?«, fragt Frank den Jungen.

Der sieht zu A-Mi, dann nickt er. »Mir ist etwas eingefallen. Sie haben mich doch nach Namen gefragt. Ich bin mir jetzt sicher, dass Bianca mir den Namen des Clubs genannt hat, in dem sie in Hamburg getanzt hat. *Secret Séparée* oder so ähnlich.«

***

Ich renne mitten in der Nacht durch die Fußgängerzone, es ist kalt und regnet, und alle Restaurants sind geschlossen. Keine Ahnung, wieso ich um diese Zeit, es müssen die frühen Morgenstunden sein, ohne Frank durch die menschenleeren Straßen laufe. Die Schritte hinter mir hallen laut wider, und die Panik schnürt mir die Kehle zu. Trotzdem muss ich weiter, immer weiter, denn es geht nicht nur um mich, sondern auch um die Babys in meinem Bauch. Der kalte Regen peitscht mir ins Gesicht, mein Mantel wird immer schwerer vom Wasser, und meine Peeptoe-Manolos verhindern, dass ich schnell laufen kann. Die Wollstrumpfhose hat sich ebenfalls mit Wasser vollgesogen, sodass ich in den Schuhen rutsche und kaum noch koordiniert einen Fuß vor den anderen setzen kann. Der Klang der Schritte hinter mir wird lauter, jetzt kann ich sogar den Atem meines Verfolgers hören. Ich weiß, dass ich mich nicht umdrehen darf, weil ich sonst wertvolle Zeit verliere, die ihm in die Hände spielt. Verzweifelt versuche ich, nach Frank zu rufen, aber meine Stimme versagt, und mein Atem geht viel zu schnell. Meine Lunge fängt an zu brennen, sodass jeder Atemzug zur Qual wird. Ich merke, wie ich langsamer werde, und nun ist mein Verfolger ganz nah. Gleich wird er nach mir greifen.

»Ich liebe das Weib«, stößt er plötzlich mit seiner schnarrenden Stimme aus, »wenn vor Lust es vergeht.«

Und dann spüre ich einen Stoß an meiner Schulter, der mich nach vorne katapultiert. Ich verliere das Gleichgewicht und rudere mit den Armen, rutsche haltlos in meinen Manolos und stürze auf meinen Babybauch, vom Schwung knalle ich mit dem Kinn auf den Pflastersteinen auf. Das Geräusch, mit dem meine Zähne aufeinander schlagen, geht mir durch Mark und Bein. Die größte Angst gilt jedoch den Zwillingen, ich hoffe, dass sie durch die Gebärmutter geschützt sind und ihnen nichts zugestoßen ist.

»Wenn lodernd im Banne der Lüste es steht«, höre ich abermals die verhasste Stimme, bevor Dürrbier – Dürrbier? – sich neben mir hinkniet und mich grob mit der Hand an der Schulter herumreißt. Er bringt sein Gesicht dicht vor meines, bis ich seine gelben Zähne zwischen den ledrigen Lippen erkennen kann, und mit weit aufgerissenen Augen rezitiert er sein Gedicht und sieht dabei aus wie eine Horrorgestalt aus einem Steven-King-Roman.

»Wenn neblig ihr Blick, ihr Antlitz erbleicht, halboffen ihr Mund, die Lippen so feucht.«

An dieser Stelle kann ich wieder atmen und reiße den Mund auf, um zu schreien. Endlich, endlich kann ich um Hilfe rufen, was ich auch so laut tue, wie mein Organ es hergibt. Gleichzeitig schlage ich auf Dürris Brust ein, der mich jetzt mit beiden Händen fest an den Oberarmen hält, immer noch weiter auf mich einrezitierend. Erst als ich einen einzigen, langen Schrei ausstoße und gar nicht mehr damit aufhöre, ändern sich die Worte, die er zu mir sagt. In mein langgezogenes iiiiiii von »Hilfe« brüllt er plötzlich meinen Namen, der mich sofort verstummen lässt, noch ohne »lfe« gerufen zu haben.

Mehrere Dinge geschehen auf einmal, und ich habe Mühe, sie zu begreifen: Die Stimme von Dürri ändert sich, und sein Aussehen tut es auch. Plötzlich ist es nicht mehr der alte Ekeltyp, der über mich gebeugt auf mich einspricht, sondern es sind die geliebten Gesichtszüge von Frank, seine Augen schimmern im Licht der Nachtlampe fast schwarz, seine Haare sind verwuschelt, und seine Stimme klingt besorgt. Meine Kleidung ist nicht mehr durchnässt, und ich liege auch nicht auf der Straße, sondern in meinem Bett, in meinem Shortypyjama und den Wollsocken, die der Dieter mir zu Weihnachten gestrickt hat.

»Lucy, du hast geträumt«, verstehe ich endlich Franks Worte und komme wieder ganz bei mir an. Er zieht mich in seine Arme und murmelt in mein Haar. »Alles ist gut, es war nur ein böser Traum.«

Ich zittere noch eine Weile und genieße es, Frank zu riechen und zu spüren, der mich sacht hin und her wiegt und mir unaufhörlich ganz, ganz süße Worte ins Ohr flüstert. Laut aussprechen würde er sie nie, das weiß ich, deshalb sind sie auch umso wertvoller. Ich verschließe sie tief in dem Schatzkästchen der nicht laut gesagten Worte meines Liebsten, das ich in meinem Herzen aufbewahre, gleich neben dem Platz für die Zwillinge, denn sie sollen unser süßes Geheimnis bleiben.

Doch dann, ausgerechnet in einem so innigen Moment, erklingen wieder die inneren Zwillinge in meinem Kopf und machen sich voller Häme über »Schnurzelchen« und »Mausezähnchen« lustig und verderben damit das Besondere daran, wenn ein Mann wie Frank sich so liebevolle Kosenamen für eine Frau ausdenkt.

Mein Liebster ahnt nicht, in welch peinliche innere Bedrängnis er mich damit bringt, dass er immer noch weiter süße Namen für mich erfindet. Es ist so, als würde man seinem Teenagerkind, das man gegen seinen Willen auf den Schulhof begleitet hat, einen Kuss auf die Stirn drücken, über die Haare streichen und dann noch sagen: »Pass gut auf dich auf, mein Schatz. Mami hat dich lieb.«

Die überheblichen Stimmen meiner inneren Zwillinge tun mir genauso weh, wie es die Spottrufe eines Schulhofs voller Halbwüchsiger nur könnten. Mir bleibt keine andere Wahl, als mich wieder zu berappeln, die Schultern zu straffen und mich aufzusetzen. Ich drücke Frank einen Kuss auf die sinnlichen und vollen Lippen, lasse aber nicht zu, dass er mehr einfordert, denn ich kann mich gar nicht erinnern, ihn heimkommen gehört zu haben. Er merkt, dass ich nicht auf seine Zärtlichkeiten eingehe, und setzt sich aufrecht hin. Ich lächle ihn an, weil ich ihn in diesem Licht, ohne seine Brille, im verknautschten Schlafanzug und mit Strubbelkopf, am allermeisten liebe. Ich glaube, er erkennt, welch starkes, zärtliches Gefühl ich ihm gerade entgegenwallen lasse, denn er erwidert mein Lächeln.

»Geht es wieder, Liebes?«

»Ja, danke, dass du mich geweckt hast. Wann bist du denn nach Hause gekommen?«

Er runzelt die Stirn. »Vor einer halben Stunde. Es gibt neue Erkenntnisse in unserem Fall, das hat etwas länger gedauert. Aber mehr darf ich dir nicht erzählen.«

Ich schüttle den Kopf. »Will ich auch nicht hören.« Dann lege ich meine Hand auf seinen Unterarm. »Geht es dir gut?«

Er zieht eine Schulter hoch. »Ja, alles okay.« Er beginnt, meine Hand auf seinem Arm zu streicheln. »Aber was ist mit dir? Was hast du geträumt?«

Ich schaudere. »Puh, das war ekelhaft. Ich habe geträumt, Dürrbier verfolgt mich, dabei hat er eines dieser bescheuerten Gedichte rezitiert, du weißt schon, die ich im Callcenter bekommen habe. Und dann hat er mich umgestoßen und wollte was von mir.« Mir läuft eine Gänsehaut über den Rücken. »Gruselig.«

»Das glaube ich dir. Du hast gebrüllt wie ein Schweinchen auf der Schlachtbank.« Seinen Vergleich finde ich nicht gerade schmeichelhaft, und so kann ich ein missbilligendes Schnauben nicht unterdrücken.

Er grinst schief. »Sorry, Lucy, das war ein missglückter Scherz. Ich wollte, glaube ich, dieses Grunzen hören. Das entspannt mich immer, wenn es auf der Arbeit zu stressig ist.« Er legt den Kopf in den Nacken und lacht.

»Wie schön«, sage ich trocken, fühle mich aber versöhnt. »Ilina ist irgendwie auch schuld, dass ich so schlecht schlafe. Sie reitet dauernd darauf herum, dass der Verfasser der Gedichte vielleicht was mit der Rotlichtszene zu tun hat. Sie meint, es könnte jemand Skrupelloses sein, der kriminell ist. Ich halte das für übertrieben, und außerdem hat sie mir mit ihrem doofen Geschwätz Angst gemacht.«

Frank verzieht den Mund. »Aber das letzte Gedicht ist auch in der *Mediaboutique* angekommen?«

»Ja, wie immer, an die Hauptadresse der *Mediaboutique*. Dürri ist überzeugt, dass es ein Kunde ist, der einfach nur seine Wertschätzung ausdrücken will. Aber Ilina hat ihm verboten, die Gedichte weiter auszuhängen, und das finde ich okay. Ansonsten ist es ja wohl am besten, sie einfach zu ignorieren, oder? Wird die Polizei in so einem Fall aktiv?«

»Natürlich nicht. Es deutet ja nichts auf eine Bedrohung hin. Ich werde trotzdem mal mit Dürrbier reden und ihm auf den Zahn fühlen. Vielleicht können wir herausfinden, woher die Mails kommen.« Er sieht zur Seite. »Das wird allerdings nicht ganz einfach sein. Du weißt ja, kein Straftatbestand, keine Ermittlung. Versprich mir, dass du mir Bescheid sagst, falls der Verehrer dir auf irgendeine Weise näherkommt.«

***

Die schlaflosen Nächte werden in den nächsten Tagen leider zu einer ungeliebten Gewohnheit. Schön daran ist lediglich, dass Frank, der weiterhin wegen der aktuellen Ermittlungen erst spät heimkommt, mich jedes Mal zärtlich aus den bösen Träumen holt, beruhigt und tröstet. So haben wir fast jede Nacht innige Momente, die uns als Paar immer mehr zusammenschweißen. Doch die Müdigkeit lässt sich natürlich irgendwann nicht mehr ignorieren.

Meine Arbeit macht mir neuerdings Spaß. Ja, ich meine tatsächlich die Callcenter-Arbeit, die dadurch, dass die Kundinnen und Kunden mir die angepriesenen Artikel schier aus den Händen reißen, ein nie dagewesenes Zufriedenheitsgefühl in mir weckt. Außerdem gleicht sie meinen üblen Fauxpas aus, den ich mir mit der Pumphose geleistet habe. Es ist mir mehr als peinlich, aber L&L hat seine allererste Online-Bewertung bekommen, und die ist, na ja, unterirdisch.

»Pumphosen mit Ölfleck«, das war die Überschrift über der Bewertung. Und genauso ging es weiter: »Könnt ihr euch vorstellen, dass ihr ein neuwertiges Kleidungsstück bestellt, und dann ein Gebrauchtes bekommt? Die Hose war gereinigt, immerhin. Aber eine der Nähte sah aus, als wäre das Teil mehr als einmal getragen, und dann habe ich auch noch einen riesigen Ölfleck entdeckt! Ein absolutes No-Go. Kann man

Minuspunkte verteilen? Also, ihr Lieben von L&L, so geht das gar nicht! Schade darum, denn die Hose ist traumhaft schön. Auch die kleine, meine Tochter liebt sie!«

Wenn wir nicht eine große Zahl weiterer Bestellungen hätten, und wenn ein Teil davon nicht längst auf dem Weg wäre, hätte ich Lena gebeten, alles wieder zurückzufahren. Was für eine bescheuerte Idee, mit einem Modelabel im Internet Geld verdienen zu wollen. Es kann nur noch eine Frage der Zeit sein, bis sich der Ölfleck herumspricht. Ich bin also nicht gerade zuversichtlich, was L&L betrifft. Noch dazu drängt diese permanente Müdigkeit in meinen Knochen voran. Außerdem habe ich das Gefühl, dass die heranwachsenden Zwillinge mich, noch bevor sie das Licht der Welt erblickt haben, auslaugen. Der Gedanke gefällt mir gar nicht, weil ich fürchte, ihnen damit unrecht zu tun, aber ich kann nach der dritten Albtraumnacht in Folge einfach nicht mehr darüber hinwegsehen, dass ich an Schlafmangel leide. Dazu bräuchte ich nicht einmal Dürris spitzen Zeigefinger, mit dem er auf meine Schulter einpickt und mich gnadenlos aus dem Schlaf reißt. Auch seine nicht sehr einfühlsamen Worte »Sie zerstören die Tastatur, Frau Schober. Speichel und Kaffee verträgt sie nicht« wären nicht nötig, um mir das klarzumachen. Aber was soll ich tun? Nie und nimmer bin ich bereit, unser Modegeschäft jetzt zu reduzieren, weil ich damit Lena in den Rücken fallen würde, wo ich doch schuld an dem ersten Verriss bin. Wie sie vorausgesagt hatte, haben Tausende die Besprechung des Blogs angeklickt. Aber meine Arbeitszeiten im Callcenter kann ich nicht kürzen, weil es noch zu früh in der

Schwangerschaft ist, außerdem war ich ja gerade erst mehrere Wochen krankgemeldet. Müdigkeit ist kein Grund für eine Krankschreibung.

Das alles wäre ja noch erträglich, wenn nicht die Anrufe meiner Mutter hinzukämen, die sich ganz auf mich einschießt. Schließlich bin ich schwanger mit den ersten Enkelkindern meiner Eltern. Zwar hat die Apothekerin mir dankenswerterweise alles verziehen, was sie mir in den letzten Monaten vorgehalten hat: dass ich immer noch in der *Mediaboutique* arbeite, dass ich Frank der Familie zu spät vorgestellt habe, dass ich meine Eltern nicht zu meiner Party auf Kats Hühnerhof einladen wollte, dass ich sogar mit der Nachricht über meine Schwangerschaft viel zu spät herausgerückt bin, und vieles andere mehr. Aber die Tatsache, dass ich nun in der Beliebtheitsskala der Schober-Kinder bei meiner Mutter nach oben gerückt bin, bedeutet in ihren Augen ja nicht, dass ich ohne ihre klugen Ratschläge überleben könnte.

Gerade reibe ich noch den Schlaf aus meinen Augen, als mein neues Handy klingelt, das neben besagter, vollgesabberter Tastatur auf meinem Callcenter-Schreibtisch liegt. Mit einem verstohlenen Blick über die Schulter, der mir zeigt, dass Dürri außer Hörweite ist, nehme ich das Gespräch an. Normalerweise liegt mein Handy immer in meiner Handtasche, und während der Arbeitszeiten benutze ich es nicht. Aber heute muss ich zu Arbeitsbeginn verwirrt gewesen sein. Genau wie jetzt, denn sonst würde ich die Nummer des eingehenden Anrufs checken und ihn nicht annehmen.

»Ja?«, nuschle ich stattdessen in mein Phone. Ich muss tief geschlafen haben.

»Lucy, wieso gehst du denn ans Telefon?« Die Absurdität dieser Frage versetzt mich schlagartig in eine Art Alarmzustand. So kann nur eine fragen, nämlich meine Mutter.

»Wieso rufst du an, wenn du nicht willst, dass ich ans Telefon gehe?«

»Entschuldige, Kind, mir ist nur just im Moment des ersten Läutens in den Sinn gekommen, dass du bei der Arbeit bist. Deshalb habe ich nicht damit gerechnet, dass du das Telefonat annehmen kannst.«

Ich seufze. »Stimmt, kann ich auch nicht.« Mit dem Blick suche ich nach Dürri. Ist er bereits im Anflug? Doch nein, sein leicht gebeugter Rücken verschwindet soeben durch die Tür zu seinem Büro. »Also, machen wir es kurz, Mutter. Weshalb rufst du an?«

»Ich möchte nachfragen, ob du dich bei einem Geburtsvorbereitungskurs angemeldet hast.«

Für sowas hatte ich nun wirklich keinen Nerv. Wann hätte ich mich denn darum noch kümmern sollen? Ich antworte also wahrheitsgemäß mit einem schlichten »Nein«.

»Sehr gut, ich habe das nämlich für dich getan. Ende April geht es los, im Elisabeth-Klinikum. Freust du dich?«

Mir kommen keine Worte in den Sinn, die ich darauf sagen könnte.

»Frank kann dich begleiten.« In mir wird eine Erinnerung wach: Hatte Ellen mir nicht letztes Jahr von ihrem Kurs erzählt, und hatte sie nicht sogar die Dreistigkeit besessen, Frank zu fragen, ob er den Dieter vertreten könne? An dem unangenehmen Ziehen in meinem Magen erkenne ich, dass ich dieses Thema nicht mag. *Noch* nicht jedenfalls. Aber vermutlich hat die Apothekerin recht, jetzt schon zu buchen. Diese Kurse sind bestimmt total überlaufen, und wie sollte ich ein Kind bekommen – pardon, zwei – ohne so einen Kurs belegt zu haben? Man weiß schließlich nie genau: Was, wenn an dem Tag alles vereist ist und ich nicht ins Krankenhaus komme? Ach nein, der Geburtstermin ist ja mitten im Sommer. Aber wenn alle streiken oder so ... Oder wenn alle Ärzte und Hebammen der Geburtsstation an dem Tag krank sind? Kurz, was, wenn niemand da ist, der mir sagt, was ich machen muss?

»Dann kann ich immer noch ein Youtube-Video über Geburten anschauen, um zu sehen, wie es geht«, höre ich mich sagen. Ich muss wirklich sehr, sehr müde sein.

Ich bin mir nicht sicher, ob ich das Schnauben darauf in meinem Kopf höre, oder ob es von meiner Mutter kommt. Es macht mir jedenfalls klar, dass ich keine kluge Antwort gegeben habe. Aber mir ist das jetzt ehrlich zu viel. Also reiße ich mich zusammen, um meiner Mutter eine klare Ansage zu machen, und sie zugleich zu verabschieden.

»Mutter, das ist gut gemeint, aber bitte überlass es Frank und mir, wie wir uns auf die Geburt unserer Kinder vorbereiten. Oh, Herr Dürrbier«, füge ich in täuschender Absicht hinzu, »ja, ich beende das Gespräch sofort. Auf Wiederhören.«

Ohne die Antwort meiner Mutter abzuwarten, drücke ich das Gespräch weg.

Erinnerung

Zwei Jahre zuvor, Hamburg, 2011

»Wie sehe ich aus?« Leonie blinzelte zu Jan hinauf, der sich lässig in Jeans, Boots und Lederjacke gekleidet hatte. Er ließ seinen Blick über ihre Gestalt wandern, und würde sie ihn nicht schon seit zehn Jahren kennen, würde sie sich unbehaglich fühlen.

»Rattenscharf.« Grinsend ließ er mit einem Finger die mattschwarzen Perlenschnüre tanzen, die von ihrem schlichten Kleid auf die Nylons hinunter baumelten. »Du würdest als Edelnutte durchgehen«, fügte er hinzu. »Bist du sicher, dass du das machen willst? Du bringst dich in unnötige Gefahr.«

»Unnötig? Was heißt das? Die Polizei tut nichts, und das halte ich nicht mehr aus. Außerdem hast du mir versprochen, dass wir das Ding gemeinsam durchziehen. Das wird unser Coup!« Sie stemmte die Hände in die Hüfte. »Und mach dir keine Sorgen, denn ich war noch nie so trainiert wie jetzt. Wer mich anfasst, kann sich warm anziehen.«

»Na gut. Wir haben ja lange über alles gesprochen. Und heute ist erst mal Kennenlerntag.« Er schenkte ihr erneut sein Grinsen. Leonie hängte sich das Handtäschchen um, das ihren Look vervollständigte. Ja, sie hatten alles besprochen, und sie fühlte sich gewappnet.

Bevor Mircela damals trotz all ihrer Warnungen abgetaucht war, hatte sie ihr so viele Insiderinformationen gegeben, dass Leonie das Gefühl hatte, viele der Mädchen persönlich zu kennen, obwohl es wahrscheinlich inzwischen andere waren. Mircela hatte ihr genau beschrieben, wie sie aussahen, wie sie sich bewegten, was sie bereit waren, ihren Kunden zu geben. Dann war sie verschwunden, obwohl sie ihren Eltern in Rumänien geschrieben hatte, dass sie wieder nach Hause kommen würde. Obwohl Leonie ihr dabei geholfen hatte, das nötige Geld zusammenzusparen und der Szene fernzubleiben.

Und nun war Mircela schon über zwei Jahre tot. Jedes Mal, wenn Leonie an diesem Punkt angekommen war, stieg die Übelkeit in ihr auf. Auch nach so langer Zeit noch. Nicht nur vor Trauer und Mitleid für das Mädchen. Sie fühlte sich auch persönlich angegriffen, weil *sie* Mircela zur Seite gestanden hatte. Zwar war sie unerkannt geblieben, hatte niemals eine der Lokalitäten aufgesucht, in denen die Mädchen sich und ihre Dienste anboten, aber sie hatte Mircela den Rücken gestärkt. Leonie wusste nicht, wer das Mädchen wieder zurückgelockt hatte, und ihr war auch bekannt, dass die Polizei im Dunkeln tappte. Es war einer der vielen ungelösten Fälle, wahrscheinlich längst ad acta gelegt. Für Leonie bedeutete das: Es wurde Zeit, selbst aktiv zu werden. Statt ins Vergessen drang das junge Mädchen immer stärker in ihr Bewusstsein vor. Leonie wollte Mircela rächen, die ihr so ähnlich gewesen war, und die niemals eine echte Chance bekommen hatte. Genauso wie unzählige andere junge Mädchen.

Eine Viertelstunde später öffnete Jan ihr die Tür zum *Dancing Cat* und ging ihr voraus in das schummrige, süß duftende Lokal. Leonie sah zum ersten Mal live, was sie aus dem Fernsehen und aus Mircelas Berichten kannte. Auf mehreren im Saal verteilten, kleinen Bühnen tanzten fast nackte Frauen an Stangen oder auf einem sich drehenden Teller. Sie stellten ihre durchtrainierten, schönen Körper zur sinnlich klingenden Hintergrundmusik zur Schau. Der edle Eindruck, den das gesamte Ambiente machte, täuschte Leonie keine Sekunde darüber hinweg, dass Frauen sich hier verkauften, und mit geübtem Blick erkannte sie auch, wie extrem jung diese Frauen noch waren, vielleicht nicht einmal volljährig. Würde sie selbst da nicht sofort herausstechen? Doch Jan hatte ihr eben nochmals bestätigt, dass sie fast noch als Schulmädchen durchgehen würde.

»Ben! Was seltener Gast in meiner Hütte! Was verschafft uns Ehre?« Die Stimme, die von irgendwo neben dem Tresen hervorklang, noch bevor man ihren Besitzer sehen konnte, war tiefer als alles, was Leonie bis dahin gehört hatte. Dann sah sie den Mann, der um die Theke herumkam und sich rasch auf Jan zu bewegte. Ihr Herzschlag pulste ihr bis in den Hals hinauf, und sie erschrak über ihre Reaktion, denn es war nicht nur Nervosität, die sie so reagieren ließ. Mit allem hätte sie gerechnet, aber nicht damit, dass sie hier auf jemanden wie diesen Typen treffen würde. Er war groß und dunkelhaarig, seine Augen schimmerten warm und zugleich verschmitzt, und seine ebenmäßigen und schönen Gesichtszüge ließen ihn fast wie einen Engel wirken. Der lässigen Eleganz, mit der er sich bewegte, haftete nichts Überlegenes oder Schmieriges an, wie sie es erwartet hatte. Wenn sie ihm auf der Straße begegnen würde, würde sie sich nach ihm umdrehen, das war Leonie sofort klar. Alles, was er ausstrahlte, würde sie denken lassen, dass er aus ihrer eigenen Welt stammte, und sie würde sich vermutlich – bei diesem Gedanken schluckte Leonie – Hals über Kopf in ihn verlieben.

Die vollen Lippen des Mannes verzogen sich zu einem Lächeln, das ebenmäßige, weiße Zähne enthüllte, und das bis zu seinen Augen hinaufreichte. »Bist du gekommen in Begleitung.« Damit lächelte er Jan an, streckte jedoch Leonie die Hand entgegen. Sie erwiderte die Geste ihres Gegenübers. Ein wohliger Stromschlag schien sie zu durchzucken, als er ihre Hand einen Moment länger hielt als nötig. Seine Haut fühlte sich warm und trocken an, und es war der Griff eines Menschen, der wusste, wo er stand, und der sich nicht scheute, Kontakt aufzunehmen. Sein Blick fing sofort ihre Augen ein, er ignorierte ihre Gestalt komplett, sodass sie sich paradoxerweise sogar wünschte, dass er ihr schönes Kleid und ihren schlanken Körper bewundern würde. Seine Brauen hoben sich ein bisschen, was in Leonie unerwartet ein warmes Gefühl unterhalb ihres Nabels auslöste, wie sie es bis dahin noch nicht kennengelernt hatte. Für einen Moment fühlte sie sich, als wäre sie die einzige Frau auf der Welt, der ein Gott seine ganze Aufmerksamkeit schenkte. Absurd!

»Darf ich vorstellen, das ist Amanda.« Jan legte seine Hand in ihren Rücken und wies mit der zweiten auf ihr

Gegenüber. »Und dies ist Tadeusz Niemczyk. Ihm gehört diese Bar.«

»Es freut mich sehr, Amanda. Und danke dir, dass du hast mitgebracht sie.« Mit diesen Worten schüttelte Niemczyk kurz Jans Hand, bevor er sich wieder Leonie zuwandte. Diesmal huschte sein Blick anerkennend über ihr Dekolleté und die langen Beine. »Sehe ich nicht oft Schönheit wie Sie hier.«

Leonie lachte irritiert auf, bevor sie mit dem Arm in den Raum deutete. »Das stimmt doch nicht. Ich sehe hier sehr viele sehr schöne ... Mädchen.« Sie wählte das letzte Wort bewusst, denn noch hatte sie nicht vergessen, weshalb sie hier war, auch wenn dieser attraktive und vertrauenerweckende Mann nie und nimmer so aussah, als würde er junge Frauen ausbeuten.

Tadeusz Niemczyk hielt ihr die Hand hin, die sie verdutzt ergriff, und er führte sie zu einem Tisch, mit dem Kinn Jan bedeutend, mitzukommen. »Darf ich euch diesen Tisch anbieten, und würde ich gern Sie einladen auf einen Champagner. Weisen Sie mir die Ehre?«

Leonie schmolz bei seinem Akzent dahin, obwohl der östliche Klang seiner Sätze für sie bisher eher mit negativen Eindrücken behaftet gewesen war. Jan verhielt sich indessen auffallend ruhig, er schien sie zu beobachten, während er sich auf die runde Bank schob, die den Tisch umgab.

»Ja, gerne ein Glas Champagner, vielen Dank«, antwortete Leonie, als sie sich auf die Bank gleiten ließ. Sie registrierte, dass Tadeusz Niemczyks Blick einen Moment auf ihrem Brustansatz lag, den ihr BH ins beste Licht rückte, und abermals zuckte es unterhalb ihres Nabels. Obwohl sie sich innerlich zur Vorsicht mahnte und auch dafür schämte, dass ein völlig Fremder, noch dazu in einem solchen Etablissement, solche Reaktionen in ihr auslöste, genoss sie doch das Prickeln, das die Luft zwischen ihnen plötzlich zum Vibrieren zu bringen schien.

Niemczyk machte ein unauffälliges Zeichen in Richtung des Tresens, dann rutschte auch er auf die lederbezogene Bank, und die Berührung seines Beins an ihrem Knie sorgte dafür, dass Leonie sich extrem konzentrieren musste, um zu dem Small Talk beitragen zu können, der sich zwischen ihnen entspann.

Kurz darauf kam der Sekt, und dankbar, dass sie jetzt etwas hatte, woran sie sich festklammern konnte, begann Leonie nach dem ersten Anstoßen mit den Fingern am Stiel des Glases herumzuspielen. Erst als sie sah, wie gebannt Niemczyk die Bewegungen ihrer Finger verfolgte, hielt sie inne. Er sah ihr in die Augen, zu ihrem Mund und wieder zurück, und es fühlte sich wie eine Aufforderung an, der sie irrsinnigerweise sofort nachkommen wollte. War das zu fassen? Wie machte er das? Sie hatten erst ein paar Sätze über das Wetter und den Berufsverkehr auf Hamburgs Straßen gewechselt, und doch hatte Leonie Jans Anwesenheit fast ganz ausgeblendet, und sie sehnte jede noch so kleine Berührung von Tadeusz Niemczyk herbei.

Als sie plötzlich von Jans Seite einen Druck an ihrem Oberschenkel spürte, nickte sie ihm dankbar zu. Vielleicht sah ihr Freund, was hier lief. Was genau lief da?, fragte sie sich dann verwirrt. Kochte Niemczyk durch seine bloße Anwesenheit, seine Stimme und die kaum wahrnehmbaren Andeutungen, die er in seinem eigenwilligen Deutsch versteckte, ihr Hirn weich? Hatte er diese Wirkung auf alle Frauen?

Niemczyks warme Finger berührten wie durch Zufall ihre Hand, und Leonie beherrschte sich, um die Berührung nicht zu erwidern, und wandte ihren Blick erneut ihm zu. Er war zu nah! Seine riesigen Pupillen luden sie ein, sich in ihre Tiefen zu stürzen und darin zu versinken.

»Wollen Sie nicht antworten mir?«, verstand sie endlich seine Worte.

Verlegen hob sie das Glas, um zu trinken, was ihr die Möglichkeit verschaffte, vor seiner Berührung und seinem Blick zu fliehen. »Was meinen Sie?«, fragte sie dann und stellte das Glas ein Stück weiter in der Mitte des Tisches ab, sodass er sie nicht nochmals berühren konnte, ohne dass es auffallen würde. Er stutzte, lächelte und legte seine Hände dann seinerseits um sein Glas. Leonie konnte wiederum den Blick nicht von seinen leicht gebräunten, schlanken Pianistenhänden abwenden. War an diesem Mann einfach alles perfekt?

»Habe ich Sie nach Ihrem Job gefragt. Gehören Sie auch zu schreibende Zunft wie Ben?«

Endlich gelang es Leonie, sich zu konzentrieren. Sie blickte Jan an, verwundert, dass dieser seinen wahren Beruf verraten hatte, und zog fragend eine Braue hoch.

Ihr Freund sah sie eindringlich an und begann rasch zu sprechen, bevor sie antworten konnte. »Ja, Amanda schreibt erotische Geschichten, die ich illustriere.«

»Erotik-Comics. Kann man davon leben?«

»N-nicht wirklich, nein. Deshalb suche ich nach einem Zweitjob.« Sie schluckte. Ihr Plan kam ihr jetzt total bescheuert vor.

Tadeusz Niemczyks Blick hatte sich bei ihren Worten minimal verändert. Er beugte sich näher zu ihr, und als er jetzt ihre Gesichtszüge betrachtete, fühlte es sich wie eine Musterung an, wenn auch nur kurz. Der Eindruck verflog so schnell, wie er gekommen war. »Und kann ich helfen dabei?«

Leonie erinnerte sich an das, was sie mit Jan besprochen hatte, und biss sich auf die Lippe. Niemczyks Pupillen weiteten sich.

»Ja, ich habe darüber nachgedacht, ob ich mir mit Tanzen ein Zubrot verdienen könnte.«

Niemczyk betrachtete nochmals ihre Gesichtszüge und ließ den Blick dann zu ihren Brüsten wandern. Sie fühlte sich wie Vieh auf einem Markt, und das Kribbeln ließ endlich nach, machte einem schalen Gefühl Platz. Doch dann tat er etwas, das sie erneut verunsicherte und sofort für ihn einnahm.

»Könnten Sie mir helfen in Büro ein paar Stunden pro Woche. Ich zahle gut. Was meinen Sie?« Er brachte sein Gesicht wieder zu dicht heran, und sein Blick wirkte aufrichtig und vertrauenerweckend. »Sind Sie nicht der Typ Frau, der tanzt auf Tischen.« Er hielt einen Moment inne, den Mund leicht geöffnet. »Jedenfalls nicht vor aller Augen.«

Seine Worte lösten ein Ziehen in Leonies Lenden aus, und sie fürchtete, dass die Hitze, die ihr Gesicht überlief, verriet, was mit ihr los war.

»Du bist drin«, sagte Jan später am Abend, als sie das *Dancing Cat* wieder verlassen hatten. »Aber sowas von.«

Er blieb stehen und winkte ein Taxi heran. »Und sogar ohne dich ausziehen zu müssen. Ehrlich gesagt beruhigt mich das. Gib mir dein Wort, dass du nichts machst, ohne mich auf dem Laufenden zu halten, ja?«

»Klar, wie besprochen. Hältst du mich für leichtsinnig? Oder einfältig?«

»Kein bisschen. Aber ich weiß nicht, was ich von Niemczyk halten soll. Ich traue ihm nur so weit, wie ich ihn werfen kann. Ich frage mich, wieso die Frauen auf ihn hereinfallen. Ist es sein Aussehen?«

»Da fragst du die Falsche«, erklärte Leonie und machte Anstalten, ins Taxi zu steigen.

»Umso besser. Ich dachte schon, dass du auf den Kerl stehst.«

Leonie lachte lauf auf und schüttelte den Kopf. »Ich? Niemals! Das ist alles rein beruflich.« Sie nannte dem Taxifahrer ihre Adresse, rief Jan ein »Ciao« zu, dann schloss sie die Autotür.

Glatt gelogen, dachte sie, als der Fahrer sie durch die nächtlichen Straßen Hamburgs zum Harvestehuder Weg brachte. Aber das brauchte sie vor Jan ja nicht einzugestehen. Sie würde schon auf sich aufpassen. Auch wenn dieser Tadeusz einen verdammt süßen Augenaufschlag hatte. Und weiche Lippen. Muskulöse Arme. Und auch noch einen verflixt ansehnlichen Hintern.

Kapitel 8

»Bingo!« Tina wirft beide Arme in die Luft, als Frank das Büro betritt. »Rocky Schlacks heißt der Tote.« Sie grinst, wahrscheinlich wegen des absurden Namens. »Er ist im Nordsaarland geboren, nach der Mittleren Reife zur Marine gegangen und dann im Hohen Norden geblieben. Lebende Verwandte gibt es hier offenbar keine mehr.«

»Und auch niemanden, der ihn kennt?«

Tina schüttelt den Kopf und beobachtet, wie Frank seine Lederjacke auszieht und sie, Tinas Feixen ignorierend, auf einen Bügel an der Garderobe hängt. Sie zieht ihn gern damit auf, dass er für diese eine Jacke konsequent den Kleiderbügel benutzt. Aber Frank hasst es, wenn eine Lederjacke, die ihn noch dazu vor vielen Jahren mehrere Monatsgehälter gekostet hat, durch einen schnöden Kleiderhaken aus der Form gerät. Aus diesem Grund behält er das gute Stück oftmals sogar an, wenn es keine ordentliche Garderobe in der Nähe gibt.

Mit wenigen Schritten ist er am Schreibtisch und wirft über Tinas Schulter einen Blick auf den Computerbildschirm. Dort sieht er eine Website, auf der der besagte Club *Secret Séparée* und ein Foto des Betreibers abgebildet sind, der eindeutig mit dem Mordopfer identisch ist.

»Und der Typ ist nicht in unseren Dateien? Wurde er nie erkennungsdienstlich erfasst?«

Tina legt den Zeigefinger an die Unterlippe, dann schüttelt sie den Kopf. »Offensichtlich nicht. Anscheinend kann man ein Bordell betreiben, ohne dass man polizeilich registriert ist.« Sie runzelte die Stirn. »Ich vermute mal, den Damen, die in dem Gewerbe tätig sind, geht es da ganz anders, oder?«

Frank richtet sich wieder auf. »Wenn er noch nie straffällig geworden ist, ist das eben so.« Er zuckt die Achseln. »Mit den neuen Personalausweisen wird sich das in den nächsten Jahren alles relativieren, dann finden wir die Leute schneller, wetten?« Tina verzieht das Gesicht. Wie Frank weiß, hält sie nicht viel davon, alle Menschen wie Verbrecher zu erfassen, unter dem Mäntelchen, ihre Identität zu schützen. »Von wegen Datenschutz«, ist eine ihrer Lieblingsäußerungen. Er nickt ihr zu. »Aber jetzt haben wir ja seinen Namen. Was weißt du sonst noch über ihn?«

»Nicht viel. Wie gesagt, er hat offenbar eine weiße Weste.«

Frank lacht missfällig auf. »Nun, auf den ersten Blick ist das ja auch kein Bordell, sondern ein Club.«

»Ich teile den Kollegen in Hamburg mal den Fall mit, damit sie dort Ermittlungen einleiten können.«

»Ja, mach das. Und ich schlage vor, wir benennen unsere Soko um in ›Zuhältermord‹. Warum sollen wir die Dinge nicht beim Namen nennen?«

»Ich frage nach allem: Familie, Einkommen, Mitarbeiter, Vorgeschichte.«

Frank hebt den Daumen. »Genau so. Ich hänge mich
auch ans Telefon. Endlich kommt Bewegung in die Sache. Vielleicht stoßen wir auf eine Spur zu Bianca Filipova.«

***

Meine Versuche, meine Mutter zu ignorieren, sind
nicht von Erfolg gekrönt. Zwar ist es mir noch ein-,
zweimal gelungen, einem Treffen mit ihr zu entgehen,
aber an einem sonnigen Märztag lauert sie mir per-
fiderweise einfach auf! Tatsächlich, wenn Gloria Schober sich zu den Niederungen des Callcenters *Mediaboutique* herablässt, muss sie schon mehrfach über ihren
eigenen Schatten gesprungen sein. Sonst straft sie unser Gebäude mit eleganter Ignoranz, obwohl sie nicht
nur an den Markttagen den Großen Markt in Saarlouis
betritt. Aber ihr wäre der Gedanke viel zu peinlich, jemand könne sehen, dass ihre Tochter aus diesem Haus
herauskommt. Und das, obwohl darin ja auch eine
Bank untergebracht ist und ihr die Notlüge an die Hand
gäbe, ich würde dort arbeiten.

Wie auch immer – ich verlasse gerade mit Lena und
Ilina das Gebäude, und unser Plan sieht vor, dass L&L
sich noch zwei Stunden um unser Geschäft kümmern,
wozu wir zum Haus von Lenas Großeltern aufbrechen
wollen, da sehe ich meine Mutter auf dem Trottoir stehen. Ich bemerke, dass meine beiden Freundinnen genauso den Rücken durchstrecken wie ich, und wundere mich einmal mehr darüber, welche Wirkung
meine Mutter auf Menschen hat. Und das, wo Ilina

149

doch bereits als Küchenaushilfe an Weihnachten für sie gearbeitet hat.

Gloria Schober trägt ein Kostümchen mit Bleistiftrock und akkurat geschnittenem Sakko, darüber einen riesigen, wärmenden Wollschal, den sie um ihre Schultern drapiert hat, und darunter elegante Stiefelchen. Ihr Haar ist frisch frisiert, denn es liegt perfekt – so, als wäre es von Präzisionswerkzeugen aus hochglänzendem, schwarz lackiertem Stahl gefertigt und mit einem Präzisionskran auf ihren Kopf gesetzt worden. Der Pagenschnitt, der sie zeit meines Lebens charakterisiert, wirkt wie ein Ausrufezeichen: »Achtet auf euer Haar, dann funktioniert auch der gesamte Rest eures Lebens!«

Meine Mutter steht da, als müsse sie gleich eine politische Rede halten. Jedenfalls sieht man ihr auf den ersten Blick keine Wärme an, und niemand käme auf den Gedanken, dass sie überhaupt Mutter ist. Ich meine fast, die Gänsehaut, die Lena und Ilina zu überlaufen scheint – denn warum sonst sollten beide erschauern? – am eigenen Leib zu spüren. Und zwar von innen, wenn Sie wissen, was ich meine.

So gehen wir also auf diese Frau zu, die uns einer Statue gleich erwartet, und in mir spüre ich die nackte Angst. So sollte es nicht sein, so sollte es einfach nicht sein. Sie ist meine Mutter, verdammt nochmal!

Doch dann geschieht etwas Unerwartetes: Ihr Blick wandert zu meinem Bauch, der in den letzten Tagen von einer kleinen Wölbung zu einer knallrunden, festen Kugel geworden ist – immer noch erfreulich klein, aber unübersehbar. Und da scheint plötzlich alles an ihr zu zerfließen. Die Haare wehen im leichten Frühlingswind, ihre Haltung lockert sich, und ihr Gesicht entspannt sich in einem so herzlichen Lächeln, dass mir vor Freude die Tränen in die Augen schießen. Kaum nötig zu erwähnen, dass auch meine beiden Freundinnen die Luft wieder ausatmen, die sie offenbar angehalten haben, und sich entspannen. Schlagartig ändert sich die gesamte Atmosphäre zwischen uns, und schon sind wir bei meiner Mutter angekommen.

»Lucy«, ruft sie aus und zieht mich an sich.

»Lucy?«, echot Lena und legt den Kopf schief.

Meine Mutter lässt mich los und wendet sich lachend Lena zu, ihrer Schwiegertochter in spe. Und dann zieht sie sie in die Arme, immer noch lachend. Ich verstehe die Welt nicht mehr!

Als Lena sich aus ihrer Umarmung befreit hat und meine Mutter Ilina die Hand schüttelt, spricht Lena das Unfassbare aus: »Ich meine, Gloria, du sagst Lucy zum Lucy?«

Meine Mutter lacht, dann wischt sie mit der Hand durch die Luft. »Ja, was soll's? Zwar ist der Name Lucinda unschlagbar, aber schließlich muss man mit der Zeit gehen, nicht wahr?« Sie nickt Ilina und Lena zu. »Ich muss Lucinda für eine Weile entführen, das wird sicherlich kein Problem sein, da ihr euch gerade verabschieden wolltet.«

Ilinas kerniges Lachen lässt das Bild des Kittelmädchens wieder in mir auferstehen, und ich würde ihr am liebsten die Hand vor den Mund halten, weil ich ahne, welches Unglück sich jetzt anbahnt. Und diejenige, die es nachher wieder ausbaden muss, ist ja nicht sie … Noch ehe ich diesen Gedanken zu Ende führen kann, spricht sie es aus – das, was noch nicht erwähnt werden sollte.

»Wollten die beiden noch zwei Stunden arbeiten für ihre Label.« Sie grinst. »Müssen sie stellen das Ganze auf stabile Füße. Aber vielleicht ich kann vertreten Lucy. Artikel in Tabellen erfassen und auf Homepage einpflegen kann ich ja auch. Ist nur Angebot von Freundin«, hängt sie zu mir gewandt noch an. Und in dieser Sekunde erkennt sie auch, dass sie mir soeben einen Bärendienst erwiesen hat, wie mir ihr plötzlich verunsicherter Blick verrät. Ich verziehe die Augenbrauen und wende den Blick gen wolkenbedeckten Himmel.

»Wie bitte? Woran wollen die beiden noch arbeiten?«

Ich frage mich, warum sie so überrascht tut, wo Frank ihr doch davon erzählt hat. Auch Lena steht da wie ein begossener Pudel, weil ihr klar ist, dass sie sich möglicherweise auf Vorwürfe vonseiten Gloria Schobers einstellen muss, da diese sie als Komplizin an einer nicht akzeptablen Handlung betrachten wird.

»Aber wir tun nichts Illegales«, bricht es aus mir heraus, eine Äußerung, die nicht gerade sinnvoll erscheint.

»Du wirst mir gleich erklären, worum es geht, junge Dame. Wir gehen zuerst zum *Klopfer*, dort gibt es eine Kinderabteilung. Einen schönen Tag noch.« Den letzten Satz richtet sie, begleitet mit einem entlassenden Nicken, an Ilina und Lena, die sich mit schuldbewussten Gesichtern entfernen. Dann zieht meine Mutter mich zum erwähnten Kaufhaus und schleppt mich dort in die Abteilung für Babyzubehör.

Zwischen Stramplern, Bodys und Babydecken fühlt sie mir auf den Zahn.

»Heraus mit der Sprache. Woran arbeiten Lena und du?«

»Mutter, das weißt du doch. Frank hat dir davon erzählt.«

»Was schlimm genug ist. Warum habe ich es nicht aus erster Hand erfahren, von dir? Ich möchte konkrete Informationen.«

»Wir haben einen Internethandel mit Mode auf die Beine gestellt und nennen uns L&L Fashion – Mode von Frauen für Frauen. Du weißt ja, dass ich während meiner Therapie wieder mit Nähen angefangen habe?« Es ist immer gut, auf die Psychotherapie zu verweisen. Auf eine mir nicht näher nachvollziehbare, geheimnisvolle Art beruhigt es meine Mutter, wenn ich darauf anspiele, dass mein Geist in den Händen eines Fachmanns war, wenn auch nur für kurze Zeit.

Meine Mutter legt die Babydecke, die sie inspiziert, zurück auf den Stapel, dreht sich mir zu und blickt mir in die Augen. Dann nimmt sie meinen Ellbogen und zieht mich zur Rolltreppe. »Lass uns einen Kaffee trinken, dann können wir in Ruhe miteinander sprechen.«

Wenige Minuten später sitzen wir im hauseigenen Café und setzen unser Gespräch fort. Überraschenderweise hört meine Mutter mir zu, ohne mich zu unterbrechen, als ich ihr berichte, dass ich meine erste Zwillingsausstattung genäht habe – was sie gut findet – und nun mit Begeisterung Mode für Schwangere, mollige und normale Frauen und für Babys produziere. Da sie auch das gut zu finden scheint, berichte ich von der exklusiven Mode, die Lena entwirft und schneidert, sowie von den Strick- und Häkelmoden, die der Dieter beisteuert. Auf unsere erste Internet-Bewertung komme ich tunlichst *nicht* zu sprechen.

»Und unser Babymodel für die Sachen ist die kleine Lily Schimmelschnulze. Sogar Ellen ist begeistert von unseren Produkten. Und es läuft gut an, Mama, stell dir nur vor!« Abermals schlucke ich rasch, bevor mir der Fauxpas mit der ölbefleckten Hose doch noch über die Lippen kommt. Meine Mutter, die mir früher jedes noch so kleine Flunkern angemerkt hat, sieht mich arglos an.

Dann bemerke ich, wie Gloria Schober sich eine Träne aus dem Augenwinkel wischt, und überrascht wird mir klar, dass ich sie seit zig Jahren zum ersten Mal »Mama« genannt habe.

»Alles in Ordnung?«, frage ich verunsichert.

Sie strafft die Schultern und schiebt sich ein Stück Marmorkuchen in den Mund. Nanu, sie schindet Zeit? Ist das ein gutes oder ein schlechtes Zeichen? Habe ich sie mit meinem Monolog erreicht? Kann sie sich am Ende sogar für unsere Arbeit begeistern? Ich wittere Morgenstimmung.

Sie kaut zu Ende und schluckt, dann legt sie die Kuchengabel säuberlich am Rand des Tellers ab und sieht mir in die Augen. Lang. Es wirkt, als würden sich in ihrem Kopf die Gedanken und die Argumente nur so jagen, und noch immer ahne ich nicht, wie sie zu alledem steht.

»Nun«, sie räuspert sich, »wie soll ich dazu stehen, dass du anstelle einer akademischen Laufbahn den Weg zu Handlangerjobs eingeschlagen hast?« Sie hebt die Hand, um mich zu bremsen, wohl weil sie sieht, wie meine Halsader bei ihren Worten angeschwollen ist. »Das war ein Scherz!« Allerdings sagt sie das in so strengem Ton, dass ich nicht weiß, ob sie es ernst meint. Also beschließe ich, keine Reaktion zu zeigen.

»Es ist Folgendes, Lucy: Ich habe als junges Mädchen davon geträumt, Modeschöpferin zu werden. Du kennst meine Vorliebe für die großen Designer. Nun ja, ich wurde gezwungen, einen anderen Weg einzuschlagen, und so habe ich meine zweite Leidenschaft entdeckt, die Pharmazeutik. Es ist gut so.«

Ich starre meine Mutter sprachlos an.

»Ja, es ist gut. Ich lebe ein Leben, wie ich es mir nur wünschen konnte. Und das Organisieren liegt mir im Blut. Mir wurde immer gesagt, dass meinen modischen Schöpfungen etwas fehlte. Nun, das und die Erwartungen deiner Großeltern haben mich schließlich überzeugt.«

Sie nimmt ihre Kaffeetasse und trinkt einen Schluck. »Deine Freundin Lena hat sich als eine patente Person erwiesen, was ich bei unserer ersten Begegnung nicht erwartet hätte. Ihr Geschmack für Mode ist bemerkenswert, und somit kann ich mir gut vorstellen, dass sie erfolgreich sein wird. Und was dich betrifft, Lucinda ...« Unerhörterweise nimmt sie ein weiteres Stück Kuchen, das ihr Aufschub gibt, bevor sie mir sagen kann, was sie über mich denkt. Ich leide Höllenqualen. Vor Nervosität löse auch ich ein weiteres Stück von meiner Buttercremetorte und schiebe es mir in den Mund, unverwandt den Blick auf meine Mutter geheftet, damit mir ja keine Regung in ihrem strengen und doch schönen Gesicht entgeht.

Schließlich halte ich es nicht mehr aus und nuschle mit vollem Mund: »Wasch misch betrifft?« Ungeduldig fuchtle ich mit der Gabel in der Luft herum. Ich sterbe gleich vor Nervosität!

Meine Mutter lässt sich Zeit und spült die Krümel zuerst noch mit ihrem Kaffee hinunter, dann setzt sie sich in Positur und spricht endlich weiter. »Nun, ich weiß, dass du einen ausgezeichneten Geschmack besitzt, und das in jeder Hinsicht.« Ich bin baff, damit meint sie auch Frank! Aufgeregt lausche ich weiter ihren Worten.

»Außerdem legst du gewisse chaotische Züge an den Tag. Hinzu kommt ein nicht unbeträchtlicher Dickkopf, den man mit freundlicheren Worten auch als Willensstärke und Durchhaltevermögen bezeichnen könnte.«

Mir bleibt der Mund offen stehen, was ich daran erkenne, dass meine Mutter mir zärtlich einen Finger unter das Kinn legt, damit ich ihn wieder zuklappe, bevor sie zu Ende spricht.

»Das alles gepaart mit dem Nonkonformismus, den dir weder dein Vater noch ich noch die Schule oder Universität austreiben konnten, führt mich zu der Einschätzung, dass du mit Lena zusammen etwas Großartiges auf die Beine stellen könntest. Ich bin positiv überrascht, dass du so vorausschauend eine Kollektion für deine Zwillinge angefertigt hast, aber auch darüber, dass du einen Weg gesucht hast, dir eine Existenz aufzubauen. Euer Plan könnte funktionieren. Dein Vater und ich werden euch gern unterstützen, wenn ihr Hilfe braucht.«

Gerade will ich in frenetisches Jubelgeheul ausbrechen, da deutet sie ein gestrenges Kopfschütteln an. »Nichtsdestoweniger erwarte ich von dir, dass du jegliche Tätigkeiten in dieser Richtung beendest, bis du deine Kinder entbunden hast.«

»Schmink dir das ab«, erkläre ich und verschränke die Arme vor der Brust.

»Nun, wenn du nicht dazu bereit bist, sehe ich mich gezwungen, Maßnahmen zu ergreifen.«

»Maßnahmen zu ergreifen?«

»Nun ja. Ihr werdet eine größere Wohnung brauchen und ein Kinderzimmer für zwei Kinder, idealerweise gleich zwei Kinderzimmer. Hast du dir auch nur ansatzweise Gedanken darüber gemacht?«

Ich nicke. »Schon«, sage ich, was ihr natürlich sofort verrät, dass diese Gedanken in einem sehr frühen Anfangsstadium stecken geblieben sind.

»Nun, dann ist ja alles abgemacht.«

»Moment mal! Was ist abgemacht?«

»Dein Vater und ich werden euch eine Wohnung suchen und dafür sorgen, dass sie zur Geburt bezugsbereit ist.«

***

Erst zwei Stunden später entlässt meine Mutter mich wieder, nachdem sie mich nach Lisdorf in einen Babymarkt mit riesiger Auswahl gelotst hat, und nicht ohne vier Babyschalen für das Auto sowie zwei Zwillingskinderwagen bestellt zu haben.

»Schließlich werden wir das alles ebenfalls brauchen, wenn wir mal auf die Kleinen aufpassen.«

Meinen Vorschlag, dass man zu diesem Zwecke ja unsere Kindersitze einfach in ihr Auto tragen und dass auch der Kinderwagen mit den Babys gemeinsam den Ort wechseln könne, wischte sie mit den für eine Gloria Schober eher untypischen Worten »Nun lass mir doch die Freude« einfach zur Seite. Wenn ich es nicht besser wüsste, würde ich vermuten, dass sie mit ihrem Vermögen protzen will. Bevor ich mir den winzigen Keller und meine Maisonettewohnung im Mehrfamilienhaus in Beaumarais ausmale, schiebe ich diesen Gedanken rasch wieder von mir. Für heute habe ich dank Gloria Schober genug für die Zukunft gesorgt. Jetzt will ich bitte wieder zurück ins Jetzt. Meine ertragbare Dosis an Mutterliebe ist mehr als erreicht. Zumal ich so etwas von früher nur in homöopathischen Einheiten kannte, während sie mich jetzt geradezu überschüttet. Ich weiß nicht so recht, was ich von diesem Bemutterungs- oder wohl eher Begroßmutterungsanfall halten soll.

Deshalb bin ich noch immer nachdenklich, als ich längst zu Hause an der Nähmaschine eine weitere Pumphose für Frauen und drei für Babys genäht habe. Das ist eine der schönen Seiten am Nähen: Ich kann dabei herrlich die Gedanken fließen lassen, wohin sie wollen. Umso mehr, wenn Frank länger arbeitet, was auch heute wieder der Fall ist. Eine der weniger schönen Seiten am Gedanken fließen lassen ist hingegen, dass sie manchmal sehr weit fließen und dabei auch in Erkenntnissen münden. Erkenntnissen, die ich nicht immer hören will. Es ist schon halb zehn, als ich mir eingestehe, dass ich mich mit jemandem beraten muss, der mir wohlgesonnen ist. Frank ist leider noch immer nicht da, aber nun, er ist ja nicht der einzige mir zugewandte Mensch, oder?

Ich lege die Pumphose und -höschen ordentlich zusammen, setze den Deckel auf die Nähmaschine, koche mir einen Tee und mache es mir mit dem Telefon auf der Couch gemütlich, nachdem ich den dortigen frischen Kleiderstapel von Frank vorsichtig neben der Couch auf den Boden gesetzt habe. Ich muss darauf achten, dass der Nachbarskater sich den Haufen bei seinem nächsten Besuch nicht als Nest aussucht. Mit hochgelegten Füßen wähle ich die Telefonnummer meiner allerliebsten Lieblingsschwester. Nach dem fünften Läuten geht sie ran.

»Hallo, Lucy!« Kats Stimme klingt erfreulich erfreut, und mir fällt auf, dass wir uns mindestens zwei Wochen nicht mehr gesehen oder gesprochen haben. »Wie geht's dir und meinen Nichten oder Neffen? Seid ihr jetzt ausgestattet?«

Ich muss lachen. »Weißt du etwa, was ich heute Nachmittag tun musste?«

»Natürlich, unsere Mutter hat mich über jedes Detail informiert. Ich war mir zwischenzeitlich nicht sicher, ob das wirklich unsere Mutter war. Die Frau ist ja völlig aus dem Häuschen. Sag mal, hast du ihr was in den Kaffee gemischt?«

Ich stoße einen erstickten Laut aus, so ein Mittelding zwischen Quieken und Würgen. »Nein, Ehrenwort! Aber ich hab es auch so empfunden, als hätte jemand heimlich ein Herz dorthin gesetzt, wo früher nur ein Roboter das Blut durch ihren Körper gepumpt hat.«

Wir lachen einträchtig, obwohl dieser Scherz Mutter gegenüber nicht gerade nett ist.

»Jedenfalls brauchst du mir nichts mehr über die Babysitze und die Kinderwagen zu erzählen, ich bin über alle Funktionen und Designs bestens informiert. Falls das der Grund deines Anrufs sein sollte.«

»Nein, natürlich nicht. Ich will vielmehr mit dir über Mutter sprechen und über ihre, na ja, eigenartige Persönlichkeitswandlung. Weißt du, die Frau benimmt sich, als wäre ich jetzt ihr Musterkind. Dabei war ich doch immer das graue Schaf der Familie.«

»Das *graue* Schaf?«

»Ja, das Schwarze warst ja du mit deinen Biohühnern, der Stoppelfrisur und deiner Lebensgefährtin.« Ich kichere. Tatsächlich haben meine Eltern trotz aller Starrheit, die sie auf den ersten Blick transportieren, mit der Tatsache, dass Kat eine Frau liebt, nie Schwierigkeiten gehabt, sondern nur mit dem rebellischen Wesen, das meine kleine Schwester seit ihrem Kleinkindalter an den Tag legte. Kat war darin immer viel konsequenter als ich und hat jegliche Abwehrhaltung offen und klar kommuniziert, während ich oft eher passiv-aggressiv auf die Erwartungen meiner Eltern reagierte. Bei Kat wusste jeder, woran er mit ihr war. Sie war und ist bis heute absolut geradlinig, weshalb sie auch meine Lieblingsschwester ist. Auf meinen kleinen Scherz lacht sie laut und fröhlich auf. »Mäh«, macht sie dann. »Aber im Ernst: Genieß es doch einfach.«

»Hm, einerseits klingt das sinnvoll. Aber andererseits ... Weißt du, ich habe sehr lange nachgedacht. Bestimmt«, ich blicke auf die Uhr, »na, fast eine halbe Stunde.« Warum Kat darauf loskichert, weiß ich nicht.

»Könntest du mich bitte aussprechen lassen?«, sage ich gespielt genervt.

»Ja klar, sorry. Schieß fort.«

»Also, das Verhalten unserer Mutter irritiert mich. Auch wenn es sich im ersten Moment ganz eigenartig warm und schön anfühlt – sie hat mich sogar Lucy genannt und mehrfach umarmt – frage ich mich jetzt doch, ob da eventuell eine Krankheit dahintersteckt. Weißt du noch, bei *Grey's Anatomy*, da war nur ein Tumor daran schuld, dass Amelia sich auf Owen Hunt eingelassen und ihn geheiratet hat. Der Tumor hat quasi ihre Persönlichkeit verändert.« Ich halte inne, weil das Wort »Tumor« im Zusammenhang mit meiner Mutter in mir mulmige Gefühle auslöst. Doch Kat sieht das anders, denn sie lacht schon wieder.

»Lucy!«, brüllt sie dann, dass es mir im Ohr klirrt. »Manchmal bist du so ein Hypochonder!«

Ich ziehe einen Schmollmund, obwohl sie den durchs Telefon ja nicht sehen kann. »Hypochonder denken aber immer nur, dass sie selbst krank sind«, erkläre ich.

»Ja, du dehnst den Begriff halt aus, sowas kannst du gut.«

Wo sie recht hat, hat sie recht. Im Ausdehnen von Begriffen war ich schon als Kind gut, wenn meine kleine Schwester und ich – und manchmal auch noch unser Bruder, aber A-Mi natürlich nie – heimlich die erlaubte Fernsehzeit verlängerten, weil ich die Zeitangaben meiner Eltern großzügig auslegte. Aber hier liegt der Fall ja nun komplett anders, und es geht um eine sehr ernste Angelegenheit.

»Du nimmst mich nicht ernst«, sage ich vorwurfsvoll.

»Doch, Lucy, es ist ja richtig, dass unsere Mutter sich über Nacht geändert zu haben scheint, aber wenn wir ihre Veränderung genauer unter die Lupe nehmen, zeigt sich, dass sie sich bei alledem trotzdem treu geblieben ist. Sie freut sich auf die Kinder, was ja völlig normal ist. Und sie will für die Kleinen sorgen, was ebenfalls völlig normal ist.«

»Aber sie übertreibt! Nicht nur, dass sie heute ein Vermögen für die Sitze und die Wagen ausgegeben hat, sie hat auch davon geredet, dass sie und Vater sich um eine Wohnung für uns kümmern wollen. Sie wollen sicherstellen, dass wir umgezogen sind, bevor ich die Kinder bekomme!«

»Ja, eben. Das ist doch ganz Gloria Schober. Sie will bestimmen, wo und wie ihr wohnt. Sie tut nichts anderes, als ihren Kontrollzwang auszuleben. Und unter uns, das solltest du nicht zulassen.«

»Hm, stimmt. Ich glaube, mich hat am meisten schockiert, dass sie das Geld so herauswirft, nachdem ich seit vielen Jahren von ihr gar nichts mehr bekommen habe. Sie hat mir doch damals, als ich das Studium geschmissen habe, den Geldhahn zugedreht. Irgendwie hatte ich nicht mehr auf dem Schirm, was für ein Markenjunkie sie ist und dass Geld keine Rolle spielt.« Schon eigenartig, dass diese Seite des elterlichen Lebens im Hause Schober so in den Hintergrund gerückt war.

»Deshalb musst du umso wachsamer sein, Lucy. Lass dir bloß nichts überstülpen. Das ist weder für dich noch für Frank gut, und schon gar nicht für eure Beziehung.« Damit spricht sie genau aus, was ich befürchtete.

»Danke, Schwesterherz, du bringst es auf den Punkt. Ich werde auf der Hut sein.«

»Zumal Frank ja keinen leichten Job hat, wie ich gehört habe. Er ermittelt doch in der Soko Zuhältermord, oder?«

»Zuhältermord?« Mir wird schlagartig unwohl. Frank hat mir nichts über die Ermittlungen erzählt, darf er ja auch gar nicht. Aber wenn Kat jetzt von »Zuhältermord« spricht, bedeutet das, dass die Polizei Informationen an die Presse herausgegeben hat. Außerdem bedeutet es, dass ich davon nichts mitbekommen habe, was wiederum (hoffentlich) dafür spricht, dass diese Info brandneu ist. Und zum Dritten lässt mich der Name der Soko Übles erahnen.

»War der Mörder ein Zuhälter oder der Tote?«

»Du hast heute noch keine Nachrichten gehört, oder? Es kam im ›Aktuellen Bericht‹ und stündlich in den Nachrichten beim SR. Der Ermordete war offenbar ein Zuhälter, und jetzt sucht die Polizei nach Zeugen, die ihn kennen.«

»Ist ja grauenvoll! Bestimmt haben sie eine Spur, Frank ist nämlich seit Tagen so beschäftigt. Er ist auch heute noch nicht von der Arbeit zurück.«

»Na, dann kann ich dir nur wünschen, dass sie den Fall bald aufklären. Ist ja nicht gerade eine schöne Vorstellung, in welchem Milieu er ermitteln muss, oder?«

Ihre Worte wecken in mir die Erinnerung an Ilinas Auftritt in Dürris Büro, aber auch an ihren Vortrag über das Schicksal von jungen Prostituierten, und mir steht die Abscheu vor Augen, mit der sie über die Männer gesprochen hat, die die Situation der jungen Frauen ausnutzen.

»Weißt du, ob man schon Vermutungen über den Täter hat? Oder die Täterin?«

»Nein, woher sollte ich das wissen? In den Pressemitteilungen wird davon nichts gesagt.«

»Nee, ist klar. Mir ist da nur so ein Gedanke gekommen.«

Natürlich will meine Schwester wissen, was für ein Gedanke das ist, aber ich kann mich gerade noch beherrschen, ihn offen auszusprechen, und beende das Gespräch zügig, schließlich ist es spät geworden. Wie absurd von mir, nur wegen Ilinas komischen Verhaltens bei Dürri gleich eine Assoziation zu einem Mord herzustellen, in dem ein Zuhälter das Opfer ist. Sie hat niemals etwas damit zu tun. Oder?

Kapitel 9

An diesem Märzmorgen gähnt Frank herzhaft, während er das Büro betritt, murmelt ein nuscheliges »Morjn« in Tinas Richtung und muss dann doch grinsen, als er sieht, dass sie nach der Erwiderung seines Grußes ebenfalls den Mund weit aufreißt, wobei sie sich allerdings die Hand vorhält.

»Na, ausgeschlafen?«

»Was für eine unnötige Frage, Herr Kollege! Du bist doch gestern Abend selbst erst nach elf nach Hause gegangen. Aber immerhin hat es sich für einen gelohnt: Max darf wieder nach Hause. Er muss sich nur täglich melden. Deine Schwägerin kann sich offenbar gut durchsetzen.«

Frank zieht die Brauen hoch. »Tatsächlich? Sie ist doch immer wieder für eine Überraschung gut. Weißt du, bis vor Kurzem hätte ich A-Mi nicht zugetraut, dass sie so viel Empathie aufbringt, um Max richtig einschätzen zu können.«

»Na ja, sie kennt ihn ja wohl schon länger. Dann wird sie ihn auch einschätzen können. Ich glaube, dass der Typ einfach Pech hatte und zur falschen Zeit am falschen Ort war.«

Frank schnaubt. »Und er ist ein Hitzkopf, vergiss das nicht. Immerhin hat er sich mit dem Schlacks eine

Schlägerei geliefert. Aber wieso meinst du, dass A-Mi ihn schon länger kennt? Das ist mir neu.«

»Sie ist doch mit dem Bruder liiert, mit Nick Schöller.«

Frank lacht auf. »Echt jetzt? Davon weiß ich nichts, und Lucy auch nicht, da bin ich mir sicher.« Er hängt seine Jeansjacke über die Stuhllehne, lässt sich auf dem Bürostuhl nieder und schaltet den PC ein. »Freut mich aber irgendwie. Bisher war Anna Maria eine eiskalte, unempathische Person. Wenn sie ihr Herz entdeckt, kann das für uns alle nur gut sein.«

Er loggt sich ein und öffnet die Akte über Rocky Schlacks. »Gibt's zu unserem Toten was Neues? Irgendwelche Zeugen, die ihn wiedererkannt haben?«

»Ja, ein paar Frauen haben sich gemeldet, die angeblich mit ihm aus waren. Ich kümmere mich gleich darum, habe mir die Liste schon ausgedruckt. Anscheinend hat er nichts anbrennen lassen. Sind aber alles ganz normale, brave Frauen, wie es aussieht.« Zu dem Wort »brav« zeichnet sie Anführungszeichen in die Luft.

»Na, vielleicht gibt es neue Infos aus Hamburg. Die Kollegen vor Ort wollten den Club gründlich durchleuchten.«

»Hier ist noch eine Telefonnummer für dich. Die Kollegin hat sich noch nicht zurückgemeldet, aber sie wollte die ehemaligen Arbeitsstellen von Rocky abklappern.« Tina reicht ihm den Zettel, dann faltet sie selbst die Adressliste zusammen und schiebt sie in ihre Hosentasche, steht auf und zieht ihre Jacke über. »Ich befrage mal die Zeuginnen. Sehe dich später.«

»Ciao«, Frank winkt ihr nach, dann wählt er die Nummer, die Tina notiert hat.

»Lorenz?«

»Kraus hier, Kripo Saarlouis. Meine Kollegin sagte, Sie hätten Hintergrundinfos im Tötungsdelikt Rocky Schlacks für mich?«

»Ah ja, der Rocky. Ich war gestern Abend noch unterwegs und habe ein paar Etablissements aufgesucht. Schlacks hat vor der Gründung seines eigenen Clubs in mehreren einschlägigen Nachtclubs gearbeitet. Einer davon ist vor einigen Jahren aktenkundig geworden. Schlacks war zu der Zeit auch dort, ist aber offenbar nicht weiter aufgefallen.«

»Worum ging es da?«

»Er hat im *Dancing Cat* gearbeitet, sagt Ihnen das was?«

»Nein, so auf Anhieb klingelt da nichts.«

»War eine große Sache damals, es ging um Mädchenhandel. Der Club war darin verwickelt. Dem Betreiber des Ladens, Tadeusz Niemczyk, konnte nichts nachgewiesen werden. Rocky Schlacks wurde damals als Zeuge befragt. Zwei Personen wurden verurteilt, aber der Chef ging unbeschadet aus der Sache hervor. Schlacks hat den Club kurz darauf verlassen und in zwei weiteren Lokalen Erfahrung gesammelt, bevor er sich dann mit dem *Secret Séparée* selbständig gemacht hat.«

»Können Sie mir mehr Infos zu dem damaligen Fall schicken?«

»Klar. Aber ich kann Sie auch kurz mündlich ins Bild setzen. Habe die Unterlagen wieder herausgekramt.«

»Gut, dann schießen Sie los.«

***

Dank eines Chorabends, zu dem ich mit Ellen nach Heusweiler fahre, vergesse ich meinen kranken Gedanken, dass Ilina etwas mit dem Zuhältermord zu tun haben könnte, wieder. Kein Wunder, denn Ellens zwiespältige Gefühle ihrer Familie gegenüber lenken mich ab und wecken tief in mir eine subtile Sorge, wenn ich an den kommenden Sommer denke, in dem ich dann ja mit zwei Babys werde hantieren müssen.

»Dass der Dieter diese schönen Sachen strickt, häkelt und supersüße Fotos von Lily macht, finde ich ja klasse. Er hat es echt drauf, sie von der Seite oder halb von hinten abzulichten, dass man sie nur erkennen kann, wenn man sie gut kennt, nicht?«

Sie erwartet keine Antwort, also achte ich nur auf den Straßenverkehr und darauf, die Ausfahrt nicht zu verpassen. Seit die Sendemasten in Heusweiler gesprengt wurden, bin ich mir nie sicher, wann ich abbiegen muss. Und das, obwohl es schon viele Monate her ist.

»Aber das Lilykind ist eine richtige Knatschtüte. Da ist der Dieter mir echt keine Hilfe, ihm ist das egal. Der haut einfach in sein Büro ab und lässt mich den lieben, langen Tag mit ihr allein. Er bindet sie sich abends, wenn er häkelt, eine halbe Stunde um den Bauch, aber sobald sie anfängt zu schreien, gibt er sie wieder an mich ab, und das einzige, was sie beruhigt, sind meine du-weißt-schon.«

Ja, das weiß ich, und ich will auf das Thema nicht weiter eingehen. Aber wir sind auch schon da, und während der Probe können wir eh nicht miteinander sprechen, da Ellen Sopran singt und ich Alt, weshalb wir auch nicht nebeneinander sitzen.

Noch eine andere Sache lenkt mich von Franks Mordermittlungen und der Idee, Ilina könne damit zu tun haben, ab. An diesem Chorabend nämlich, an dem Ellen mir Dinge über den Dieter anvertraut hat, die ich nicht wissen wollte, ist Frank ausnahmsweise früher zu Hause. Ausgerechnet! Hätte ich das geahnt, wäre ich nicht zum Singen gefahren. Aber mit der Erklärung, dass die Ermittlungen einen Schritt weitergekommen sind und er und Tina mal pünktlich gehen konnten, hat Frank also einen Abend zu Hause verbracht. Allein. Und er hat ihn genutzt, denn als ich in die Wohnung komme, finde ich überhaupt keine herumliegende Kleidung von ihm, weder schmutzige noch gewaschene. Auch die restliche Unordnung ist beseitigt. Seine Langspielplatten sind neu sortiert, und sie stehen aufrecht auf dem niedrigen Teil des Wohnzimmerschranks. Jetzt, da Staub gewischt ist, fällt mir auf, dass meine Gilde-Clowns nicht mehr da sind. Bis auf einen der Größeren, der den LP-Stapel stützt.

»Sieht gut aus, oder?« Frank steht im Raum, zufrieden die Hände in die Hüfte gestützt, und sieht mich erwartungsvoll an. Ich runzle die Stirn. Es hat sich noch etwas verändert, aber was ist es?

Mein Blick fällt in die Ecke neben der Badezimmertür. Die ist leer. Was hatte er dort nochmal gelagert? Ach ja, sein Geschirr, das er nicht hatte Ellen überlassen wollen, und das in Kartons gestapelt dort stand, weil in meinem winzigen Kellerraum kein Platz mehr war. Aber selbst das Schuhregal hat er offenbar aufgeräumt. Wie konnte er all meine Schuhe darin unterbringen?

Schlagartig setzt eine Art Stakkatolähmung in meinem Gehirn ein. Meine Gedanken gehen nur noch

ruckartig voran … »Wo hast du dein Geschirr untergebracht?«

Er deutet auf den Wohnzimmerschrank, und jetzt
sehe ich, dass er in dem Teil mit der Vitrinentür sein
Kaffeeservice neben mein eigenes, kleines geräumt hat.
Aber Moment mal, und der gesamte Rest? Das eine
Schrankfach hinter der Holztür, das nicht mit meinem
eigenen Geschirr überfüllt war, hat jede Menge Stau-
raum gehabt, für Dekomaterial für die unterschiedli-
chen Jahreszeiten. Okay, nicht alles davon war noch
schön. Trotzdem. Ich reiße besagte Schranktür auf: Geschirr. Türme und Berge von Geschirr. Okay, ich atme
tief ein und aus. Die meisten der Dekosachen habe ich
seit Monaten nicht mehr benutzt. Aber … Moment mal!
Er hatte die Gilde-Clowns ebenfalls in diesem Schrank
verstaut, als er seine Platten mitbrachte. Und in der
Schublade, die ich hastig herauszerre. Socken und Bo-
xershorts. Ich starre ihn nochmals an.

»Wo sind meine Gilde-Clowns?« Die Stimme, die meinen Mund verlässt, erinnert mich an gepresstes Span-
holz.

»Du, den gesamten Dekokrempel habe ich zum Wertstoffhof gefahren. Wir müssen ja eh irgendwann um-
ziehen, und dann brauchen wir nicht mehr so viel Bal-
last loszuwerden.«

Mein Stakkato-Gehirn ruckt ein Stückchen weiter,
ich wende mich der Ecke neben dem Badezimmer zu.
Neben seinen Geschirrkartons war da noch etwas, und
es war *wichtig*.

Was war es, verdammt, was war es?

»Lucy?« Franks Stimme dringt nicht bis zu meinem
Bewusstsein vor, ich nehme sie nur so wahr, wie man

das Brummen der Heizung wahrnimmt. Mein Hirn blendet sie aus.

Zwischen den Geschirrkartons und dem ...

Schuhregal!

Dort standen drei Schuhkartons. Diejenigen, die die wichtigsten, die allerwichtigsten, meiner Schuhe beinhalteten. Kartons, die man auch leer nicht entsorgt. Sie sind weg. Und. Sie. Waren. Nicht. Leer!

Mein Blick krallt sich am Schuhregal fest, sucht nach den korallenroten Absätzen. Und den Overknees. Und den Riemchensandaletten, die ich seit mehr als fünf Jahren besitze, noch aus der Zeit, als A-Mi ihre Manolos an mich weitervererbt hat. Ja, alle drei Kartons sind von Manolo Blahnik. Gewesen.

Das Stakkato in meinem Kopf weitet sich aus, erfasst mein Atem- und mein Sprechzentrum. Ich will Frank anbrüllen und ihn fragen, wo meine Manolos gelandet sind, aber es kommen nur gurgelnde Geräusche heraus. Er sieht mich an, legt den Kopf schief, verzieht angstvoll das Gesicht. Ich deute auf die leere Ecke und gestikuliere wild, stoße immer weiter »Grrlll, garrglll, goyyylll« aus. Und weiß jetzt, wie Gargoyles zu ihrem Namen gekommen sind.

Frank legt eine Hand an meinen Oberarm, die ich abschüttle, als wäre es ein Bärenklaublatt, auf die reagiere ich traumatisiert.

»Lucy, beruhige dich! Atme ein und aus. Ein. Und aus.« Er macht es mir vor, und obwohl ich ihm am liebsten den Hals umdrehen würde, gelingt es mir, meinen Atem wieder in den Griff zu bekommen.

»Wo sind die Schuhkartons?«, bekomme ich schließlich die entscheidenden Worte heraus.

Er runzelt die Stirn. »Ich bin davon ausgegangen, dass du die entsorgen willst. Sonst hättest du sie ja nicht da in die Ecke gestellt, wo du immer die Kartons mit den leeren Flaschen und dem Altpapier hattest. Das waren doch alles Sachen zum Wegbringen, oder?«

Er sieht an meiner Miene, dass er sich da wohl vertan haben muss.

»Ich meine, die Kartons waren doch ...« Er reißt die Augen auf. »Sag mir nicht, dass ich deine Blahniks weggebracht habe!« Ich kann erkennen, wie ihm klar wird, was das heißt. Er als Fußfetischist liebt besonders die Manolos, und zwar alle drei Paar, die ich besitze. Besaß. Mir wird kotzschlecht.

»Sag mir nicht, dass du DREI Manolo-Blahnik-Kartons weggebracht hast, ohne vorher hineinzuschauen!«, brülle ich, wobei meine Stimme immer schriller wird.

Ihm weicht jegliche Farbe aus dem Gesicht.

Ich schließe die Augen, dann schießt mein Arm mit vorgestreckten Zeigefinger nach vorn und weist ihm die Tür. »Beschaff sie mir wieder. Sofort.«

Ich atme tief ein und aus, bevor ich mit Grabesstimme meine Ansage beende: »Wenn du sie nicht mitbringst, brauchst du nicht nach Hause zu kommen, hast du mich verstanden?«

Er starrt mich an. Ich ziehe die Brauen hoch. »Hast. Du. Mich. Verstanden?«

Er senkt den Kopf, dann zerrt er seine Lederjacke vom Bügel an der Garderobe und geht zur Tür.

»Und bring mir meine Gilde-Clowns zurück«, sage ich, bevor ich die Tür hinter ihm ins Schloss werfe und absperre.

Hat man sowas schon erlebt?

***

Es wird eine durchwachte, schreckliche Nacht voller elender Gefühle. Frank kommt nicht zurück, und was das bedeutet, ist klar. Am nächsten Morgen, noch bevor ich zur Arbeit aufbreche, kreuzt Tina bei mir auf, verlegen kichernd. Sie soll ein paar Dinge für Frank abholen. Richtig, seine Kollegin, die mit ihm in der Soko Zuhältermord ermittelt. Ja, es muss echt schlecht bestellt sein um Frank. Um mich. Um Saarlouis, ach, um die ganze Welt.

Recht fassungslos ob des Ansinnens, das sie an mich stellt, sammle ich rasch Franks Toilettenutensilien und einen kleinen Stapel Klamotten zusammen, die ich ihr mitgeben will, dann stehe ich stumm vor ihr. Dass Tina zwischen diesem verlegenen Kichern und Anteilnahme hin und her schwankt, macht es mir nicht gerade leichter. Ich werfe einen Blick auf die Uhr und auf meine kleine Druckfilterkaffeekanne, die ich in Ungedanken für zwei geladen hatte, und in der der Kaffee gerade richtig gezogen hat. Mir bleibt noch ein bisschen Zeit, bevor ich losmuss. Tina ist meinem Blick gefolgt, und fragend sieht sie mich an, Franks Toilettenbeutel und eine Plastiktüte von ALDI Süd mit Wechselwäsche in der Hand. So leicht will ich es ihm nicht machen. Traut der sich nicht mal selbst hierher, um seine Sachen zu holen? Deshalb muss es statt Reisetasche hier und jetzt eine zerknitterte Einkaufstüte sein.

»Trinkst du eine Tasse Kaffee mit mir?«, frage ich, worauf sie nickt, als hätte sie nur darauf gewartet, Tüte

173

und Beutel abstellt und sich auf einem Stuhl nieder-
lässt. Ich biete ihr eine Portion Müsli an, und auch da
sagt sie nicht Nein. Während ich also ein zweites Ge-
deck aus dem Küchenschrank hole, frage ich sie ganz
beiläufig: »Macht ihr Fortschritte bei den Ermittlungen?«

Tina schiebt sich einen Löffel Müsli mit Quark in den
Mund, was mir das Gefühl eines Déjà-vu beschert. Hat
nicht meine Mutter den gleichen Trick angewandt, um
sich Zeit zu verschaffen, bevor sie mir geantwortet hat?
Aber irgendwann sind die Haferflocken und Nüsse zer-
kaut, und sie muss runterschlucken.

»Du weißt, dass ich dir dazu nichts sagen kann. Aber
heute werden wir einiges zu tun haben. Es gibt neue Erkenntnisse.« Sie schüttelt den Kopf. »Unheimlicher
Fall, aber das war's an dieser Stelle auch, bitte frag
nicht weiter.« Nachdenklich trinkt sie einen Schluck
Kaffee und seufzt anerkennend, dann sieht sie mir in
die Augen. Ich frage mich für eine Sekunde, wer von
beiden die Rolle des bösen Bullen spielt und wer die des
Guten. Tina, die zierliche, fast noch jugendlich wirkende, junge Frau, geht wohl kaum als böser Bulle
durch. Allerdings hat diese Rolle vorher Franks dama-
liger Partner Horst innegehabt. Mein Kommissar
(Wehmut lässt mein Herz schwer werden) war natürlich der gute Bulle. Man denke allein an seine kurzsich-
tigen braunen Augen. Ich reiße mich zusammen und
halte Tinas Blick stand. In ihrer Miene kann ich nicht
lesen, und mir wird klar, dass ihr Äußeres auch täuschen könnte. Womöglich ist sie knallhart.

»Lucy, ich ... Darf ich fragen, weshalb du Frank rausgeschmissen hast?«

Ich reiße die Augen auf. *So* hat er das also kommuniziert? Sie zieht eine Schnute und sieht damit plötzlich sehr ... sinnlich aus. Und mit *der* arbeitet Frank Tag für Tag? Dann reiße ich mich zusammen, schließlich mag ich dieses Mädchen. Frau. Mädchen.

Anscheinend hat sie den Eindruck, dass ich auf ihre Frage nicht antworten will, denn sie zuckt die Schultern. »Also, es macht mir wirklich nichts aus, er kann ruhig ein paar Tage bei mir wohnen bleiben, aber ...«

Mein Quieken bringt sie zum Schweigen. Entgeistert starre ich sie an. »Ich bin davon ausgegangen, dass er in dem Haus in der Ludwigstraße ist, in seiner ehemaligen Kellerwohnung, die steht doch leer. Ist er, ist er tatsächlich bei dir untergekrochen? Und du hast ihn aufgenommen?«

Sie wirkt plötzlich konsterniert, vielleicht wegen meiner Wortwahl. »Ja klar, hätte ich ihn etwa rauswerfen sollen? Es ist Winter! Und ich verstehe mich gut mit ihm. Ich meine, wir sind Kollegen, und jetzt arbeiten wir fast rund um die Uhr zusammen, und außerdem ...«, sie unterbricht sich. In ihrer eben noch undurchdringlichen Miene glaube ich, Schmerz zu sehen, aber ich kann mich auch täuschen, denn der Eindruck verfliegt so rasch, dass es auch nur ein normales Zwinkern gewesen sein kann.

»Und außerdem?«, hake ich nach, weil mich ein ganz blödes Gefühl beschleicht.

Sie schüttelt den Kopf. »Nichts. Es ist sogar ganz praktisch so, weil wir heute echt viel zu erledigen haben. Und ich muss jetzt auch raus, sonst friert er sich im

Auto noch den Arsch ab.« Damit stürzt sie den restlichen Kaffee hinunter und verlässt fluchtartig die Wohnung. Ich fasse es ja nicht! Was war das denn jetzt?

Mist. Dreimal Mist. Mein erster Impuls ist, Frank auf seinem Handy anzurufen und ihn reumütig wieder nach Hause zu bitten, aber dann straffe ich die Schultern. Dieses Mal ist er nicht abgehauen, weil er Panik bekommen hat, sondern ich habe ihn ... rausgeschmissen. Tina hat das richtige Wort benutzt. Und ich hatte einen guten Grund. Wenn Frank glaubt, er könne Dinge, die mir wichtig sind, einfach entsorgen, um für Kram Platz zu schaffen, den er für wichtiger hält, hat er etwas nicht kapiert.

Auf jeden Fall wird der Rauswurf ihm Zeit zum Nachdenken geben. Und sollte er nicht von selbst darauf kommen, was er dieses Mal verbockt hat, werde ich es ihm erklären. Zu gegebener Zeit. Jetzt muss ich mir selbst erst mal klar werden, ob ich überhaupt mit ihm ... An dieser Stelle unterbreche ich meinen Gedankengang. Frage ich mich etwa gerade, ob Frank der richtige Mann für mich ist?

Wie in Trance stehe ich auf, räume das Geschirr in die Spülmaschine, nehme meine Jacke und meine Tasche und mache mich auf den Weg zur Arbeit.

In mir formt sich ein Gedanke, und ich erkenne zwar, dass er von Reife zeugt, aber ich will ihn nicht zulassen. Trotzdem drängt er sich in meinem Kopf nach vorn und steht mir zehn Minuten später als Frage unmittelbar hinter die Stirn geschrieben, während ich – blind und taub für alles mich Umgebende – im Fahrstuhl zum Callcenter nach oben fahre.

Sind Frank und ich nur zusammen, weil wir gemeinsam Kinder gezeugt haben? Drängt uns die Verantwortung in ein Lebensmuster, das wir gar nicht wollten?

»Liebe, werte Frau Schober, wie schön, Sie zu sehen!« Die schnarrende Stimme geht mir durch Mark und Bein und holt mich unsanft ins Hier und Jetzt. Dürri steht vor mir und wedelt mit einem Blatt herum. Mir ist schon klar, was das ist, noch bevor ich sein widerliches, zufriedenes Lächeln sehe.

»Ein neues Gedicht«, ächze ich.

»Und ich habe es nicht ausgehängt, ganz wie Sie und Frau Kowalska gewünscht haben.« Damit drängt er mir das Blatt regelrecht auf, und ich strecke die Hand danach aus, um zu verhindern, dass er mir bis zu meinem Schreibtisch folgt. Lena ist schon da, wie ich von Weitem sehe, und sie linst über den Rand des Bildschirms in unsere Richtung. Anscheinend hat Dürrbier niemandem von dem Gedicht erzählt. Also ist er doch lernfähig. Ich nehme das Papier an mich und scanne den Raum nach Ilina ab. Er registriert meinen Rundumblick und zeigt mit der Hand in Richtung des Kaffeekabuffs. »Sie sind heute ein paar Minuten später dran als sonst, aber das macht nichts, da Sie in letzter Zeit überdurchschnittlich gut arbeiten. Das wird heute sicher auch wieder so sein. Ilina ist bereits an ihrem Wirkungsort, sie wird Ihnen gleich Ihren Kaffee an den Tisch bringen.« Er beugt sich leicht vor, sodass mich ein Schwall von kaltem Zigarillorauch, Mottenkugeln und Knoblauch überfällt, was mich heftig schlucken lässt. »Nur ihr habe ich verraten, dass Ihr heimlicher Bewunderer uns wieder mit einem Gedicht beehrt hat.«

Ich würdige seine Bemerkung keiner Antwort, sondern gehe zu meinem Platz, um das Gedicht zu lesen, während der PC hochfährt. »Resignation an Lucinden« lautet der Titel, und irgendwas in meinem Kopf macht daraus »Resignation von Lucinda«. Die Tatsache, dass ich an mich selbst mit meinem Taufnamen denke anstatt als Lucy gibt mir zu denken. Wie weit ist es mit mir gekommen? Bevor ich jedoch beginne, mir neben der Frank-Sache auch noch darüber Sorgen zu machen, lese ich das Gedicht. Mich schockt so langsam gar nichts mehr. Auch nicht die Tiefe, die in diesen Zeilen verborgen ist. Ist das wirklich alles auf die leichte Schulter zu nehmen?

Unselig ist, wen Liebe lässt verzagen,
Unsel'ger noch, wer Liebe nie erstrebet,
Doch am unseligsten, wer lieblos lebet
Und kann doch einst'ger Liebe nicht entsagen.

Will eitle Lust ihn weich in Fesseln schlagen,
Wehrt ihm Erinn'rung, die im Herzen bebet,
Und wenn ein Engel lächelnd vor ihm schwebet,
Wie dürft' er auf so heil'ge Spur sich wagen?

Getheilt in Weltverachten und Bereuen,
Flieht er die Dirne, muss die Göttin meiden,
Der Lust entsagen, von der Hoffnung scheiden;

Sein Herz, das keine Blüthen mehr erfreuen,
Gleicht einem öden Opferhain der Heiden,
den Götter flohen, den die Menschen meiden.

»Lucy?« Lenas Stimme klingt alarmiert. »Warum heulst du?«

***

»Und du hattest nicht den Eindruck, dass Lucy unglücklich ist?« Diese Frage stellt Frank zum wiederholten Mal an Tina, als sie an diesem Dienstagmorgen zusammen das Büro betreten. Er geht sofort zur Heizung und dreht sie höher, da er vorhin geschlagene zwanzig Minuten vor Lucys Haus in seinem Mini hat warten müssen. Auf Tina, die doch nur seinen Toilettenbeutel und Wechselwäsche abholen sollte. Aber er hatte sich verboten, zu Lucy hinaufzugehen, weil ... Warum, weiß er nicht genau. Weil er eben so ist. Wenn er weggeht, hat es einen Grund.

Okay, üblicherweise ist er derjenige, der entscheidet zu gehen, während dieses Mal Lucy ihm die Tür gewiesen hat. Was es ja noch dringender erscheinen lässt, dass er konsequent bleibt. Irgendwie. Verwirrt schüttelt er den Kopf. Er mag es nicht, wenn in seinem Leben solche Phasen ablaufen, in denen er sich selbst, seinem Gefühl und seinen Gedanken nicht trauen kann. Da ist es sinnvoll, sich in die Arbeit zu stürzen und sich mit Fakten zu beschäftigen, reinen Fakten. So wischt er, während er sich auf seinen Stuhl sinken lässt, seine eigene Frage mit einer Handbewegung durch die Luft wieder weg und blickt Tina an, die in ihre Tastatur hämmert. Sie hatte also gar nicht vor, ihm zu antworten.

»Wir haben die Eltern von Bianca ausfindig machen können. Oder vielmehr, den Ort, an dem sie geboren

179

wurde.« Sie liest mit gerunzelter Stirn. »Ihre Eltern leben nicht mehr!« Bestürzt sieht sie zu Frank. »Was hat das denn jetzt zu bedeuten?«

»Oh-oh, das ist übel. Hat das Mädchen überhaupt lebende Verwandte?«

Tina liest angestrengt auf dem Bildschirm, gelegentlich mit der Zunge schnalzend. »Also, wenn unsere Bianca Filipova tatsächlich dieses Mädchen ist, hat sie nur Verwandte zweiten Grades oder noch entfernter. Ihre Familie ist bei einem Erdbeben ums Leben gekommen. Von Biancas Verbleib ist in ihrem Heimatort nichts bekannt.« Sie blickt erneut zu Frank. »Anscheinend auch nicht, dass sie nach Deutschland ausgewandert ist. Vermutlich hat sie sich die Hilfe irgendeiner Schlepperbande geholt.« Tina verzieht das Gesicht. »Ich will mir gar nicht ausmalen, was das Mädchen alles mitgemacht hat.«

»Das erklärt jedenfalls, weshalb sie in ihrer WhatsApp-Nachricht an Max nur eine Tante und einen Onkel erwähnt hat. Hat die Vermisstensuche noch nichts ergeben?« Aber die Antwort kennt er ja. »Lass uns nachforschen, ob wir aus Hamburg ein Foto von ihr auftreiben können. Sie muss ja irgendwo im Dunstkreis von Rocky Schlacks in Erscheinung getreten sein. Ich denke darüber nach, selbst nach Hamburg zu fahren.« Ja, wird ihm bewusst, das ist in jeder Hinsicht ein kluger Gedanke. Nicht nur, dass er vor Ort Fragen stellen kann – und er traut seinen eigenen Wahrnehmungen einfach mehr als denen von Kollegen. Sondern das gibt ihm auch Grund, von Lucys Wohnung fernzubleiben, bis er genau weiß, was da zwischen ihm und ihr gerade falsch läuft. Den Wertstoffhof wird er vorher noch anfahren, um die Schuhe wieder zu besorgen. Mein Gott, diese Schuhe an Lucys Füßen!

»Wovon träumst du gerade?« Tinas Stimme klingt dicht neben Frank, er dreht sich zur Seite und entdeckt sie neben seinem Bürostuhl. Sie sieht mit einem eigenartigen Blick auf ihn herunter, dann hält sie ihm eine Tasse hin, aus der es verführerisch nach frischem Kaffee duftet. Ihre Wangen sind leicht gerötet, als sie in einer verlegen wirkenden Geste die Schultern strafft. »Geht mich nichts an, schon gut.« Sie seufzt, dann geht sie um den Schreibtisch herum und stellt die zweite Tasse auf ihren Platz. Frank hat nicht einmal mitbekommen, wann sie aufgestanden ist und den Kaffee für sie beide geholt hat!

»Du willst echt nach Hamburg fahren?« Was drückt ihr Blick aus? Frank runzelt die Stirn. Er versteht die Frauen einfach nicht, damit muss er sich abfinden.

»Ja, ich werde ins *Secret Séparée* und ins *Dancing Cat* gehen und verschaffe mir selbst einen Eindruck. Übermorgen bin ich wieder zurück, spätestens.«

Kapitel 10

Dieses verdammte Gedicht von heute Morgen! Ich kann nicht verhindern, dass ich mich auf eine verquere Art damit identifiziere. Obwohl ich nach den ersten zwanzig Minuten Arbeit eine Pause auf der Toilette einlege, um mir bewusst zu machen, dass es nur Zufall ist. Der Bewunderer hat nur zufällig so ein Gedicht geschickt, das perfekt zu meiner traurigen, ja ich möchte fast sagen, verzweifelten Lage passt. Obwohl ich nach dem Toilettenbesuch mit frischem Mut wieder zu meinem Platz gehe und die nächste Telefonliste in Angriff nehme, überwallt es mich wieder, sobald ich die Stimme des Kunden höre, der meinen Anruf entgegennimmt.

»Nowak.«

Echt jetzt? Wie kommt der in meine Leitung? Ich schlucke die Tränen krampfhaft herunter, die ob dieser unglücklichen Fügung heraufsteigen, und spule meine Begrüßung ab. »Einen wunderschönen guten Morgen, Callcenter *Mediaboutique*, Lucinda Schober am Apparat.«

»Lucinda! Was bedrückt mein Täubchen?«

Wie jetzt? Herr Nowak hört mir an, dass ich schlecht drauf bin? Ich starre auf den Bildschirm, wo der Name des Kunden – er ist offenbar von der Horrorliste auf eine normale Liste gerückt – vor meinem Blick verschwimmt. Er spricht weiter, und da mein Gehirn sich gerade mal wieder in den Stromsparmodus begibt, verstehe ich den Inhalt seiner Worte nicht, sondern höre nur diese verflixte tiefe Stimme. Sie hat Ähnlichkeit mit der Stimme eines anderen Mannes, wie mir jetzt erst auffällt. Tymon Nowak spielt stimmtechnisch in der gleichen Liga wie Frank. Frank, der mich in den Nächten aus meinen Albträumen rettet, der meine Vorliebe für Pasta Inge teilt, der sich mit meinen Eltern arrangiert hat, und das nur mir zuliebe. Frank, der meine Gilde-Clowns und meine Manolo Blahniks seinem Entrümpelungswahn geopfert hat. Und Frank, der jetzt nicht bei mir ist, und den ich nicht einmal anrufen kann. Weil, ja weil, ich weiß nicht genau. Ich seufze.

»Wehrt ihm Erinn'rung, die im Herzen bebet«, höre ich mich murmeln, und plötzlich ist Stille in der Leitung. Franks Stimme ist verstummt. Dann ein Räuspern.

»Leidest du, meine Schöne? Ebenso wie ich?« Tymons Stimme hat jetzt den gleichen verletzten Unterton wie Frank, wenn er von meiner Mutter spricht.

»Ja, und keine Blüthen erfreuen mein Herz.«

Theoretisch ist mir natürlich ganz klar, dass ich Tymon Nowak kein bisschen von meiner privaten Seite zeigen darf. Das wäre zutiefst unprofessionell. Aber immerhin lebt er 700 km weit weg, und außerdem ahnt er ja nichts von den seltsamen lyrischen Grüßen, die mir anonym zugeschickt werden. Interessanterweise schweigt er noch, nachdem ich den Unsinn mit den Blüthen gesagt habe.

Also räuspere dieses Mal ich mich, um meine Stimme wieder unter Kontrolle zu bringen, bevor ich weiterspreche. »Herr Nowak, ich kann Ihnen heute einen neuen Wein anbieten, den wir gerade erst ins Sortiment bekommen haben.«

»Ich verstehe«, sagt er, und jetzt klingt er traurig. Ich bedaure, dass ich nicht besser zugehört habe, als er auf mich eingesprochen hat. Vielleicht hat er mir etwas anvertraut, und mein Angebot ist gerade völlig daneben. Dann spricht er weiter, und zwar auf einer sachlichen Ebene, wie wir sie noch nie hatten. »Derzeit ich brauche keinen Wein, ist mein Vorrat noch gut gefüllt. Aber hat es wie immer mich sehr gefreut, deine Stimme zu hören. Adieu.«

Und dann legt er auf. Ich lasse unauffällig meinen Blick durch den Raum schweifen und reiße mich endlich zusammen. Mir ist klar, dass niemand Tymon Nowaks Part der Unterhaltung hat mithören können, trotzdem fühle ich mich mies. War es ein Fehler, ihm meine schwache Seite zu zeigen? Vor allem aber: Wie würde Dürri reagieren, wenn er mitbekäme, dass ich die Chance, den Hengst von Hamburg nochmals zu melken, einfach vertan habe? Doch weit mehr als diese Fragen beschäftigt mich das Gefühl, das seine Stimme und die Empathie, die er gezeigt hat, in mir auslösen. Es irritiert mich sehr, dass ich dieses Gefühl als wohlige Wärme in der Brust wahrnehme. An einem Platz also, der doch allein den beiden heranwachsenden Babys und Frank vorbehalten ist. Ich atme tief durch und bemühe mich, wieder ganz in den Profi-Modus zu wechseln, um meine Arbeit gut zu erledigen. Mein Ziel ist es, in den Folgestunden meinen Schnitt wieder dem Niveau der letzten beiden Wochen anzupassen, was mir auch gut gelingt. Da das meine volle Konzentration beansprucht, vergesse ich auch alles, was mich traurig macht, nämlich Frank. Oder vielmehr die Tatsache, dass ich ihn vor die Tür gesetzt habe. Oder vielmehr die Tatsache, dass er meine Manolos irgend so einem Wertstoffhofjäger in den Rachen geworfen hat. Womöglich läuft in Saarlouis in ebendieser Sekunde eine Obdachlose oder ein Obdachloser in meinen Overknees durch die Straßen und bietet die Riemchensandaletten und meine Peeptoe-High Heel-Unikate zum Verkauf feil.

Gott sei Dank ist es Mittag, als ich das denke, sodass ich mit der erneuten Trauerwallung von meinem Platz aufstehen und in die Pause flüchten kann, Lena und Ilina im Schlepptau. Ihnen erzähle ich bei einem Teller Pasta Inge im *Tapas*, was geschehen ist, und ihr Mitgefühl wärmt meine Seele, auch wenn Lena nach der ersten Welle des reinen Mit-Leidens anfängt, Franks Fehltritt herunterzuspielen.

»Guckmo, der hätt das doch nie mit Absicht gemacht, wo er doch so auf deine Füße steht.«

Ilina pflichtet ihr bei. »Und diese Clowns ... Na ja, woher hätte er sollen wissen, dass sie nicht sind – wie sagst du? Krusch.«

»Hm, na ja.« Ich verziehe den Mund.

»Du weißt doch, dass Männer da anders ticken«, erklärt Lena. »Gib deinem Herzen einen Ruck und ruf ihn an.«

»Lässt du noch ein bisschen zappeln ihn, rate ich. Aber nicht zu lang. Ist er hübscher Kommissar, und das bemerken auch andere Frauen.« Wie ich sehe, steht

Ilina ganz auf meiner Seite, aber auf andere Weise als Lena, und diese Erkenntnis bringt mich zum Lächeln. Darauf streichelt sie mir über den Arm. »Siehst du, ist kein Problem so groß oder schwerwiegend, dass es nicht kann gemindert werden durch eine gute Portion Pasta Inge«, sagt sie mit Blick auf meinen restlos geleerten Teller, dann kichert sie respektlos.

Untergehakt spazieren wir kurz darauf zum Callcenter zurück und machen Scherze über Liebesgrüße in Form von Blumen, weil ein Fleurop-Bote mit uns den Aufzug besteigt. Er trägt ein riesiges Bukett mit rosaroten Rosen, und ich kann mich eines irrsinnigen Hoffnungsanflugs nicht erwehren, dass diese Rosen von einem bestimmten dunkelhaarigen Kriminalkommissar als Friedensangebot für seine Liebste geschickt worden sein könnten. Schon habe ich mir klargemacht, dass das Franks Budget überschreiten würde, da bemerken wir alle drei überrascht, dass der Blumenüberbringer mit uns zum obersten Stockwerk hochfährt. Sofort ist der irrwitzige Hoffnungsfunke wieder da und wird größer und wärmer und breitet sich zu einer Art Flächenbrand in meinem törichten Herzen aus, als der Blumenmann zu Dürris Büro geht und dann, von unserem Chef angeleitet, schnurstracks auf meinen Schreibtisch zukommt, an dem ich sitze. Ilina steht mit meiner Eulentasse in der Hand, die sie mir auffüllen will, neben mir, und Lena sitzt mir gegenüber, ihre Augen wie so oft oberhalb des Bildschirms, damit ihr nichts von der nun folgenden Szene entgeht.

Mir schlägt das Herz wild gegen den Brustkorb, sodass ich zur Beruhigung gedanklich ein »Alles ist gut, das ist ein Freudenklopfen« an die Zwillinge in meinem

Bauch sende, da ist der Blumenstrauß auch schon heran, hinter ihm der Fleurop-Bote und daneben mein Chef, der in seinem breitesten, gelblichsten Lächeln erstrahlt. Er zittert geradezu vor begeisterter Aufregung, als er mir zuraunt: »Die Karte, Frau Schober, öffnen Sie die Karte.«

Der Blumenmann drückt mir das Bukett in beide Arme, und ich bin überrascht über das Gewicht der Rosen. Kräftige Dornen bohren sich durch den Stoff meines Pullovers in meine Brust und meinen Bauch, sodass ich inständig hoffe, dass sie nicht bis zu den Babys durchdringen.

»Frau Kowalska, besorgen Sie eine Vase für unsere liebe Frau Schober!«

Ilina hebt das Kinn, dann greift sie in das Bukett und zieht einen Umschlag hervor, der zwischen den Blumenstängeln befestigt war. Sie legt ihn auf meinen Schreibtisch, stellt meine Eulentasse daneben und nimmt mir den Blumenstrauß aus den Händen. Dann dreht sie sich zum Blumenmann um. »Danke, Sie können gehen.«

Perplex und irgendwie enttäuscht wirkend trollt sich der junge Mann Richtung Fahrstuhl, während Dürri zugleich konsterniert und zufrieden wirkt, eine Sache, die auch nur er hinbekommt. Oder meine Mutter. Jedenfalls habe ich keine Geduld mehr, greife nach der Karte und befreie sie von ihrem Umschlag, um zu sehen, was Frank mir geschrieben hat.

»Lies vor«, bittet Lena, und nachdem ich die wenigen Worte gelesen habe, sehe ich auch keinen Grund, es nicht zu tun. Meine Stimme klingt hohl vor Enttäuschung.

»Für Lucinden. Mögen diese Blüthen dein Herz erfreuen. Ein Bewunderer.«

»Das reicht«, stößt Ilina überraschend aus. »Chef, Lucy, ins Büro. In fünf Minuten.« Damit rauscht sie in Richtung Kaffeekabuff davon, ihre zierliche Gestalt wirkt mit dem Rosenungetüm hoffnungslos überladen. Dürrbier zieht fast unmerklich den Kopf zwischen die Schultern und wirft mir einen schuldbewusst wirkenden Blick zu. Dann ruckt er mit dem Kinn zur Bürotür und raunt: »Folgen Sie mir.«

»Darf ich mit?«, wirft Lena in den Raum, sobald Dürri an ihrem Schreibtisch vorbeikommt, sodass er kurz stutzt, mit dem Fuß noch in der Luft schwebend, ihr einen Seitenblick zuwirft und dann nickt, bevor er ihn aufsetzt und weitereilt.

Lena springt auf und tritt neben mich, als ich an ihrem Tisch angekommen bin. Gemeinsam folgen wir Dürri, der eine Entschlossenheit ausstrahlt, die kein bisschen zu der Tatsache passt, dass nicht er uns ins Büro zitiert hat, sondern Ilina ihn.

Im Büro werfen Lena und ich uns verstohlene Blicke zu. Normalerweise hat es nichts Gutes zu bedeuten, wenn wir in diesem von kaltem Zigarillorauch geschwängerten Raum stehen, aber dieses Mal hat es den Anschein, als säßen wir mit unserem Chef im selben Boot. Lena und ich haben ihm gegenüber sogar einen unschätzbaren Vorteil: Wir haben keinen Grund, zusammenzuzucken, als wenige Minuten später Ilina den Raum betritt, die Tür schließt und sogar die Jalouise herunterzieht, sodass wir den Blicken der Kolleginnen entzogen sind.

»Ah, bist du auch da, Lena, das ist okay«, beginnt unsere Freundin, was uns beide den Rücken noch einen Ticken gerader machen lässt, während Dürrbier wie ein geprügelter Hund zu seinem Schreibtisch schleicht. Doch dann besinnt er sich, wer hier der Chef ist, und deutet auf die beiden Stühle, die vor dem Schreibtisch stehen. Während er sich selbst auf seinen Bürostuhl setzt, sagt er: »Frau Schober, Frau Kougelhupf, bitte sehr. Frau Kowalska hat um eine Unterredung gebeten.« Damit legt er fest, wer von uns stehen muss, nämlich Ilina, die Kleinste von uns Dreien, die uns im Stehen kaum überragt. Solche Machtspielchen sind seine zweite Natur, das ist mir klar.

Ilina zeigt sich allerdings wenig beeindruckt und kommt sofort zur Sache. Sie stellt sich so, dass sie uns beiden und dem Chef abwechselnd ins Gesicht sehen kann, dann stemmt sie die Fäuste in die Seiten. »Ihnen ist klar, was der Blumenstrauß bedeutet, oder?«

Dürrbier lehnt sich zurück, schlägt ein Bein über das andere und verschränkt die Arme. »So? Was bedeutet er denn Ihrer Meinung nach?«

»Das ist eine neue Dimension. Wir dringen in Bereiche vor«, sie unterbricht sich, irritiert.

Lena, der alte Trekkie, kann sich nicht beherrschen und kichert. »Die nie ein Mensch zuvor gesehen hat.«

Der sinnfreie Scherz gibt Ilina den Moment, den sie braucht, um sich zu besinnen, bevor sie weiterspricht, und er hilft ihr offenbar, ihren Wutlevel ein bisschen zu senken, denn sie fällt wieder in ihren Akzent zurück. »Ist das Stalking, wenn ihr fragt mich.«

Damit hat sie das böse Wort ausgesprochen, und in meinem Bauch scheinen sich die Zwillinge sehr zu erschrecken, was mir einen Schluckauf beschert. »Ach, was«, versuche ich abzuwiegeln, doch Ilina schüttelt nachdrücklich den Kopf.

»Bisher er hat nur geschickt Mails, was schon ist unheimlich genug, aber jetzt? Blumen in Büro? Persönlich adressiert? Muss ich ganz klar warnen euch. Das ist Steigerung. Was gedenken Sie als Chef zu tun?«, wendet sie sich dann überraschend wieder an Dürrbier.

Der verzieht verächtlich das Gesicht und winkt ab. »Was für ein Blödsinn! Die einzige Steigerung, die ich hier erkennen kann, ist eine noch deutlichere Anerkennung der Arbeit unserer lieben Mitarbeiterin. Dass ihm der Name bekannt ist, wussten wir bereits, und dass er weiß, wo sie arbeitet, ebenfalls. Nun hat der Verehrer lediglich einen Blumenstrauß in Auftrag gegeben, was keinen Zentimeter mehr Nähe bedeutet. Da stimmen Sie mir doch zu, Frau Schober?«

Obwohl ich mich extrem verunsichert fühle, kann ihm da nur rechtgeben, und wenn ich an Frank denke, ist mir klar, was er dazu sagen würde, also wiederhole ich seine Worte: »Kein Straftatbestand, keine Ermittlungen.« Allerdings, das sagt mir mein Rückenmark, würde es auch ihn alarmieren. Und dann wird mir wieder bewusst, dass Frank für mich derzeit nicht greifbar ist. »Mist«, murmle ich. »Dreimal Mist.«

»Sehen Sie?«, fährt Ilina Dürri an. »Der Stachel der Angst bohrt sich tiefer.«

»Frau Kowalska«, blafft Dürrbier. »Wenn das so ist, kann ich Ihnen nur raten, sich um Ihre Freundin zu kümmern. Und Sie ebenfalls, Frau Kougelhupf. Eine andere Handhabe gibt es nicht. Basta.« Damit steht er auf und klatscht in die Hände. »Zurück an die Arbeit.«

Als wir wie aufgescheuchte Hühner sein Büro verlassen, glaube ich noch die gemurmelten Worte »Nicht mal Blumen darf ein Kavalier heutzutage schicken« zu verstehen. Mein Gefühl bleibt den Rest des Tages mulmig, und ich trete nach der Arbeit den direkten Heimweg an, weil ich keinen Nerv mehr habe, noch in die Stadt zu gehen oder mich mit Lena um unser L&L-Vorratsmanagement zu kümmern. Wir mussten übrigens die Website vom Netz nehmen, weil A-Mi zufällig darauf gestoßen ist und uns beiden den Kopf gewaschen hat: Wir müssten unbedingt eine ausführliche Erklärung zum Datenschutz schreiben und sichtbar auf der Landing-Page verlinken. Außerdem sollen wir uns registrieren, weil wir die Ware ja in Verpackungen verschicken. Das Verpackungsgesetz schreibe das vor. Mir steht jetzt echt nicht der Sinn nach solchem Bürokram, und ich ahne, was das alles für Lena und mich bedeuten wird: Wir versinken in der Unsichtbarkeit, nachdem wir den bösen Ölfleck-Verriss dieser Fußballerfrau-Influencerin endlich überwunden hatten und gerade dabei waren, Schwung aufzunehmen. Mist aber auch!

Zu Hause angekommen, gönne ich mir eine schöne Portion Lasagne, die noch im Tiefkühlfach war, und bin fest entschlossen, Frank wieder versöhnlich gegenüberzutreten. Also lümmle ich mich mit meinem obligatorischen Tee und dem Handy auf die Couch, und mein Finger schwebt über seiner Nummer, als mein Blick auf die Plattensammlung, den vereinsamten, traurigen Gilde-Clown und die Vitrine mit seinem Kaffeegeschirr fällt. Wie ferngesteuert drehe ich mich um, weil ich wider jede Vernunft hoffe, neben dem Schuhregal die schmerzlich vermissten Schuhkartons zu sehen, und da mein Blick ins Leere trifft, verfliegt die Bereitschaft zur Versöhnung.

In diesem Moment kommt eine WhatsApp-Nachricht von ihm an! Ich tippe darauf und lese drei lapidare Worte:

Bin in Hamburg.

»Gute Reise«, tippe ich. Kein Smiley. Der hat sie wohl nicht mehr alle, oder?

Als mein Smartphone im gleichen Moment zu vibrieren beginnt, schrecke ich zusammen, und der Gedanke »Bloß nicht Frank!« schießt mir durch den Kopf. Da erkenne ich Ilinas Name auf dem Display.

Nichts Gutes ahnend nehme ich den Anruf entgegen. »Ilina, was gibt's?«

»Sorry, dass ich so spät noch störe, Lucy. Die Sache hat mir keine Ruhe gelassen, also habe ich gegoogelt.«

»Was hast du gegoogelt?«

»Die Gedichte. Du bist nicht weit gekommen mit deiner Suche, deshalb. Habe ich gesucht das erste Gedicht, weil ich davon die erste Zeile noch hatte in Kopf. Ich hab eingetippt ›Gebenedei't der Tag, der Mond, das Jahr‹, und hat schon gereicht. Bin ich gestoßen auf Seite mit Liebeslyrik, und habe ich dort gefunden auch andere Gedichte, die du hast bekommen.« Ich schweige, überrumpelt. »Frage ich mich, wie du dich wohl hast angestellt beim Suchen, wenn es doch ist so einfach, diese Gedichte zu finden.« Sie verstummt und wartet offenkundig auf eine Antwort.

»Okay«, sage ich gedehnt. »Und was bedeutet das jetzt? Die Gedichte sind also nicht selbst gedichtet.« Was keine Überraschung bedeutet, denn wer würde heutzutage noch so verquast und altertümlich formulieren?

»Nein, es sind Klassiker. Polnische Klassiker. Adam Mickiewicz, Kazimierz Przerwa-Tetmajer.«

Gedichte von polnischen Dichtern also. Hm, was will mir das sagen? Ich kaue schweigend auf meiner Unterlippe herum. Dann weiß ich es: Wenn es polnische Klassiker sind, hätte Ilina sie erkennen müssen, oder nicht? Ich bin zwar selbst nicht gerade eine Fachfrau, was Lyrik angeht, aber die Klassiker der deutschen Dichtkunst würde ich schon erkennen. Glaube ich. Schließlich haben unsere Lehrer uns in Deutsch damit gequält, und es gab sogar eine kurze Phase, in der ich mich für das eine oder andere Werk begeistern konnte. Rilke zum Beispiel oder Eichendorff.

»Schläft ein Lied in allen Dingen«, murmle ich gedankenversunken.

»Die da träumen fort und fort«, rasch unterbricht Ilina sich wieder.

»Und die Welt hebt an zu singen, triffst du nur das Zauberwort. Du kennst Eichendorff, Ilina?«

»Ähm, ich kenn diese eine Werk, mehr nicht. Habe ich gelernt in Deutsch-Kurs.«

»Nun gut, der heimliche Verehrer hat mir also polnische Meisterwerke in deutscher Übersetzung geschickt.« Und noch während ich das sage, ist mir auch klar, wieso Ilina sie nicht erkannt hat. Natürlich hat sie sie auf Polnisch gelernt. Was mich auf einen verrückten Gedanken bringt: »Würdest du mir das ›Gebene-dei't‹-Gedicht mal auf Polnisch vortragen? Oder nein, warte, das Schweinische, könntest du mir das mal auf Polnisch vortragen?«

Wieder Schweigen in der Leitung, dann: »Habe ich nicht gelernt auswendig diese Dinge. Oder kannst du ›Die Glocke‹ von Friedrich Schiller frei rezitieren? Fest gemauert in der Erden ...«

»Steht die Form, aus Lehm gebrannt. Heute muss die Glocke werden, frisch, Gesellen, seid zur Hand. Weiter weiß ich es nicht mehr, sorry. Aber wir mussten die auch nicht lernen, sondern haben die nur durchgesprochen.«

»Dito«, sagt Ilina lapidar.

Ich verdrehe die Augen; es sieht mich ja keiner. »Okay, klar. Aber was ist denn jetzt mit den Liebesgedichten? Ändert es irgendwas an der Sachlage, dass sie aus Polen stammen?«

»Bist du wirklich so unbedarft? Natürlich ändert was es. Wen kennst du, der polnischen Akzent hat? Außer mir, meine ich?«

Da fällt es mir endlich wie Brillanten aus der Krone. »Tymon Nowak.«

»Sehr richtig. Hast du bestimmtes Gefühl, wenn du daran denkst, dass Gedichte und Blumen könnten sein von ihm? Ist dir nicht klar, dass er ist ganz bestimmte Sorte Mann? Ich meine, wer nennt sich selbst Hengst von Hamburg?«

»Ja, ich gebe es zu, ich fühle mich nicht wohl, wenn ich mit ihm telefonieren muss. Er hat so eine klebrige Art. Aber hältst du ihn wirklich für gefährlich? Meinst du etwa, er ist ein Freier oder sowas?« Noch während

ich diese nicht sehr schmeichelhaften Worte über Nowak sage, ist mir irgendwo in meinem Hinterkopf (oder
wohl eher in meinem Hinterherzen) klar, dass ich ihn
inzwischen nicht mehr so sehe. Das Einfühlungsver-
mögen, das er beim letzten Telefonat gezeigt hat, hat etwas verändert. Doch ich will mich diesem Gedanken
nicht stellen, da ich auch so bereits genügend zu bedenken habe.

Ilina stößt ein eigenartiges Geräusch aus, das irgendwo zwischen Lachen und Grunzen liegt und mich
eklatant an mich selbst erinnert. »Jakoż«, sagt sie, und
es ist das allererste polnische Wort, das ich jemals von
ihr gehört habe. Was es bedeutet, kann ich mir denken.
»Glaube ich natürlich, dass er ist gefährlich. Und halte
ich ihn nicht bloß für Freier von junge Prostituierten,
sondern sogar für Zuhälter möglich.«

Ihr Satz ist dermaßen kraus formuliert, dass ich einen Moment brauche, um zu begreifen, was sie mir da
gerade sagt. Wie kommt sie dazu, einen wildfremden
Menschen der Zuhälterei zu verdächtigen? Bloß weil er
in Hamburg lebt, wo es die berühmte Reeperbahn gibt,
und weil er sich selbst als Hengst bezeichnet hat? Das
ist rassistisch. Oder? Ich spüre, dass ich eine ungläubige
Grimasse ziehe, aber ganz im Ernst, hat Ilina mit dieser
ganzen Sache nicht ein etwas übersteigertes Problem?
Ihre Vorträge über Zwangsprostitution, ihre Stimm-
veränderung, wenn sie das Wort »Zuhälter« ausspricht,
ihre Irrationalität, sobald es um junge, ausländische
Frauen geht – es wirkt auf mich, als wäre das eine fixe
Idee bei ihr.

»Du übertreibst, Ilina. Jetzt sieh mal keine Gespenster,
ja? Ich muss hier allein schlafen, und auf Albträume

habe ich echt keine Lust.« Was auch der Grund ist, weshalb ich die Rosen nicht mit nach Hause genommen habe.

»Sage ich ja nur, dass Möglichkeit besteht. Vielleicht sind Gedichte von Nowak, vielleicht auch nicht. Aber für mich ist ziemlich klar.«

»Weißt du, was ich tun werde?« Ich treffe diese Entscheidung in dem Moment, in dem ich es sage: »Ich frage ihn morgen auf den Kopf zu.«

»Wäre das nicht dumm? Heißt es nicht, man soll nicht füttern Troll? Was bedeutet, auf Stalking-Machenschaften man geht am besten überhaupt nicht ein.«

»Boah, Ilina, in der einen Sekunde sagst du so, in der anderen so. *Wenn* der Hengst von Hamburg hinter den Gedichten steckt, ich ihn aber nicht danach fragen soll, warum hast du es mir dann überhaupt gesagt?«

»Weil du sollst sein vorsichtig und am besten meiden ihn.«

»Vorsichtig bin ich sowieso. Oder glaubst du allen Ernstes, dass mich diese blöden Liebesbotschaften kalt lassen?«

»Na ja, hast du bis jetzt nicht gemacht nennenswerte Mühe, um herauszufinden, ob die Gedichte überhaupt sind bekannt.«

Darauf kann ich leider nichts erwidern, weil mir in dieser Hinsicht, wie so oft, mein Talent, Dinge herunterzuspielen und aufzuschieben, im Wege stand. Andererseits hat sie mir vor einer Sekunde noch gesagt, dass man Stalker am besten ignoriert. Genau das habe ich doch getan. Meine Baby-Zwillinge drücken mir auf die Blase, und ich bin müde und frustriert. Ich beschließe, das Gespräch zu beenden und mich ins Bett zu schaffen. Allein. Ich ziehe die Nase hoch.

»Ilina, ich muss schlafen. Gute Nacht!«

»Bis morgen«, sagt sie noch, bevor ich auflege.

Und ich werde ihn doch fragen.

Seine Stimme hören. Aber das denke ich nicht mehr bewusst, sondern es schleicht sich am Rande des Einschlafens an meinem Kopf entlang. Oder an meinem Herzen. Frank ist selbst schuld.

Erinnerung

Anderthalb Jahre zuvor

So hatte Leonie sich die Arbeit im *Dancing Cat* nicht vorgestellt. Dabei war ihr bewusst, dass sie unglaubliches Glück gehabt hatte, denn wenn ihr ursprünglicher Plan, sich als Tänzerin zu verdingen, funktioniert hätte – wer weiß, wie es ihr jetzt erginge? Es war nur der Anwesenheit von Tadeusz Niemczyk zu verdanken, dass sie nicht in einen üblen Sog geraten war. Dadurch, dass sie Büroarbeiten erledigte und Herr Niemczyk klare Anweisungen herausgegeben hatte, wie mit ihr umzugehen war, hatte sie ein anderes Standing als die anderen jungen Frauen, die hier arbeiteten.

Den Chef hatte sie lediglich bei ihrem ersten Arbeitsantritt nochmals getroffen, und auch bei dieser Begegnung wollte alles in ihr seinem charmanten Auftreten und seinem unwiderstehlichen Aussehen vertrauen. Ein törichter Teil von ihr weigerte sich, Tadeusz als Bestandteil dieser halbseidenen Welt mit all ihren Abgründen zu betrachten.

Doch inzwischen waren mehrere Wochen vergangen, in denen sie die Blicke von Boris parieren gelernt hatte, der sie mit ihrer Arbeit versorgte. Er hatte sich einige Male offenkundig beherrscht, nichts zu ihr zu sagen.

Sie wurde vom eigentlichen Geschäft ferngehalten und war mit Bestellungen und Lieferungen des normalen Restaurantbetriebs betraut. Selbst da hatte sie kaum Kontakt zu den Mitarbeitenden, und wenn doch, dann ausschließlich zu den Männern. Die jungen Frauen, die gelegentlich hinter der Theke standen und den Ausschank machten, bekam sie nur im Vorbeigehen zu Gesicht, weil sie sich niemals länger im Restaurant aufhielt. Von den Tänzerinnen sah sie fast gar nichts, außer wenn sie das Lokal verließ, nachdem die ersten Kunden eingetroffen waren. Insofern war das Ganze einerseits als Glück zu betrachten, andererseits frustrierte es sie. Sie war hergekommen, weil sie auf konkrete Hinweise gehofft hatte. Hinweise darauf, wie die Mädchen hierher geschleust wurden und wer dahinter steckte. Und wer Mircela ermordet hatte.

An einem heißen Sommernachmittag beschloss Leonie deshalb, sich zu den Tänzerinnen zu schleichen, um ihnen ein paar Fragen zu stellen. Sie brauchte Namen. Den Weg in den ersten Stock zur Garderobe kannte sie, obwohl sie ihn noch nie benutzt hatte. Da das Büro leer war und niemand sie beobachtete, schlich sie sich hinauf und ging leise zur Tür am Ende des Flurs, hinter der sie die Stimmen der Tänzerinnen hören konnte, die sich für ihre Auftritte um- oder vielmehr auszogen. Dann hörte sie unverhofft Boris' Stimme hinter einer der anderen Türen und huschte ängstlich zu dem Sideboard, das mitten im Gang an der Wand stand, um sich notdürftig daneben zu kauern. Keine Sekunde zu früh. Vorsichtig in den Flur spähend, sah Leonie einen älteren Mann aus der Tür treten. Er war in Anzug und Krawatte gekleidet und blieb stehen, wandte sich zur Tür, aus der ein junges Mädchen heraustrat, das fragend zu dem Älteren hinaufblickte. Leonie war klar, dass es sich bei ihm nicht um ihren Opa handelte. Seinem Gesichtsausdruck nach zu urteilen, verstand das Mädchen nicht, was gesprochen wurde. Leonie musste sich beherrschen, nicht aus ihrem Versteck zu kriechen, um das arme Ding zu warnen, als sie jetzt Boris' Worte hörte: »Achten Sie auf die Kleine und bringen Sie sie ganz zurück, Herr Rapsenhöner. Sie haben alle Freiheiten, aber man darf ihr nichts ansehen.«

Der ältere Mann lächelte, er wirkte nicht einmal unsympathisch, dann griff er nach dem Ellbogen des Mädchens. »Na, dann komm mal mit mir, meine Kleine. Du wirst Spaß haben, das verspreche ich dir.« Mit diesen Worten nahm er einen Jeansrucksack entgegen, den Boris ihm aus dem Zimmer heraus reichte, und zog das Mädchen hinter sich her. Leonie biss sich in die Faust, um keinen Laut nach außen dringen zu lassen. Gleichzeitig schämte sie sich, weil sie zu große Angst hatte, um dem Mädchen zu Hilfe zu kommen. Immer wieder beugte sie sich vor und warf Blicke in den Flur. Sie sah die dünnen Beine und Arme des Mädchens, die ihr verrieten, dass es trotz seiner zarten Rundungen eher ein Teenager war. Das dunkle, dichte Haar fiel ihm bis auf die Hüfte.

Das Mädchen setzte die Füße zögernd voreinander und warf immer wieder Blicke zurück, auf Boris, der jetzt aus dem Zimmer gekommen war und hinter den beiden herging. Er verdeckte sie teilweise vor Leonies Blicken.

Dann, plötzlich, weiteten sich die Augen der Kleinen, als sie erneut nach hinten sah, und Leonie wurde klar, dass sie entdeckt worden war. Sie duckte sich und hielt den Atem an. Nichts geschah, die Schritte der drei entfernten sich, dann hörte Leonie sie die Treppe hinuntersteigen. Erst nach einer Weile wagte sie aufzuatmen und lugte um die Ecke. Der Flur war leer, sie stand auf und eilte zur Treppe, huschte rasch und so leise wie möglich hinunter, rannte fast zur Bürotür. Von dem Mann, dem Mädchen und Boris war nichts zu sehen. Sie öffnete die Tür, schlüpfte hindurch und lehnte sich mit dem Rücken gegen das Holz. Verdammt, was konnte sie tun, um diesem Mädchen zu helfen? Jan hatte recht behalten, ihr Unternehmen war waghalsig und leichtsinnig. Und was nutzte es ihr, dass sie gesehen hatte, wie ein junges Mädchen gerade an einen alten Sack verschachert worden war? Nichts.

Die Tür in ihrem Rücken wurde aufgestoßen, und sie stolperte nach vorn. Boris sah herein, ließ seinen Blick ihren Körper entlang wandern. »Was machst du denn hinter der Tür?«

»Ich wollte zur Toilette.« Leonie war klar, dass er die Lüge durchschauen musste, denn dann wäre sie ja nicht in diese Richtung gestolpert, sondern rückwärts.

Boris musterte sie eine Weile, hinter seiner Stirn schien es zu arbeiten. »Zur Toilette also.«

Sie nickte und reckte das Kinn vor.

»Dann bitte sehr.« Er machte einen halben Schritt zur Seite. Als sie auf seiner Höhe war, stieß er mit der Hand vor und griff nach ihrem Ellbogen. »Ich frage mich, ob dein Name wirklich Amanda ist.«

Leonie spürte, wie die Hitze ihre Wangen erglühen ließ. Angst breitete sich in ihrer Brust aus. Sie gab sich alle Mühe, Boris' Blick standzuhalten. Er ließ seine

Hand ihren Oberarm hinaufwandern, und sie beherrschte sich, nicht wegzuzucken.

»Tymon muss einen Narren an dir gefressen haben. Weiß der Geier, weshalb. Du hast Glück.« Er streichelte über ihre Haut. »Na, schon klar. Wann hat er schon mit einer Deutschen zu tun? Er wird sich sicherlich bald um dich kümmern.«

Tymon?

Den restlichen Nachmittag fühlte Leonie sich wie ein Spatz, der beim kleinsten Laut aufschreckte. Als sie an diesem Abend ihren Opa im *Spreulhof* besuchte, fiel es ihr noch schwerer als sonst, nichts davon zu erzählen, wo sie seit Monaten einen Teil ihrer Zeit verbrachte. Und doch hatte sie das klare Gefühl, dass der alte Spreulhagen genau wusste, was los war.

»Wo bist du nur mit deinem Kopf, min Deern?« Er sah ihr forschend ins Gesicht, die Stirn beunruhigt in Falten gelegt.

»Alles gut, Opa, ich bin nur ...« Wie gern würde sie sich ihm anvertrauen! Sie hatte das Gefühl, ihr wüchse alles über den Kopf. In welches Natternnest war sie da freiwillig gekrochen? Und würde sie dem wieder entkommen? Der Name spukte in ihrem Kopf herum. Tymon. Wo hatte sie ihn schon einmal gehört? Und Rapsenhöner, wer war dieser Herr Rapsenhöner? Ihr Großvater wartete darauf, dass sie ihren Satz beendete. Sie atmete tief ein und aus, dann sagte sie mit einem entschuldigenden Lächeln: »Ich bin müde. Ich glaube, ich muss heim.«

»Ja, Kind, dann ab in die Koje mit dir.« Er streichelte ihr über den Oberarm, genau wie Boris es am Nachmittag getan hatte, nur dass es sich bei ihm komplett anders angefühlt hatte. »Pass auf dich auf, versprichst du mir das?« Impulsiv beugte sie sich vor und schob den Arm um seinen Nacken, legte ihre Stirn an seine, wie früher.

»Ja, Opa, ich verspreche es dir.«

Als sie den *Spreulhof* verließ, ahnte sie, dass sie ihn lange nicht wiedersehen würde. Ihr war eingefallen, dass Rapsenhöner der Name eines Großindustriellen war. Sie würde die Information weitergeben. Und Tymon? Das musste ja wohl der betörende Tadeusz Niemczyk sein. Boris hatte sich versprochen. Bei der Polizei kannte man den Namen bestimmt. Und wenn nicht, konnte sie vielleicht dabei helfen, die Identität zu klären.

Eine Viertelstunde später drückte sie auf einen Klingelknopf, und als der Summer ertönte, beantwortete sie die Frage »Wer ist da?« mit »Jan, hier ist Leonie. Ich muss dir etwas erzählen.«

An diesem Abend rechnete Leonie Spreulhagen noch nicht damit, dass sie bald aus Hamburg verschwinden würde.

Kapitel 11

Frank Kraus fühlt sich wie in eine andere Welt versetzt, als er am späten Nachmittag in Hamburg aus dem Zug steigt, übermüdet und gleichzeitig aufgedreht. Auf der langen Fahrt hat er mehrmals bereut, sich so übereilt dazu entschlossen zu haben, vor Ort zu ermitteln. Zumal ihm nicht nur eine innere Stimme, sondern auch Tina nach besten Kräften versucht haben, klarzumachen, dass in Hamburg durchaus fähige Kriminalisten am Werk sind, die das, was er wissen will, auch ohne seine Anwesenheit klären können.

Er streckt sich und lässt den Blick über die Deckenkonstruktion des Bahnhofsgebäudes wandern. Wie winzig doch das Saarland ist! Und wie brav und verschlafen seine kleine Heimatstadt gegenüber Hamburg wirkt! Dass Saarlouis überhaupt als Stadt gilt, könnte man hier geradezu als Scherz betrachten.

Obwohl ihm klar ist, was für ein flaches Klischee er gerade bedient, singt Frank leise »Auf der Reeperbahn nachts um halb eins« vor sich hin, als er den Bahnsteig entlanggeht und Ausschau nach Kollegin Lorenz hält. Die hat sich bereit erklärt, länger zu arbeiten, um ihn zu den Lokalen zu begleiten, die er besuchen will. Er singt gerade die ziemlich sinnfreie Abwandlung des ursprünglichen Textes von Hans Albers, »ob du'n Mädel hast oder Karl-Heinz«, als er sieht, wie eine große Frau, die am Ende des Bahnsteigs steht und mit zusammengekniffenen Augen die Menschen mustert, den Mund verzieht. Anscheinend ist er nahe genug heran, dass sie ihn verstehen kann.

»War ja klar, dass Sie dieses Lied singen. Sie sind bestimmt Frank Kraus, der Kollege aus Saarlouis?« Sie spricht das -s am Ende des Namens aus, obwohl sie die richtige Aussprache nach den Telefonaten, die sie geführt haben, kennen müsste. An dem Feixen, mit dem sie ihm anschließend die Hand hinstreckt, erkennt er, dass sie lediglich das Reeperbahn-Klischee mit einem Aussprache-Klischee gekontert hat.

»Freut mich«, sagt Frank und wechselt den Rucksack von der linken auf die rechte Schulter.

»Wollen wir gleich in medias res gehen?«

Er starrt die Kollegin an, dann lacht er trocken. »Ja, warum nicht? Welcher Club liegt denn näher, das *Séparée* oder das *Cat*?«

»Na, das *Dancing Cat*.« Sie deutet zum Ausgang, beide setzen sich in Bewegung.

Zehn Minuten später stehen sie vor dem Club, aus dem gedämpfte Musik zu hören ist. Nachdem sie zu zweit das Lokal betreten haben, braucht Frank eine Weile, bis seine Brille nicht mehr beschlägt und er sich orientieren kann. Er sieht schöne, schlanke Frauengestalten, die sich zu der Musik bewegen, manche an Stangen, andere ohne. Sie sind kaum bekleidet. Das Bild erscheint ihm, obwohl er mittendrin ist, surreal, so als würde er es in einem Film sehen. Einmal mehr wird ihm bewusst, dass er in seiner bisherigen Laufbahn mit dieser Art von Fällen noch nicht viel Kontakt hatte.

Kommissarin Lorenz geht zielstrebig zum Tresen an der Seite des großen Raums, ohne den jungen Frauen oder den Männern, die ihnen bei ihren Darbietungen zusehen, auch nur einen Blick zu schenken.

Die Barkeeperin, die selbst wie eine der Tänzerinnen aussieht, verzieht den Mund, als sie die Frau erkennt, die auf sie zukommt. Dann stellt sie das Sektglas, das sie gerade poliert hat, ab und blickt ihnen entgegen.

»Schon wieder die Polizei? Was wollen Sie denn noch hier? Sie haben uns doch die Tage erst überprüft. Geht alles mit rechten Dingen zu bei uns.«

»Ja, natürlich, Charlene, das weiß ich doch. Deshalb stört es dich auch nicht, dass ich heute wieder hier bin, nicht wahr? Ich habe jemanden mitgebracht.« Sie dreht sich halb zu Frank um und deutet mit dem Arm auf ihn. »Das ist Kommissar Kraus aus dem Saarland. Er hat ein paar Fragen.«

»Saarland? Ist nicht die AKK von dort?«

Frank wundert sich eine Sekunde, dass die Bardame nach einer Parteivorsitzenden fragt, doch dann nickt er. »Richtig. Ich möchte von Ihnen ein paar Auskünfte.«

»Was zu trinken für Sie?« Sie schenkt ihm ein bezauberndes Lächeln, das ihre dunkel geschminkten Augen sowie die vollen, fast violett angemalten Lippen zum Strahlen bringt. Dann zwinkert sie, lässt den Blick zu Kriminalhauptkommissarin Lorenz wandern und sagt: »Und für Sie natürlich.«

»Ein Bier, bitte«, sagt seine Kollegin, und mit einem Nicken zu ihm: »Ich hab schon Feierabend.«

Er legt den Kopf leicht schräg, richtet ihn dann jedoch sofort wieder auf, weil er an Lucy denken muss, die ihm immer sagt, dass sie ihm, wenn er diese Haltung einnimmt, nichts abschlagen kann. »Ich denke, ein Bier kann ich auch vertragen.«

Kurz darauf hat er von Charlene erfahren, dass sie Deutsche ist und seit zehn Jahren im Club arbeitet, was ihn erstaunt, denn er hätte sie maximal auf Mitte zwanzig geschätzt. Sie hat in den ersten sieben Jahren ebenfalls getanzt und außerdem als Escort-Dame gearbeitet. »Ohne Vollzug, wenn Sie wissen, was ich meine. Das war eine komplett andere Klientel.« Sie grinst entwaffnend und deutet an ihrem Körper hinab. »Da hab ich auch andere Klamotten für – edlere.« Womit für Frank klar ist, dass sie neben ihrem Barkeeperjob noch immer für einen Escort-Service arbeitet, aber das interessiert ihn nicht weiter.

»Kannten Sie Rocky Schlacks?«

»Ja, ich habe schon gehört, dass er tot ist.« Sie wirft Kriminalhauptkommissarin Lorenz einen Seitenblick zu. »Der Rocky hat hier das Catering betreut und das Putzgeschwader gemanagt. So Verwaltungsaufgaben halt. Der war damals noch ziemlich jung und hat, glaube ich, lernen wollen, wie das alles geht. Hat immer von einem eigenen Club geträumt.«

»Den Traum hat er sich dann ja verwirklicht.«

»Ja. Hat es aber nicht so hinbekommen. Der hatte dafür nicht das richtige Händchen.« Sie macht Getränke für eine Kellnerin fertig und stellt sie auf das runde Tablett, das die junge Frau dann mit sich nimmt. Frank bemüht sich, nicht auf die Füße der Frau zu starren, die in schwarzen High Heels aus Lackleder stecken.

»War Herr Schlacks irgendwie in die Rapsenhöner-Affäre verwickelt?«

Lorenz schnaubt leise. »Habe ich Ihnen doch alles gesagt«, gibt sie zu verstehen.

Charlene lacht. »Wissen Sie eigentlich alles schon, nicht? Rocky hat sich damals geschickt aus der Affäre gezogen – jedenfalls aus Brunos Sicht. Aber was da tatsächlich gelaufen ist, hat fast keiner gewusst. Wir waren nicht eingeweiht.« Sie setzt eine undurchdringliche Miene auf, aus der man nichts herauslesen kann. Frank ist sich sicher, dass sie genau gewusst hat, was da lief, und wenn er die Tänzerinnen so betrachtet, hält er es durchaus für möglich, dass in diesem feinen Club immer noch viel zu junge Frauen durchgeschleust werden, die keineswegs offiziell und völlig freiwillig ihrer Arbeit nachgehen. Dass hier und heute keine Frau unter achtzehn zu finden sein wird, ist natürlich klar. Aber was in den Hinterzimmern geschieht ... wird momentan wahrscheinlich auch mit rechten Dingen zugehen, da der Club durch die Ermittlungen im Fall Schlacks ja gerade erst wieder polizeilich überprüft worden ist.

»Und Bruno? Was hat es mit ihm auf sich?« Den Namen hat ihm Kollegin Lorenz natürlich genannt, als sie ihm den Fall dargelegt hat. Bruno Witkowsky hat das junge Mädchen an den Industriellen übergeben. Er ist aufgrund der Aussage einer jungen Frau aufgeflogen, die alles beobachtet und in einem aufsehenerregenden Prozess ausgesagt hat. Ihre Identität ist zu ihrem Schutz verschleiert worden. Auch Rockys Aussage hat Bruno belastet, was Charlene bestätigt.

»Der Witkowsky hat gekocht, das können Sie mir glauben. Er hat ihm Rache geschworen.«

»Rache geschworen? Aber er ist doch inhaftiert worden.«

»Ja, isser. Aber irgendwann wird er sich wohl rächen.«

»Gibt es noch andere Personen, die sich an Schlacks rächen wollen?«

Charlene lacht. »Ganz sicher. Mir fallen da auf Anhieb mindestens zehn ein. Auch Frauen.«

»Dann schießen Sie mal los.« Frank zückt seinen Notizblock und notiert die Namen, die Charlene ihm nennt.

***

Diesen Morgen tue ich etwas, das ich bisher noch nie gemacht habe, nämlich eine Kundenliste vom Vortag heraussuchen. Und da steht sie, unschuldig, mit der 040-Vorwahl: die Telefonnummer von Tymon Nowak. Komischerweise schlägt mir das Herz bis in den Hals hinauf, als ich sie wähle und auf das Freizeichen höre.

»Nowak.« Mist, sein Tonfall hat, seit ich seine Ähnlichkeit zu Franks Stimme bemerkt habe, einen Nebeneffekt, den ich nicht mag, aber leider auch nicht beeinflussen kann. Ich muss dafür sorgen, dass ich wieder die Stimme des einzigen und wahren Frank zu hören bekomme!

»Guten Morgen.« Dummerweise vergesse ich komplett, mit der gebotenen professionellen Distanz den vorgegebenen Begrüßungssatz abzuspulen.

»Lucinda«, antwortet Franks Stimme, und zum ersten Mal hört mein Name sich nicht wie Mist an. Mist!

»Ja, ich bin's«, antworte ich Amateurin. Und jetzt? Wie soll ich ihn fragen, ob er mir Liebesgedichte schickt? Und Rosen?

»Kann ich tun etwas Gutes für dich, Kätzchen?« Na Gott sei Dank, wenn er den Akzent benutzt, verfliegt der Eindruck, ich würde mit Frank reden.

»Nein, ich habe eine Frage an Sie, Herr Nowak.«

»Sollst du doch sagen Tymon zu mir, Lucy.« Mir wird unheimlich zumute, weil er meinen Kurznamen benutzt.

»Hier in unserem Büro kommen seit einer Weile Mails mit lyrischen Texten an. Sind die von Ihnen?«

»Lyrische Texte?«, fragt er nach.

»Gedichte halt. Liebesgedichte«, hänge ich unnötigerweise an.

»*Liebes*gedichte.« Er spricht es langsam aus und betont den ersten Teil des Wortes. So ausgesprochen klingt es unheimlich in meinen Ohren, irgendwie bedrohlich.

»Und Blumen. Gestern ist ein großer Strauß gekommen, und zwar nach unserem Telefonat.«

»Nach unserem Telefonat.« Er hat wieder diesen traurigen Klang von gestern. Ich weiß wirklich nicht, was ich von alledem halten soll.

»Tymon«, sage ich und ein leiser Seufzer zeigt mir, dass das mal wieder ein Fehler war, aber jetzt ist es halt raus. »Haben Sie die Mails an mich geschrieben und die Blumen geschickt?«

»Waren es schöne Blumen? So schön wie deine Stimme?«

»Rosen.« Mein Blick wandert unwillkürlich zu der Fensterbank, auf der der Strauß in einer Vase steht, sonnenüberflutet und leuchtend.

»Ist es ein schöner Gedanke, dass du hast Blumen, die in ihrer Schönheit entsprechen deiner Stimme.«

»Aber hast du sie geschickt oder nicht?« Ich beiße mir auf die Lippe, weil ich ihn jetzt auch noch geduzt habe. Das schafft einen Vertraulichkeitslevel, der nicht gut sein kann. Mit schlechtem Gewissen streife ich gedanklich das Gespräch mit Ilina und mein Versprechen an sie, vorsichtig zu sein. So viel dazu.

»Leider nein.«

»Und die Mails?«

»Bedauerlicherweise nicht.«

»Das erleichtert mich sehr. Ich wünsche dir noch einen schönen Tag.«

»Warte, meine Schöne. Hast du bekommen Mails auf private Konto und Blumen nach Hause?«

»Nach Beaumarais? Nein, zum Glück nicht.« Erst, als mein Gesicht glühendheiß wird, realisiere ich, dass ich soeben den Ortsteil genannt habe, in dem ich lebe. Verflixter Mist, es kann nur so sein, dass seine Stimme mich hat unvorsichtig werden lassen. Ich hoffe, dass er mit dem französischen Wort nichts anfangen kann. Ich straffe die Schultern, mache mir innerlich nochmals klar, mit wem ich gerade spreche, und will einen unverbindlichen Ton anschlagen, da steht plötzlich Ilina wie aus dem Boden gewachsen neben meinem Schreibtisch. Sie starrt mich mit aufgerissenen Augen an und sagt leise, aber unüberhörbar: »Hast du Tymon Nowak gerade deine Adresse verraten?« Ihr Gesichtsausdruck könnte nicht fassungsloser sein. Sofort geschehen mehrere Dinge innerhalb kürzester Zeit. Zunächst wird mir schlagartig übel, während ich zur gleichen Zeit die dunkle Männerstimme in meinem Headset höre.

»Lucy, wer spricht da? Kenne ich diese Stimme.« Und Tymons Stimme hat einen Unterklang, den ich nur allzu gut einordnen kann, denn sogar mein Kommissar hat diesen Tonfall gehabt, nachdem er Ilina vor Monaten zum allerersten Mal begegnet war. Es ist ein Ton voller Bewunderung für eine schöne Frau. Das muss so ein Männerding sein, das aus dem Reptiliengehirn heraus kommt, ich weiß es nicht genau. Meine Reaktion verwirrt mich noch zusätzlich, denn ich spüre allen Ernstes einen zarten Stich von Eifersucht. Nicht zu fassen! Wütend auf mich selbst wegen dieser unangemessenen Reaktion, aber auch auf Ilina, weil sie mal wieder einfach so aufgetaucht ist, und auf Tymon, der wie ein Hund auf eine läufige Hündin reagiert, reiße ich mich schließlich zusammen und bemühe mich um eine neutrale und höfliche Beendigung dieses vermaledeiten Telefonats.

»Vielen Dank für deine ehrliche Antwort, Tymon. Auf Wiederhören.«

»Sag noch einmal meinen Namen, Geliebte. Oder wenigstens ›du‹.«

Die mir anerzogene Freundlichkeit gebietet es, dass ich nicht einfach auflege, sondern mein »Auf Wiederhören« wiederhole und ihn erst dann wegdrücke.

Als ich aufblicke, sieht Ilina stirnrunzelnd auf mich herab. »Du hast ihn geduzt?«

Mir steigt die Hitze in die Wangen. »Aus Versehen! Aber er war es nicht. Er hat die Sachen nicht geschickt. Und jetzt werde ich ihn markieren, damit ich ihn nie wieder anrufe. Und ich bitte Dürrbier, ihn endgültig für mich auf den Index zu setzen. Bist du zufrieden?«

Sie hebt in ihrer typischen Manier das Kinn, bevor sie langsam nickt. »Glaube ich ihm kein Wort, das mal als Erstes. Aber ja, Index ist gute Idee. Füttere den Troll nicht mehr!« Sie stellt endlich eine der beiden Kaffeetassen ab, die sie die ganze Zeit in Händen gehalten hat, dann schnalzt sie mit der Zunge. »Hoffentlich hat er nicht kapiert, was du mit Beaumarais gemeint hast.« Dann reicht sie die zweite Tasse an Lena, die soeben ein Kundengespräch beendet hat und den Kopf über die PCs schiebt. Noch bevor ich Ilina sagen kann, dass Tymon sich eingebildet hat, ihre Stimme erkannt zu haben, schiebt sie hinterher: »Und hoffentlich er geht nicht noch weiter!«

»Wer geht weiter, womit?«, will Lena wissen.

Ich setze sie darüber in Kenntnis, was Ilina über die Herkunft der Gedichte herausgefunden hat, um ihr dann zu sagen, dass ich jeglichen Kontakt mit dem Hengst von Hamburg unterbinden lasse. »Wen sie allerdings mit ›er‹ meint, ist nicht klar.«

Damit nehmen Lena und ich gleichzeitig einen Schluck von Ilinas köstlichem Vanillekaffee und schauen abwartend zu ihr auf. Sie wischt mit der Hand durch die Luft. »Nun ja, wer auch immer ist tatsächlicher Sender. Wobei ich trotzdem glaube, dass kann auch sein Herr Nowak. Ich glaub dem nicht.«

Zu weiteren Erklärungen lässt sie sich, wie immer, nicht hinreißen. In mir bleibt eine ungute Ahnung zurück. Hat Ilina womöglich schon einmal Kontakt zu dem Hengst gehabt? Das verhasste Klatschen von Dürrbier lässt uns alle drei auseinanderfahren und zwingt jede von uns, unserer Arbeit nachzugehen.

***

»Haben Sie diese junge Frau schon einmal gesehen?« Frank hält das Bild, das nach Max' Beschreibung von Bianca angefertigt wurde, vor Charlenes Augen. Sie zieht den Kopf ein Stückchen zurück, dann nickt sie.

»Das ist Bianca, sie ist noch nicht lange in Hamburg. Sie war ein paar Wochen hier im *Dancing Cat*, dann hat Rocky Schlacks sie für seinen Club abgeworben.« Sie verengt die Augen zu Schlitzen. »Was ist denn mit ihr?«

»Wann haben Sie sie zum letzten Mal gesehen?«

»Keine Ahnung.« Sie blickt zur Decke. »Wir sind uns nicht mehr oft über den Weg gelaufen, seit sie für Schlacks ansch... arbeitet. Na ja, wird vor ein paar Monaten gewesen sein.«

»Aber Sie sind sich sicher, dass sie für Schlacks gearbeitet hat?«

Charlene zieht eine Schulter nach vorne. »Ja, natürlich bin ich mir sicher. Sonst würde ich das doch nicht einfach sagen. Aber was ist denn mit ihr?«

Frank schweigt, dann sieht er zu Kollegin Lorenz, die seinen Blick erwidert. »Können wir noch einen Blick ins *Secret Séparée* werfen?«

Lorenz nickt, beide zahlen und verlassen den Club.

»Zufrieden?«, will die Polizistin wissen, als sie zu Fuß die Straße in einer Nebengasse der Reeperbahn entlanggehen. Die Clubs liegen nicht weit auseinander.

»Schon. Obwohl die Liste der Verdächtigen immer länger wird. Aber immerhin wächst damit die Chance eines jungen Mannes in unserer Stadt, von dem Mordverdacht befreit zu werden.« Frank hält seiner Kollegin

214

die Liste unter die Nase. »Würden Sie diese Herrschaften morgen gemeinsam mit mir befragen?«

Kriminalhauptkommissarin Lorenz runzelt die Stirn und blickt auf Franks Gekritzel hinab. »Wenn Sie die Namen noch entziffern können. Natürlich.« Dann bleibt sie vor einem Haus stehen, dessen Fenster durch schwere Vorhänge verdunkelt sind, aus denen gedimmtes Licht von unzähligen winzigen Glühbirnchen dringt, die die Holzrahmen dekorieren. »Wir sind da. Dann fragen wir mal nach Bianca. Und den ersten Typ auf Ihrer Liste, Maik Düwel, werden Sie hier auch antreffen. Das ist der Geschäftsführer, den Schlacks hat einstellen müssen, weil er den Laden dann doch nicht hat alleine managen können. Der ist auch Mitinhaber und soll ein großes Interesse daran haben, seinen Anteil zu vergrößern.«

»Verstehe. Dann fühlen wir ihm mal auf den Zahn.«

Eine halbe Stunde später haben sie mehrere Dinge in Erfahrung gebracht: Bianca ist zusammen mit einer weiteren sehr jungen Tänzerin am selben Tag aus Hamburg verschwunden, an dem auch Rocky Schlacks das Schiff verlassen hat. Um das *Secret Séparée* ist es finanziell nicht gut bestellt und der Geschäftsführer Maik Düwel ist ebenfalls seit einigen Tagen abgängig.

Bei dieser Information blickt Frank die Kollegin von der Seite an. »Wussten Sie das?«

Sie räuspert sich. »Nein, als ich gestern hier war, hieß es noch, er sei zu Hause und heute Abend wieder anzutreffen.«

Beide blicken den Barkeeper an, der sich im mäßig besuchten Lokal mit ihnen an einen kleinen Tisch gesetzt hat, weil er ohnehin nichts zu tun hat. Der zieht betont die Schultern hoch. »Der Chef sagt uns doch nicht, wann er kommt und geht. Sie hätten ja gleich bei ihm zu Hause nachfragen können.« Der letzte Satz gilt Kommissarin Lorenz, die sich von ihm jedoch nicht provozieren lässt.

»Gab es zwischen Schlacks und Düwel in letzter Zeit Streit oder Meinungsverschiedenheiten?«

»In letzter Zeit? Die gab es vom ersten Tag an. Also wenn Sie mich fragen, hat der Schlacks sich mit der Kohle und den beiden Mädels abgesetzt. Das kann Düwel nicht gefallen haben. Wenn Sie wissen, was ich meine.«

Frank hält dem Mann die Liste hin, der wirft einen Blick darauf, dann lacht er auf. »Was soll das denn sein? Können Sie das etwa lesen, Mann?«

»Das sind Namen, die uns genannt wurden. Kennen Sie jemanden davon?«

Der Mann schnaubt, dann nimmt er Franks Block in die Hand, und mit zwischen die Lippen geklemmter Zunge mustert er das Gekritzel erneut. Mühsam entziffert er die Namen und liest sie leise vor. Dann reicht er Frank den Block zurück. »Ja, ein paar von ihnen kenne ich. Waren alles nicht gerade Freunde von Schlacks.«

Frank nimmt den Block an sich und schiebt ihn in die Innentasche seiner Lederjacke. »Vielen Dank. Frau Lorenz, ich möchte noch zur Privatanschrift von Maik Düwel.«

Sie seufzt. »Schon klar. Dann kommen Sie.«

***

Als Frank sich am Freitag wieder auf den langen Rückweg nach Saarlouis macht, ist Maik Düwel zur Fahndung ausgeschrieben, denn niemand hat gesehen, wann oder wohin der Mann verschwunden ist. Mehrere Befragungen von Arbeitskollegen, Tänzerinnen und früheren Freunden des Getöteten haben Frank geholfen, sich ein klareres Bild von der Persönlichkeit von Rocky Schlacks zu machen. Anscheinend hat er sich mit dem Geld aus dem Club und mit zwei der jungen Mitarbeiterinnen aus dem Staub gemacht. Eine von ihnen, Svetlana Chimskaja, ein blutjunges Mädchen, ist ihm entwischt und tauchte noch am Mittwochabend in Hamburg auf. Charlene hat Kommissarin Lorenz und Frank sofort informiert. Das traumatisierte Mädchen schilderte in gebrochenem Deutsch, dass Rocky Schlacks sie und Bianca gezwungen hätte, mit nach Saarlouis zu gehen. Dort hätten sie für ihn gearbeitet. Svetlana habe nichts davon mitbekommen, ob Schlacks mit jemandem Ärger hatte, aber sie habe ja auch die ganze Zeit gearbeitet und dann die erste Gelegenheit genutzt, um abzuhauen.

Als Frank im Zug Richtung Heimat rollt, sieht er immer wieder Lucy vor seinem inneren Auge. Er hat sich nur per WhatsApp bei ihr gemeldet, weil er befürchtet, dass sie ihm den Fauxpas mit den Schuhen nicht verziehen hat. Ihre Antworten waren kurz und nicht sehr aussagekräftig. Ihm ist klar, dass er sich mit ihr aussprechen muss. Die Probleme, die sie beide haben, kommen ihm so unbedeutend vor, wenn er an die Welt denkt, in die er in den letzten beiden Tagen Einblick bekommen hat.

Er muss auch an eine weitere junge Frau denken, die durch eigenes Zutun zwischen die Fronten geraten ist und ihr Leben komplett hat umkrempeln müssen. Und dann denkt er an das Mädchen Bianca. Wo mag es sich versteckt halten? Menschen wie Rocky Schlacks, Maik Düwel oder Tadeusz Niemczyk nutzen die Notlagen von so jungen Mädchen und Frauen aus, und wenn mal einer von ihnen verurteilt werden kann, wachsen gleich zwei neue Typen dieser Sorte nach. Diesen Niemczyk hat Frank am Donnerstagabend kennengelernt. Er behandelte die beiden Polizisten äußerst zuvorkommend und schlug ihnen eine Rundführung durchs *Dancing Cat* vor. Frank konnte nur zu gut erkennen, dass der Typ, der kein bisschen schmierig aussah und eher wie der Traum einer jeden Schwiegermutter als wie ein skrupelloser Zuhälter wirkte (was man ihm ja auch niemals hatte nachweisen können), sich seiner Sache völlig sicher war. Der hatte nichts zu befürchten. Außer in einem kurzen Augenblick, in dem ein Anflug von Verletzlichkeit über Niemczyks Gesicht glitt, während er auf sein Smartphone starrte, begegnete er Frank und Kommissarin Lorenz wie ein Ausbund an unverbindlicher Freundlichkeit. Frank registrierte durchaus, dass seine Kollegin unruhig auf ihrem Platz herumzurutschen begann, wenn Niemczyk ihr in die Augen blickte. Ihm wurde klar, wie sein Zauber auf die Frauen wirkte, als er die dunklen Augen und das verschmitzte Lächeln beobachtete: Tadeusz wandte einer Frau seine ganze Aufmerksamkeit zu und sah ihr lange in die Augen. Dazu ein glaubhaftes Kompliment, und um sein weibliches Gegenüber war es geschehen.

Am Ende schläft Frank durch das gleichmäßige Ruckeln des Zuges ein. Er wird Lucy bald wiedersehen! Wahrscheinlich wird sie nicht sehr begeistert reagieren, wenn sie begreift, dass er vorerst in einem Hotel wohnen will. Doch die Gefahr, dass er sich in ihrer Gegenwart verplappert und die Ermittlungen gefährdet, ist einfach zu groß. Schließlich steht nicht nur der Erfolg der Ermittlungen auf dem Spiel. Doch wenn alles gut läuft, werden sie Düwel bald finden und den Fall – hoffentlich – abschließen können. Eine weitere Querverbindung wird niemand herstellen. Vielleicht. Der Traum, der ihn zum Ruckeln des Zuges heimsucht, gaukelt ihm den gewaltsamen Tod einer jungen Frau vor, die er kennt. Das darf auf gar keinen Fall geschehen.

***

Für diesen Tag und die gesamte restliche Woche ist Ruhe eingekehrt. Keine Gedichte, keine Blumen. Ich fühle mich sicherer. Mir fehlt jedoch mein Herzensmann immer mehr, der sich nur mit kurzen WhatsApps aus Hamburg meldet. Ich habe ja Verständnis dafür, dass er einen fordernden Beruf hat. Tina, die mir gestern Nachmittag in der Fußgängerzone über den Weg gelaufen ist, sagte, dass sie jetzt große Fortschritte im Zuhältermord machen und dass das vor allem Franks Verdienst sei. Das ist auch der einzige Grund, weshalb mich seine knappen Nachrichten nicht auf die Palme bringen. Stattdessen habe ich diese Pause in unserer Beziehung dazu genutzt, um in einer extrem langen Abendsitzung mit Hilfe von nützlichen Links, die Rouwen Lena und mir geschickt hat, die L&L-Homepage abmahnsicher zu gestalten. Die in Juristendeutsch formulierten Texte, die ich verstehen und dann meinerseits in verständlichem Deutsch für unsere Seitenbenutzer wiedergeben musste, haben mir einmal mehr gezeigt, dass ich mit meinen beiden Juristengeschwistern nur sehr wenig gemeinsame DNA haben kann. Jetzt naht das Wochenende mit Riesenschritten, und da ich noch immer nicht Franks Stimme gehört habe (und stattdessen mit der eines anderen zu verwechseln beginne), werfe ich all meine guten Vorsätze, mich nicht als Erste zu melden, über Bord. Am Samstagabend nehme ich mein Telefon zur Hand und tippe seine Nummer an, weil ich es einfach nicht mehr aushalte, nichts von ihm zu hören.

»Lucy?« Wie konnte ich seine Stimme mit der von Tymon verwechseln?

»Hey, ja, ich bin's. Wie geht es dir, Frank?«

»Lucy, ich wollte mich schon längst gemeldet haben. Mir geht's gut, aber es ist alles total stressig. Ich bin gestern Abend zurückgekommen, musste heute aber wieder arbeiten. Ähm, und die Schuhe sind weg, die kann ich dir nicht mehr zurückbringen.«

Ich schlucke. Er entschuldigt sich nicht einmal. »Wohnst du noch bei Tina?«

»Nein, ich bin in der Ludwigstraße und schlafe im Keller. Aber die meiste Zeit bin ich eh unterwegs. Dieser Scheißfall hält uns auf Trab. Da hängen anscheinend ganz viele Menschen mit drin, sogar …«, er unterbricht sich. »Wie geht es dir denn, und den Babys?« Kein Wort davon, dass er zurückkommen will.

Ich will ihn bitten, wieder nach Hause zu kommen, aber die Worte wollen mir nicht über die Lippen. Anscheinend ist es ihm ja nicht so wichtig. Entsetzt stelle ich fest, dass eine Woche Trennung einen tiefen Graben zwischen uns aufgerissen hat. Meine Augen brennen, und in mir macht sich Enttäuschung breit. »Körperlich ist alles in Ordnung. Meine Mutter begleitet mich zur nächsten Ultraschalluntersuchung.«

»Oh. Okay.« Er räuspert sich, während ich mir die erste Träne abwische. Wahrscheinlich hat er vergessen, dass wir am Montagnachmittag einen Termin bei meiner Frauenärztin haben. Extra spät, damit wir beide ihn wahrnehmen können. Tja.

»Ich kann am Montag nicht, von daher ist das gut.«
Na dann.

»Frank, liebst du mich?«, rutscht es mir heraus.

»Lucy, ich bin in zehn Minuten bei dir, okay?«

Es sind die schlimmsten zehn Minuten meines Lebens – abgesehen von der Zeit, die ich im Keller von Herbert Groß-Grühnkool verbracht habe. Diese Erinnerung schiebe ich aber rasch beiseite. In meinem Kopf dreht sich ein Gedankenkarussell. Kommt er, weil er mich liebt oder weil er mir endgültig sagen will, dass es mit uns beiden einfach nicht funktionieren kann? Als ich Schritte auf der Treppe höre, gehe ich zur Tür und öffne sie für Frank. Mit tiefen Schatten unter den Augen und eingefallenen Wangen blinzelt er mich mitleiderweckend an.

Ich betrachte ihn, und meine Frage von vorhin scheint unausgesprochen und doch laut durch die Wohnung zu hallen. Liebt er mich? Er greift nach meiner Hand und macht einen Schritt auf mich zu, damit er die Tür schließen kann. Dann sieht er mich genauso intensiv an wie ich ihn, bevor er mich in seine Arme zieht und küsst, endlos lang. Ich stürze in seine Zärtlichkeit und fühle mich aufgefangen, und natürlich taumeln wir zur Couch und lassen uns darauf sinken, um endlich wieder das zu tun, was wir beide so sehr lieben. Als er sich über mich beugt, um sich mit mir zu vereinigen, sehe ich, dass er hager ist, und in seinem Gesicht, das mir so nahe ist, erkenne ich einen neuen Zug, der ihn erwachsener wirken lässt. Oder abgebrühter? Ich schließe einen Moment die Augen, als ich ihn in mir spüren kann und mich wieder vollständig fühle, und sein leises Stöhnen ist das schönste Geräusch, das ich kenne.

»Lucy, sieh mich an«, flüstert er, und ich blicke in die Haselnussaugen, die ich über alles liebe.

»Hast du wirklich daran gezweifelt, dass ich dich liebe?« Er bewegt sich ganz langsam, was mich beinahe um den Verstand bringt.

»Jetzt nicht mehr«, flüstere ich und schlinge meine Beine um seine Hüfte. Nur um festzustellen, dass ich das nicht mehr sehr lange werde machen können. Auch er hält inne, dann verzieht er sein Gesicht zu einem Grinsen. Mitten beim Sex, also wirklich!

»Du bist rundlicher geworden, Liebes.« Er macht Anstalten, sich zurückzuziehen, aber noch kann ich meine Füße hinter seinem Rücken miteinander verschränken. Ich erwidere also sein freches Grinsen.

»Beende bitte, was du angefangen hast. Danach darfst du gern nach dem Zwillingsbauch gucken.« Das lässt er sich nicht zweimal sagen.

Wir reden fast die ganze Nacht durch. Er erzählt mir keine Einzelheiten über den Fall, erklärt aber, dass er noch ein paar Tage in der Ludwigstraße bleiben will, damit er mich nicht stört.

»Es belastet mich und ich will diese Dinge nicht mit hierher bringen, verstehst du? Wir können uns trotzdem sehen, ich melde mich, sooft ich kann, versprochen. Kannst du damit leben?«

»So wirklich verstehen kann ich es nicht, um ehrlich zu sein. Es ist doch deine Arbeit, und das wird in Zukunft nicht anders sein.«

»Bitte, Lucy, versuch es zu akzeptieren. Es hat nichts mit dir zu tun, wirklich nicht. Ich will dich einfach nur in Sicherheit wissen.«

Ich schüttle den Kopf. »Und das ist der Fall, wenn du nicht hier wohnst?« Erst dann wird mir das Ungeheuerliche bewusst: Vielleicht schwebt er in Gefahr und will niemanden zu seinem Heim locken!

Ich starre in die Haselnussaugen. Er erwidert meinen Blick, hat aber einen unsichtbaren Vorhang vorgezogen.

»Du wohnst gar nicht in der Ludwigstraße«, sage ich ins Blaue hinein.

»Nein, ich bin woanders untergekommen«, gibt er schließlich zu.

»Bei Tina?«

Er lacht leise und stupst mir mit dem Zeigefinger auf die Nase. »Nein, keine Angst. Ich wohne allein.« Aber mehr sagt er nicht.

»Muss ich mir Sorgen um dich machen? Bist du in Gefahr?«

»Nein, tu das nicht. Hab noch ein paar Tage Geduld, alles wird gut. Aber was ist mit deinem Rosenkavalier? Hält er die Füße still?«

Aha! »Woher weißt du von den Blumen?«

»Glaubst du etwa, ich denke nicht die ganze Zeit an dich und versuche, auf dem Laufenden zu bleiben?«

»Hm«, grummle ich. »Ich bin mit einer tiefsitzenden Abneigung gegen Überwachung gesegnet. Frag meine Eltern.«

Er lacht. »Ich weiß, und das ist einer der Gründe, weshalb ich dich liebe. Aber beruhigt werde ich erst sein, wenn die Mails und die Blumensendungen aufgehört haben. Okay?«

Na ja, es ist ein schönes Gefühl, dass er trotz seiner Abwesenheit da war, wenn auch nur indirekt und durch Spione. Ich frage nicht nach, wer seine V-Männer oder -Frauen waren, so wichtig ist es mir dann doch nicht. Schließlich kennt er die *Mediaboutique* und manche der Mitarbeiterinnen.

»Okay. Ich habe mit Tymon Nowak geredet und ihn gefragt, ob er der heimliche Verehrer ist, aber er sagt, er sei es nicht.« Ich ziehe die Schultern hoch. »Seit Mittwoch ist nichts mehr gekommen, und heute ist schon«, ich werfe einen Blick auf die Uhr, »Sonntag.«

Bei Tymons Namen hat Frank die Stirn gerunzelt, aber bei meinen letzten Worten entspannt er sie wieder. Er steht auf und sammelt seine Kleidung ein. »Kann ich heute Nacht hier schlafen? Morgen versuche ich, mal nicht zu arbeiten. Wie findest du das?«

Perfekt finde ich das.

***

An diesem Sonntag schlafen Frank und ich endlos lange miteinander aus und steigen erst am frühen Nachmittag hinunter, um uns eine Kleinigkeit zum Essen zu machen. Frank hat sich für den Verlust meiner Manolos mit dem Versprechen entschuldigt, dass wir, wenn die Babys ein paar Monate alt sind, einen Ausflug machen werden. Wir werden die Babys in die Obhut ihrer Großeltern geben – welcher Großeltern wird noch auszuhandeln sein – und einen Tagesausflug zu einem Schuhgeschäft machen, das meine Lieblingsmarke führt. Wahrscheinlich müssen wir nach Trier, aber das macht ja nichts, im Gegenteil.

Doch nicht nur seine Entschuldigung und sein Versprechen, sondern auch die zärtliche Begeisterung, die er für meinen Bauch zeigt, geben meiner Liebe zu ihm neue Nahrung, und ich fühle mich so glücklich wie seit Tagen nicht mehr. Selbst als Tina sich meldet und ihn zur Wache zitiert, bleibt dieses Glücksgefühl, weil ich jetzt wieder ganz sicher weiß, dass nichts uns trennen kann. Frank hat mir zwar meinen Verdacht bestätigt, dass Tina ihm wohl mit etwas mehr als partnerschaftlicher Freundschaft entgegenkommt, aber er hat mir versichert, dass sie sich darüber im Klaren sei, wie aussichtslos ihre Schwärmerei ist. Ja, er nannte es Schwärmerei und sie muss ihm da auch nicht widersprochen haben.

Nachdem Frank zur Wache aufgebrochen ist, überwinde ich meinen inneren Schweinehund und rufe meine Eltern an. Schließlich darf meine Mutter mich morgen zum Ultraschall begleiten und weiß noch nichts von ihrem Glück.

»Schober?«, höre ich die Stimme meines Vaters. Er klingt gut gelaunt.

»Hi Paps, hier ist Lucy.«

»Hallo Kind, was machen die Babys?« Wahrscheinlich werde ich mich daran gewöhnen müssen, dass in Zukunft die Babys immer vor mir genannt werden.

»Sie wachsen. Wie geht es dir?«

»Oh, Lucy, wir haben ein Projekt im Auge.«

»Ein Projekt?«

»Ja, wir könnten zwei Eigentumswohnungen kaufen, stell dir nur vor. Beide sehr groß, die eine mit Garten und Balkon, die andere direkt im Zentrum von Saarlouis.«

Mir dämmert langsam, worum es hier geht, und ich verziehe das Gesicht. Doktor Schober und Gattin regeln das Leben ihrer leichtsinnigen Tochter. Meine Antwort beschränkt sich denn auch auf ein wenig begeistertes »Ähm.«

»Deine Mutter möchte mit dir sprechen, ich reiche dich mal weiter.«

»Lucinda? Wie kommt es, dass du dich heute meldest? Hattet ihr nicht eine Verabredung mit Familie Kraus?«

Siedendheiß fällt mir ein, dass Frank ihr diese Lüge aufgetischt hatte, weil wir einem der legendären Sonntagsbrunchs entgehen wollten. Nun, seine Arbeit hat ja ohnehin alle Pläne geändert, also muss ich nicht einmal lügen.

»Ja, aber Frank musste zur Arbeit. Ich möchte dich etwas fragen, Mutter.«

»Ja, bitte?«

»Morgen Nachmittag habe ich einen Ultraschalltermin bei meiner Frauenärztin, und Frank kann mich nicht begleiten. Vielleicht würdest du gerne die Babys sehen?«

»Oh, damit machst du mir eine große Freude! Ja, sehr gerne möchte ich die Babys sehen. Ich gehe mit Lucy zum Ultraschall!« Den letzten Satz sagt sie wohl zu meinem Vater. Ich bin gerührt, weil sie wieder meinen Kurznamen benutzt. Und weil ich in der Stimme meiner Mutter eine Tonlage höre, die sie sonst nicht hat. Gut, dass ich ihr den Vorschlag gemacht habe!

»Ach, Kind, die Wohnungen, du musst die Wohnungen sehen! Vielleicht können wir da morgen noch hingehen? Das Haus Ludwig ist ja mitten in der Stadt und nach Wallerfangen ist es auch nicht weit. Was meinst du?«

»Sagtest du Haus Ludwig? Meinst du etwa das Museum?« Das wäre eine der ersten Adressen in Saarlouis, und ich mag mir gar nicht vorstellen, welchen Kaufpreis meine Eltern da in Betracht ziehen. Immerhin wäre es tatsächlich *sehr* zentral.

»Es wäre gleich um die Ecke von Franks Arbeitsplatz, und zu allen Ärzten könntest du zu Fuß gehen. Ich meine, allein das Ein- und Ausladen der Babys … Du könntest das meiste mit dem Kinderwagen erledigen. Ist das nicht großartig?«

»Seid ihr wahnsinnig? Wie teuer ist so eine Wohnung denn?«

»Ach, Kind, mach dir doch darüber keine Gedanken. Es geht doch um unsere Enkelkinder.«

»Nein, Mutter, sorry, aber das ziehe ich nicht einmal in Erwägung.« Frank und ich können uns so was einfach nicht leisten, und dass wir uns die Wohnung von meinen Eltern schenken lassen, kommt nicht infrage.

Ein Appartement im Haus Ludwig kostet sicher so viel wie eine Villa sonst wo. Nein, auf keinen Fall.

Vor lauter Empörung habe ich die Antwort meiner Mutter nicht mehr gehört und bemerke, dass ein abwartendes Schweigen durch die Leitung hallt.

»Was meintest du?«, frage ich vorsichtig nach.

»Wenn es nicht in Saarlouis sein soll, dann wird es wohl auf Wallerfangen hinauslaufen. Auch eine schöne Wohnung. Wann wollen wir sie besichtigen? Ich werde sie noch ausräumen und neu ausstatten lassen. Ach, oder die Parkresidenz Bellevue in der Schanzenstraße, da ist noch eine Penthouse-Wohnung frei. Die hat allerdings nur ein Kinderzimmer. Aber ihr könntet ja ein Stockbett verwenden oder den Arbeitsraum zum Kinderzimmer umfunktionieren. Bezugsfertig ab April. Als würde sie nur auf euch warten, nicht wahr? Diese Wohnung ist übrigens von allen am günstigsten.«

»Was heißt günstig für dich?«, frage ich tonlos nach.

»Hundertfünfzehn Quadratmeter, fünf Zimmer.« Sie nennt mir die Summe, die mich ächzen lässt. »Ein Schnäppchen«, sagt sie dann.

»Mutter, es wäre mir sehr wichtig, dass du nichts unternimmst, ohne vorher meine und Franks Zustimmung eingeholt zu haben.«

Sie schnaubt. Im Hintergrund höre ich das Lachen meines Vaters. »Habe ich es dir nicht gesagt?«

»Na gut, meine Liebe. Ich freue mich jedenfalls sehr, dass ich morgen meine Enkelchen zum ersten Mal sehen darf. Wann und wo treffen wir uns?«

***

Am Montag trägt mich die Vorfreude auf das Rendezvous mit den Zwillingen auf dem Ultraschallgerät durch den Arbeitstag. In der Mittagspause berichte ich Lena und Ilina von den größenwahnsinnigen Anwandlungen meiner Eltern, worauf beiden der Mund offen stehen bleibt. Und jetzt fühle ich mich so gefestigt, auch in Erinnerung an vorletzte Nacht und den gestrigen Vormittag mit Frank, dass ich beschließe, mein Schicksal in die eigenen Hände zu nehmen. Trotz meines Versprechens an Ilina, Tymon Nowak nicht wieder zu kontaktieren, wähle ich ein letztes Mal seine Nummer.

»Nowak.«

»Hallo, hier ist Lucy Schober.« Ich vermeide ganz bewusst, ihn beim Namen zu nennen, damit Lena nicht gleich wieder die Lauscher aufstellt. Allerdings habe ich nicht bedacht, wie er darauf reagiert, wenn ich nicht die übliche Floskel abspule, und es erschreckt mich heimlich, zu bemerken, wie selbstverständlich ich inzwischen mit ihm spreche, als ob wir uns schon ewig kennen würden.

»Lucy«, sagt er leise. »Wie schön. Kann ich tun etwas Gutes für dich?« Seine Reaktion irritiert mich. Ich weiß nicht genau, ob es der vertrauliche Tonfall ist oder die Tatsache, dass er so *normal* mit mir redet.

»Tymon, ich wollte nochmal auf die Liebesgedichte und die Blumen zu sprechen kommen.«

»Ja?«

»Falls du doch dahinterstecken solltest«, ich höre ihn leise lachen und zögere eine Sekunde, dann spreche ich weiter. »Du musst wissen, dass ich verheiratet bin. Glücklich verheiratet.«

Sein Lachen wird lauter. »Das ist schön. Aber warum sagst du das mir?«

»Ähm, weil ...« Zu blöd, ich mache mich gerade dermaßen zum Horst. Er hat mir doch versichert, dass er nicht der Rosenkavalier ist!

»Du glaubst mir nicht, mein Kätzchen. Finde ich das schmeichelhaft, weil es bedeutet, dass ich bin in deinen Gedanken. Aber keine Sorge, ist es für mich einfach schön, dich zu bewundern aus der Ferne. Und zu hören deine Stimme.«

»Hm, na gut«, sage ich lahm. »Dann, ähm, viele Grüße nach Hamburg.« Bevor ich auflege, höre ich abermals dieses leise, amüsierte Lachen.

Jedenfalls fühle ich mich erleichtert, als ich mich ein paar Stunden später im Wartezimmer mit meiner Mutter treffe, und ihre Begeisterung, als die Ärztin uns auf dem Ultraschallmonitor die Beinchen und Köpfchen der Zwillinge zeigt, ist nicht geringer als meine. Tatsächlich habe ich das Gefühl, dass sich zwischen Mutter und mir ein nie da gewesenes, inniges Zugehörigkeitsgefühl entwickelt. Ich vermute, das ist die ganz normale Liebe zwischen Mutter und Tochter, der endlich nichts mehr im Wege steht. Bisher kannte ich das ja nicht, aber es fühlt sich so ähnlich an wie das, was ich für meine eigenen Töchter empfinde. Denn das ist die nächste Überraschung: Die Ärztin sagt, dass es ohne jeden Zweifel Mädchen werden. Nicht dass es eine Rolle spielte, aber es zu wissen, gibt den beiden Winzlingen mehr Persönlichkeit. Sie sind dadurch weniger fremd.

Mit meiner Mutter noch zu den »Projekten« zu fahren, die sie für mich ins Auge gefasst hat, kann ich glücklicherweise doch noch abwenden, nachdem es in der Arztpraxis später als geplant geworden ist, und ich ihr mit dem Hinweis auf meine montägliche Chorprobe eine gute Entschuldigung liefere. Schließlich möchte ich noch eine Kleinigkeit essen und meine Klamotten wechseln. Für sowas hat sie Verständnis.

»Deine Stimme hat sich in den letzten Monaten weiterentwickelt, will mir scheinen. Womöglich habe ich mich mit der Einschätzung deines musikalischen Talents doch getäuscht.«

Ich gehe nicht darauf ein. Die legendäre Hühnerhofparty liegt schon so weit zurück … Seitdem haben wir alle uns weiterentwickelt. Somit küsse ich meine Mutter zum Abschied auf die Wange, als wir auf dem Großen Markt bei meinem Twingo mit dem obligatorischen Parkknöllchen angekommen sind, und fahre gut gelaunt zu meiner kleinen Mietwohnung in Beaumarais. Noch ist dies mein Zuhause, und ich will nicht daran denken, dass ich hier mal weg muss. Andererseits kommt die Erinnerung an einen Herbsttag in mir hoch, an dem ich vor der eigenen Haustür angegriffen und verletzt worden bin, und ich bin mir sicher, dass diese Ängste wieder aufbrechen, wenn ich hier mit zwei Säuglingen ein und aus gehen sollte.

Entschlossen schüttle ich den Gedanken ab, während ich die Treppe nach oben steige, und mein Herz macht einen Hüpfer, als ich vor meiner Wohnungstür einen Blumenstrauß entdecke. Er steckt in einem wassergefüllten Gurkenglas und besteht aus Tulpen, Rosen und Schleierkraut. Mir ist sofort klar, dass Frank ihn hierhin gestellt haben muss. Das Glas hat er sicherlich bei unserer Nachbarin bekommen. Ich schließe auf, dann hebe ich den Strauß an meine Nase, um daran zu schnuppern, was natürlich Humbug ist, da er noch von Cellophan umhüllt ist. Eigenartig – Frank hat offenbar eine Karte dazugelegt. Sie steckt zwischen den Stängeln. Noch bevor ich durch meine Tür hindurch bin, höre ich die Stimme meiner Nachbarin von unten. »Lucy, hast du die Blumen gesehen? Die hat heute Nachmittag ein Fleurop-Bote hier abgegeben. Das Gurkenglas kannst du behalten.«

Meine Stimme krächzt ein bisschen, als ich einen Schritt ins Treppenhaus mache. »Ja, danke dir«, rufe ich hinunter. Mein Magen schlägt Salto, ich gehe rein, stoße die Tür hinter mir mit der Schulter zu und lasse Tasche und Schlüssel einfach fallen. Mit zitternden Fingern reiße ich die Folie auf, um den Umschlag herausziehen zu können. Die Blumen sind traumhaft schön, und doch verursachen sie mir eine heftige Übelkeit, die noch stärker wird, als ich die Karte und den beiliegenden Papierbogen aus dem Umschlag herausgefriemelt habe.

Ich kämpfe gegen einen Würgereiz an, während ich lese, was der Blumensender mir geschrieben hat.

Das verwelkte Blättchen

Mein Herz, das ruhelose,
Es wallte stürmisch auf,
Ich nahm von der weißen Rose
Ein Blatt und schrieb darauf.

Die Worte süß und bange
Die nie geworden laut,

Die hab' ich im heißen Drange
Dem zarten Blatt vertraut.

Die Hoffnung, die ich hegte,
Die Schmerzen, die ich litt,
Was mich im Traum bewegte,
Dem Blättchen theilt' ich's mit.

Bestimmt war's ihren Händen,
Entziffern sollte sie's
Und dann mir Antwort senden
Auf gleichem Blatt wie dies.

Noch einmal wollt' ich prüfen
Die seltene Schrift vorher,
Doch ach, die Züge verliefen,
Kein Wort erkannt' ich mehr.

Das Blatt war welk und faltig,
Und jede Spur verschwand
Der Worte süß und gewaltig,
Bestimmt für ihre Hand!

Kapitel 12

Der Blumenstrauß vor meiner Tür und das Gedicht, das für mich so viel Trauer transportiert, haben mich komplett aus der Bahn geworfen. Der Gedanke, dass Tymon Nowak dahinter stecken könnte, wollte sich auch nicht mehr verflüchtigen. Aber ein eindringliches Gespräch mit Frank, sein Versprechen, sich darum zu kümmern, und das gute Zureden meiner beiden Freundinnen haben mich davon abgehalten, den Hengst von Hamburg nochmals anzurufen, um ihn zu warnen. Ich habe endlich verstanden, was es heißt, den Troll nicht zu füttern, und inzwischen ist die Panik glücklicherweise wieder abgeflaut. Die letzte Märzwoche verläuft, was das Stalking betrifft, ruhiger als die Wochen davor, denn seit jenem Montag kommt nichts mehr, keine Lyrikmails, keine Blumen. In meinem Hinterkopf setzt sich der Gedanke fest, dass – sollte Tymon der Rosenkavalier gewesen sein – unser Telefonat, in dem ich ihm klar vorgelogen habe, verheiratet zu sein, für Ruhe gesorgt hat. Den besagten Strauß hat er vermutlich davor in Auftrag gegeben. Und hat seine Stimme am Ende unseres Gesprächs nicht nach Abschied geklungen?

Aber es gibt noch mehr Gründe, weshalb ich verhalten optimistisch in die Zukunft blicke. Da ist zunächst unser L&L-Business. Die zickige Fußballerfrau hat gnädigerweise unser Angebot akzeptiert, ihr eine Ersatzhose zu nähen, die zwar nicht das gleiche, aber ein ähnliches grafisches Muster hat wie jene mit dem Ölfleck. Daraufhin hat sie ein Youtube-Video gedreht, in dem sie mit ihrem Baby posiert – in unserer Mode! Die Klamotten stehen ihr und ihrem bezaubernden Töchterchen her-vor-ra-gend, was einen regelrechten kleinen Ansturm auf unsere Seite und unser Label auslöst. Das stellt uns beide vor ein neues Problem, das vielleicht Luxus ist, nichtsdestotrotz aber bedeutet, dass ich bald am Limit laufe. Denn ich muss die Finger fliegen lassen und nähen, was das Zeug hält. Lena macht das Gleiche mit ihren Oberteilen, die sich perfekt zu den Pumphosen kombinieren lassen. Bald laufe ich nur noch mit Nähnadeln im Mund durch die Wohnung, bekomme einen schmerzenden, krummen Rücken, weil ich permanent entweder am PC (Arbeit) oder an der Nähmaschine (Nähen, also Arbeit) sitze, und mein soziales Leben versandet völlig. Ein Glück, dass Frank zurzeit so beschäftigt ist! Ich wüsste nicht, wie ich auch noch unsere Liebe in diesem vollgepackten Leben unterbekommen sollte.

Dank der Fußballerfrau folgen innerhalb kürzester Zeit Hunderte von Menschen dem Hashtag LundLFashionFrauen auf Instagram und Youtube, und das Ganze hat einen Schneeballeffekt. Das bedeutet natürlich auch, dass ich keine freien Abende mehr habe. Den Geburtsvorbereitungskurs sage ich deshalb ab, und die Hebamme, die am Telefon zunächst sehr ungnädig reagiert, verspricht mir, nachdem sie herausgefunden hat, dass ich das eine L von L&L bin, eine intensive Kurzeinweisung, wenn es so weit ist. Sie merkt sich sogar den errechneten Geburtstermin Mitte Juli vor und kündigt mir an, dass sie zwei Wochen davor und danach keinen Urlaub machen wird. Das wärmt mir so das Herz!

Die Zwillingsbabys machen es mir auch total leicht. Mein Bauch wächst zwar jetzt überproportional, und man sieht mir an, dass ich inzwischen über die Mitte der Schwangerschaft hinauskomme, aber ich leide kein bisschen mehr unter Morgenübelkeit. Witzigerweise habe ich manchmal den Eindruck, dass die beiden meinen Heißhunger beeinflussen, und zwar abwechselnd! Neuerdings muss ich immer einen Vorrat an Rote Bete im Haus haben. Die Gier darauf wird dann regelmäßig abgelöst durch Heißhunger auf Wasabi-Chips. Beides sind nicht gerade Dinge, die ich vorher gern gegessen habe, aber jetzt ist es so.

Frank ist noch immer mit Hochdruck an seinem Fall und berichtet nichts darüber, aber wenigstens kommt er ab und zu spätabends vorbei und zeigt mir, dass er mich liebt, auch mit wachsendem Babybauch.

So fühle ich mich trotz einer Überversorgung mit Arbeit rundum wohl, als ich an diesem Freitagnachmittag mit Lena und Ilina unseren Arbeitsplatz verlasse. Seit vielen Tagen gönnen Lena und ich uns heute zum ersten Mal einen arbeitsfreien Abend nach der Schicht im Callcenter, weil all unsere L&L-Bestellungen abgearbeitet und die Buchführungseinträge erledigt sind. Was heute noch an Bestellungen hereinkommt, können wir morgen, am Samstag, in Ruhe abarbeiten. Dann wollen wir auch nach schönen, neuen Modellen suchen, die wir für den nächsten Winter ins Programm aufnehmen können. Außerdem hat Lena schon so manches gezeichnet, wie sie mir verraten hat.

»Sagt mal, wisst ihr, worauf ich jetzt Lust hätte?«, kommt mir da eine wundervolle Idee.

»Auf Rote Bete oder Wasabi-Chips?« Ilina prustet.

Ich muss lachen. »Auch, aber das meinte ich nicht.« Ich hänge mich bei den beiden ein und dirigiere sie in Richtung des *Klopfer*-Kaufhauses. »Wir kaufen uns was zum Naschen und zum Trinken, und dann fahren wir zu mir und machen uns einen gemütlichen Schnulzenfilmabend auf dem Sofa. Na, was meint ihr?«

»Das ist die beste Idee, die ich jemals gehört habe. Rouwen hat heute Abend eh noch was vor, und wenn ich einen schönen Film gucken kann, fällt es mir leichter, auf ihn zu warten.«

»Finde ich auch gute Idee das, gebe ich eine Flasche von Susis Schaumwein aus. Laufe ich schnell hoch in Kaffeekabuff. Treffen wir uns gleich wieder hier.«

Damit läuft Ilina zurück zum Mediacenter, und Lena und ich teilen uns im *Klopfer* auf – Lena wird sich um einen Film kümmern, ich um die Süßigkeiten. Mit Wasabi-Chips, roter Bete, einer Gebäck- und einer Knuspermischung bepackt, steuere ich die Buchabteilung an und finde Lena, die vor einem kleinen DVD-Regal steht und sich ganz offensichtlich nicht entscheiden kann.

»*Vom Winde verweht*?« Fragend sieht sie mich an.
»Hab ich zu Hause.«
»Oder Doktor Schiwago?«
»Hab ich zu Hause.«
»Dirty Dancing?«

»Klar, habe ich aber auch zu Hause.« Ich hake mich bei ihr unter und will sie wegziehen. »Komm, dann brauchen wir gar nichts zu kaufen. Alle drei Filme sind schön.« Doch Lena greift in letzter Sekunde nach einer DVD und hält sie mir vor die Nase.

»*Titanic*. Wie wär's damit? Habe ich zum letzten Mal vor zehn Jahren geschaut. Oder hast du den auch zu Hause?»

Ich quietsche begeistert. »Nein, den habe ich noch nicht und den wollte ich immer schon kaufen. Es ist schon ewig her, dass ich ihn gesehen habe.«

Damit ist es beschlossene Sache. Als wir Ilina unsere Ausbeute auf dem Weg zu meinem Twingo zeigen, reagiert sie seltsam abweisend. »Bloß nicht, habe ich erst gesehen letzten Monat diesen Kitsch. Hast du bestimmt noch besseren Film zu Hause, Lucy.«

Ohne darauf zu antworten, pflücke ich das Parkknöllchen von der Windschutzscheibe und lasse es bei den anderen im Handschuhfach verschwinden, nachdem wir alle eingestiegen sind, dann fahren wir zu mir. Ilina fordert, dass wir über den Film abstimmen sollen, den wir uns ansehen. Sie versucht mit Händen und Füßen, uns zu einer DVD-Staffel von *Grey's Anatomy* zu überreden, die sie angeblich noch nicht gesehen hat. »Ist doch darin diese Folge, die gedreht ist wie Musical.« Sie steht vor mir und hält mir die DVD entgegen, ihr Blick wirkt geradezu flehend.

»Sag mal, wir waren uns doch einig. Ein Kinofilm soll es sein«, erklärt Lena kopfschüttelnd und reißt das Cellophanpapier von der Hülle der *Titanic* ab.

»Abstimmen wir! Wer ist für *Grey's Anatomy*?« Ilinas Finger schnellt in die Höhe, abwartend blickt sie von Lena zu mir.

Ich zögere einen Moment, denn diese Musical-Folge mag ich auch sehr, aber dann entscheide ich mich doch für die pure Romantik und schüttle den Kopf. Lena stößt einen Juchzer aus, während Ilina die Schultern heruntersacken lässt. Sie wirkt aber eher wütend als enttäuscht, und ich weiß nicht, was ich davon nun wieder halten soll.

Mit einem breiten Lächeln ziehe ich die Sektflasche aus der Tasche, halte sie vor Ilinas Augen und sage: »Mit *Susi* wirst du die *Titanic* lieben, wetten?«, dann verstaue ich sie im Kühlfach.

Nach einer halben Stunde im Eisfach hat *Susis schäumende Sinnenfreude* die richtige Temperatur, und ich stehe gerade noch an der Arbeitsplatte in der Küche, um sie zu öffnen, als mich ganz plötzlich ein eigenartiges Gefühl beschleicht, das ich allerdings noch nicht einordnen kann. Irgendwas an dem Film, aber was? Er läuft seit etwa zwanzig Minuten, und wir haben die Hauptpersonen längst kennengelernt.

»Wir müssen uns unbedingt von den Kleidern inspirieren lassen, Lucy! Was meinst du?«

Ich gehe mit den beiden Sektgläsern und der Flasche zu ihnen und fülle ihre Gläser. Natürlich bleibe ich bei meinem obligatorischen Tee. Dann lasse ich mich auf die Couch sinken, greife nach der Schale mit den Rote-Bete-Scheiben, pikse eine mit dem Gäbelchen auf und schiebe sie mir nachdenklich in den Mund. Kauend nicke ich Lena zu und vergleiche die aufwendigen Kleider von Rose mit den einfachen Klamotten von Jack.

»Du hast recht. Ein bisschen von dem Pomp der Damen, ein bisschen von der saloppen Arbeiterkleidung des Jack. Ich sehe tausend Möglichkeiten vor Augen.«

Einträchtig unsere Snacks mümmelnd und unsere Getränke genießend, schauen wir uns dieses Wunderwerk der Cineastik an, und nach und nach gerate ich immer tiefer in den Sog. Diese Musik! Diese wunderschöne Frau! Und Jack ... seufz! Und Cal ... seufz!

Ab einem bestimmten Punkt im Film gibt Ilina sich jedoch alle Mühe, den Kitsch mit abfälligen Worten zu enttarnen, und sie quatscht wie ein Wasserfall, bis Lena und ich sie entschlossen auszischen und ich mit der Fernbedienung die Lautstärke hochreguliere. Ilina schiebt die Unterlippe vor und verschränkt die Arme vor der Brust. Der Fuß ihres übergeschlagenen Beins wippt empört auf und ab.

Dann kommt die Szene, in der Leo Di Caprio alias Jack seine Rose vor dem Tod rettet, indem er sie von der Reling zurückzieht, über die sie beinahe in die dunklen Fluten gestürzt wäre ... und irritiert setze ich mich aufrechter hin. Stirnrunzelnd werfe ich über Ilina hinweg einen Blick auf Lena, die mir genauso stirnrunzelnd entgegenschaut. Wir wenden uns wieder dem Bildschirm zu. Kurz darauf sehen wir die nackte Rose mit ihrem riesigen, blauen Herzklunker in der Koje liegend, Jack zeichnet sie. Und als Ilina, die zwischen uns beiden sitzt, mit der Hand nach ihrem Herzchenanhänger fasst, bricht in meinem Kopf ein tosendes, zweistimmiges Lachen los. Ungläubig starre ich auf Ilinas Herzchen, das deutlich kleiner ist als das von Rose im Film, aber mir wird schlagartig klar, was hier gespielt wird.

»Boah, Ilina!«, bricht es aus mir heraus, da fängt unsere Freundin haltlos zu kichern an.

»Nee jetzt, oder?« Lena stemmt die Hand in die Hüfte und sieht Ilina mit offen stehendem Mund an. Dann bricht das Lachen aus ihr heraus.

»Du hast uns voll verarscht!«, brülle ich, dann zu Lena: »Die verkauft uns den *Titanic*-Plot als ihre eigene Geschichte, und wir fallen auch noch drauf rein!«

Und dann kann ich doch nicht anders, als ebenfalls in lautes Lachen auszubrechen. Wir lachen alle drei so ausgelassen und langanhaltend, bis uns die Tränen über die Wangen laufen. Mir tut der Bauch weh, und ich muss ihn halten, innerlich Abbitte an meine kleinen Zwillinge leistend, wobei ich mir sicher bin, dass die gute Stimmung für sie nicht schlecht sein kann.

»So, und jetzt erzählst du uns deine wahre Geschichte«, erklärt Lena und hält den Film an. Ich nicke und sehe Ilina fragend an.

Sie reibt sich die Tränen aus den Augen. »Gibt es keine besondere Geschichte, bin ich einfach gegangen nach Deutschland, und fertig.«

»Das glaube ich dir nicht«, entgegne ich. Ilina runzelt die Stirn, ihre gute Stimmung ist wie weggewischt.

»Warum wollt ihr mir nicht glauben? Es gibt einfach nicht gute Geschichte.«

»Okay«, lenkt Lena ein, »dann ist es halt eine ganz alltägliche Geschichte. Aber warum machst du so ein Geheimnis darum?«

Ilina stößt ein Brummen aus. »Weil sie ist langweilig, ganz einfach. Stamme ich aus Kuhdorf in Polen, bin ich ganz normal aufgewachsen mit Bruder, den ich liebe, und dann gegangen nach Deutschland, um zu finden gute Arbeit.« Sie hält inne. Vielleicht, weil ihr gerade selbst auffällt, dass »Mädchen für alles« nicht gerade das ist, was man als gute Arbeit bezeichnet.

»Aber dann ist doch alles prima«, sagt Lena lahm, bevor sie die Schultern strafft. »So richtig gut ist dein Job dort aber nicht. Hast du nichts anderes gefunden?«

Ilina stößt ein eigenartiges, frustriert klingendes Lachen aus. »Das fragst mich ausgerechnet du? Seid ihr beide doch auch in *Mediaboutique* ...« Dem ist nichts entgegenzusetzen.

»Ich hoffe echt, dass wir irgendwann den Absprung schaffen«, murmle ich.

»Darauf trinke ich.« Lena hebt ihr Glas, und versöhnt stoßen wir an. Da klingelt das Festnetztelefon. Ich werfe einen Blick auf die Uhr, dann gehe ich ran.

»Lucinda, hier ist dein Vater. Guten Abend.«

Nanu, was will er denn um diese Uhrzeit, es ist kurz vor neun? Ich erwidere seine Begrüßung.

»Es tut mir leid, dass ich mich so spät melde, aber vorher konnte ich dich nicht erreichen, und gerade habe ich eine kurze Verschnaufpause auf Station. Ich möchte dich und Frank herzlich zu meinem Geburtstag einladen, mein Kind. Ich erwarte euch am Freitag um achtzehn Uhr dreißig bei uns zu Hause. Deine Mutter hat ein wundervolles Menü geplant.«

»Oh, ähm, ja, dann vielen Dank für die Einladung!« Der werden wir uns wohl kaum entziehen können. Mein Blick fällt auf Lena, die fragend das Gesicht verzieht, als ahne sie, worum es geht. Vielleicht hat sie an meinem Tonfall gehört, mit wem ich gerade spreche.

»Hast du irgendwelche besonderen Wünsche bezüglich des Essens? Gibt es etwas, das du nicht verträgst?«

»Ach, Paps, Schneebällchen sind perfekt, und der Rest ist mir egal. Hast du auch meine Geschwister eingeladen?«

»Ja, Katharina, Anna Maria und Rouwen wissen Bescheid, ich habe sie gerade eben erreicht. Rouwen ist allein zu Hause.« Der Anstand verbietet es ihm, nach Lena zu fragen, aber er lässt seinen Satz so unvollendet in der Luft schweben, dass ich genau merke, es juckt ihm unter den Fingern, mehr zu erfahren.

»Lena ist hier bei mir. Rouwen hatte heute Abend noch etwas anderes vor, und so haben wir einen Filmabend eingelegt. Ilina ist auch da.«

»Ach, schön. Und Frank? Schaut er mit euch?«

»Nein, der ist noch bei der Arbeit. Möchtest du mit Lena sprechen?«, wechsle ich rasch das Thema.

»Nein, aber du könntest mir Frau Kowalska an den Apparat holen.«

Konsterniert deute ich ein Kopfschütteln in Lenas Richtung an, die sich aufgesetzt und mir den Arm entgegengestreckt hat. Mit den Worten »Bis bald dann« reiche ich das schnurlose Telefon an Ilina weiter.

»Guten Abend, Ilina Kowalska hier. – Am Fünften? – Schon ab sechzehn Uhr? Das wird schwierig, weil ich muss arbeiten in *Mediaboutique*. – Ach so? Ja, dann ich nehme mir an dem Tag frei. – Ja, können wir gerne machen so. – Nachtisch aus Polen? Ja. Bringe ich mit Rezept und helfe ich Frau Maurer bei Zubereitung. – Gut, sehr schön. Dann wir sehen uns nächsten Freitag. Ja, richte ich aus. Auf Wiederhören.« Sie legt auf und reicht mir den Hörer. »Haben deine Eltern mich engagiert für Geburtstagsparty. Werde ich helfen Haushälterin bei Zubereitung und Servieren von Essen.« Sie grinst, dann zwinkert sie mir zu. »Werde ich auf jeden Fall sorgen für Rote Bete und Wasabi-Chips in Haus.«

Gerade als ich ihr darauf eine Antwort geben will, höre ich den Schlüssel in der Wohnungstür. Das kann nur Frank sein! Erfreut springe ich auf und gehe ihm entgegen. Tatsächlich kommt er herein, und auf seinem erschöpften Gesicht erscheint ein fröhliches Lächeln.

»Zuckerschnecke, heute Abend kuscheln wir, bis wir nicht mehr können. Und zwar im Bett!«

Ich räuspere mich, aber da entdeckt er auch schon meine Freundinnen. »Oh, Besuch.« Er grinst, wie nur er es kann, und mein Herz fliegt ihm zu.

Er winkt den beiden auf der Couch zu. »Ihr wolltet gerade gehen, richtig?«

Lena schaltet den DVD-Spieler ab, auf dem das Bild der nackten Rose mit ihrem blauen Klunker eingefroren ist, und steht auf. »Yep, wollten wir.«

Auch Ilina erhebt sich, und ihr Lächeln ist das einer Freundin. »Natürlich wir gehen jetzt. Soll man die Feste feiern, wie sie fallen, nicht wahr?« Sie wirft Frank einen taxierenden Blick zu. »Gibt es gute Neuigkeiten?«

Er erwidert ihren Blick, ein bisschen zu lang für meinen Geschmack, wenn ich ehrlich bin, bevor er mich an sich zieht und fest mit dem Arm umschlingt. »Ja, die gibt es. Aber leider kann ich euch dazu nicht mehr verraten.«

Ilina boxt mit der Faust in die Luft. »Was ist mit dem Mädchen, ist sie in Sicherheit?«

Frank mustert sie sehr intensiv, und ich habe den Eindruck, dass er mehr über Ilina weiß, als ich bisher ahnte.

»Welches Mädchen?«, fragen Lena und ich fast gleichzeitig.

Sie runzelt die Stirn. »Natürlich das Mädchen, nach dem sie suchen. Bekommt ihr gar nichts mit? Ist doch verschwunden Mädchen aus Bulgarien, Bianca ... wie nochmal?«

»Filipova«, beantwortet Frank Ilinas Frage. »Das Mädchen ist verschollen, aber die Polizei ist dran. Ihre Spur verliert sich in Hannover.« Wieder schließt sich ein Blickwechsel an, den ich in keiner Weise deuten kann.

Ilina strafft die Schultern. »Nun gut, wollen wir hoffen das Beste für Mädchen. Und der Junge ist der Täter?« Sie schüttelt den Kopf. »Es ist eine furchtbare Geschichte.«

»Nein, er ist vermutlich unschuldig, wir sind dicht dran, das zu beweisen.«

»Welcher Junge?«, will ich wissen. Die Verärgerung in mir wächst, weil ich mich an der Nase herumgeführt fühle. Wie kann es sein, dass Ilina einen solchen Wissensvorsprung hat?

»Es gab einen Verdächtigen, den deine Schwester A-Mi vertritt und aus der Untersuchungshaft holen konnte. Ich glaube, dass er unschuldig ist, aber es ist noch nicht bewiesen. Er war der Freund der verschwundenen Bianca Filipova. Bitte, frag nicht weiter, Lucy.«

Verstimmt verschränke ich die Arme vor der Brust. Lena sieht mich an und deutet ein Kopfschütteln an.

»Und was hat das verschwundene Mädchen mit dem Mord zu tun?«, will ich trotzdem wissen.

Frank verdreht allen Ernstes die Augen. »Lucy, hör auf. Du weißt, dass ich nicht über die laufenden Ermittlungen sprechen kann. Mehr als die Info, die der Presse gegeben wurde, darf ich nicht verraten.«

»Ach, und wieso weiß sie dann mehr?« Anklagend zeige ich mit dem Finger auf Ilina.

»Ich weiß nicht mehr als du, Lucy«, erklärt sie, »sondern ich habe ich einfach eins und eins zusammengezählt.« Ilina blickt von mir zu Frank. »Das ist wirklich keine schöne Geschichte, und verstehe ich, dass du jetzt brauchst die Nähe von der Frau, die dich liebt.«

Unwillkürlich schlinge ich die Arme um ihn. Ilina holt ihre Jacke und die Tasche und winkt Lena zu. »Kommst du mit?«

Lena greift ebenfalls nach ihrem Mantel und ihrem Rucksack. »Ja, klar. Gute Nacht, ihr beiden.« Sie legt Frank kurz die Hand auf den Unterarm. Er nickt ihr zu. Dann verlassen meine Freundinnen das Haus.

Kapitel 13

In mir werden Erinnerungen wach, als Frank und ich vor der Haustür meiner Eltern stehen. Wie damals, bei seinem ersten Antritt im Hause Schober, hält er einen Blumenstrauß in der Hand – allerdings ist es diesmal keiner von der Tankstelle, sondern wir haben ihn zusammen in einem Blumenladen in der Saarlouiser City ausgewählt. Mein Vater sagte, dass er sich keine Geschenke wünsche, aber mit leeren Händen wollten wir nicht aufkreuzen. Die Tür wird schwungvoll geöffnet, und da steht er: Herzchirurg Doktor Schober, dem die Frauen vertrauen. Und die Männer auch.

»Lucinda, Frank! Schön, dass ihr schon da seid. Kommt herein.« Vater schüttelt zuerst mir, dann Frank die Hand.

»Sind wir etwa zu früh dran?« Perplex schiele ich auf die Uhr an meinem Handgelenk.

»Nein, nein. Aber deine Schwester Anna Maria hat sich verspätet, was wir von ihr so gar nicht kennen.« Er beugt sich vor und blickt die Straße hinauf und hinunter. Ein Wagen fährt heran und bleibt auf dem Seitenstreifen stehen. Erfreut winke ich Lena zu, die auf der Beifahrerseite aussteigt. Sie trägt eine ihrer neuesten Kreationen, die ihren Typ perfekt unterstreicht. Heimlich gestehe ich mir ein, dass ihre Beziehung zu meinem

Bruder ihre innere Schönheit zum Vorschein gebracht hat. Ich freue mich, dass Rouwen sich voll und ganz zu seiner Partnerin bekennt, die nicht dem gängigen Schönheitsideal entspricht.

Als er sich aus dem Wagen faltet, muss ich erneut grinsen, denn auch er hat sich verändert. Am Ende des letzten Jahres konnte man ihm bereits ansehen, dass er die Verknöcherungen, die ihm sein Jura-Studium und der Umgang mit Leuten von A-Mis Schlag wie einen Panzer umgelegt hatten, zu sprengen begann. Er taute mit jeder Woche mehr auf und lachte ausgelassener, wirkte entspannter und vor allem herzlicher als zuvor. Mir ist klar, dass er vorher auch kein schlechter Mensch gewesen ist – genauso wenig ist es A-Mi –, aber so richtig sichtbar ist sein liebenswertes Wesen erst geworden, seit er Lena liebt. Jetzt sehe ich, dass er insgesamt kräftiger geworden ist, was ihm gut steht. Er ist trotzdem noch genauso hübsch wie vorher, mindestens. Heute trägt er auch keinen Anzug, was sonst zu Geburtstagsfeiern von Herrn Doktor Schober und/oder dessen Gattin zum Dresscode gehörte. Rouwens mittelblonde Haare sind länger und fallen ihm verwegen in die Stirn. Zur gut sitzenden Jeans trägt er einen schlichten Baumwollpullover und eine Lederjacke. Er sieht spitze aus. Ich muss seinen neuen Look in meinem Kopf erst mal abspeichern, weil das wirklich eine Typveränderung ist. Noch vor der Haustür umarmen wir uns alle, und die Stimmung ist besser als früher, wenn wir das Schober-Anwesen zu betreten pflegten.

In der Wohnung ist herrlicher Essensduft zu erahnen, und Mutter hat alles mit kräftig pinkfarbenen Tulpen, weißen und grasgrünen Accessoires schmücken lassen. Es ist nicht zu übersehen, dass Ostern herannaht. Das gibt der edel eingerichteten Wohnung meiner Upper-Class-Eltern einen gemütlichen und fröhlichen Anstrich. Gloria Schober wartet neben dem Sideboard, auf dem Sektkelche und Crémant in einem Eiskübel bereitstehen. Ich traue meinen Augen nicht, als ich sie sehe. Wie immer ist sie exklusiv und geschmackvoll gekleidet. Aber …

Lena quietscht neben mir, und auch aus meinem Mund kommt ein Laut hervor, der zwischen einem absterbenden Spatzenpfiff und dem Ton liegt, den eine altersschwache Tür fabriziert, wenn sie ins Schloss fällt. Meine Mutter schlägt kokett die Lider herunter und lächelt. Ich kann nur staunen, wie sehr sie sich in den letzten Wochen verändert hat und es immer noch tut.

Lena lässt sich bereitwillig von der Apothekerin in die Arme ziehen und beugt sich herab, um ihr den obligatorischen Luftkuss neben die Wange zu hauchen. »Das steht Ihnen einfach großartig, Frau Schober. Wisse Sie, dass es eine der ersten Pumphosen is, die Lucy für L&L genäht hat? Es is sogar ein Unikat. Von dem Stoff ham mir nämlich nichts mehr nachgekriegt.«

Auch ich lasse mich von meiner Mutter an die Brust ziehen, und ich brauche mich nicht so weit hinunterzubeugen wie Lena, weil ich nicht viel größer bin als Mutter. Es ist ein ganz eigenartiges Gefühl, und ich genieße es mehrere Sekunden lang. Ich atme ihren *Neroli Portofino*-Duft ein, spüre ihre zierliche Gestalt und ihr perfekt frisiertes Haar und muss daran denken, dass diese Frau bald Oma wird. Dann lächle ich sie herzlich an. »Von dieser Hose gibt es nur ein weiteres Exemplar, und das ist mit Extrabauch ausgestattet. Es ist eine meiner eigenen Schwangerschaftshosen.«

Mutter zieht die Brauen hoch, was ihr einen Ausdruck ins Gesicht zaubert, der mich interessanterweise an Ilina erinnert. (Ob sie schon da ist?)

»Ich hätte nicht gedacht, dass diese Pumphosen so bequem sind, und noch dazu kleidsam. Aber interessant, dass du den gleichen Geschmack besitzt wie ich. Wer hätte das gedacht?«

In diesem Moment öffnet sich die Zimmertür erneut, und mein Vater führt die nächsten Gäste herein, die einen Moment zuvor geklingelt hatten: Kat und Susa. Erst jetzt fällt mir auf, dass ich beide eine Weile nicht mehr gesehen habe. Kat wirft die Arme in die Luft. »Lucy! Du siehst toll aus, aber wieso sieht man den Bauch noch nicht?«

Sie stürmt auf mich zu und reißt zuerst mich und dann Lena in die Arme, während Rouwen und Frank noch meine Mutter begrüßen. Auch Susa sieht lächelnd auf meinen Bauch und sagt, dass er für Zwillinge ja noch hübsch klein wäre.

»Eigenartig, dass Anna Maria noch nicht hier ist«, erklärt meine Mutter, nachdem sie uns allen ein Gläschen Crémant gereicht hat, auch mir einen winzigen Schluck. »Lasst uns auf das Wohl unseres Geburtstagskindes anstoßen. Unsere Erstgeborene wird sicherlich jede Sekunde auftauchen.«

Doch die Sekunden dehnen sich und werden zu überraschend vielen Minuten für jemanden wie A-Mi, die sonst immer überpünktlich ist. Schließlich beginnen Frau Maurer und Ilina, die uns alle mit einem zauberhaften Lächeln begrüßt, die Vorspeisen aufzutragen, da klingelt es erneut an der Tür, und meine Mutter atmet erleichtert auf. »Das wird sie sein. Lasst uns noch eine Minute warten.«

Kurz darauf führt mein Vater meine Schwester herein, und bei ihrem Anblick beschleicht mich ein ungewohntes Gefühl, fast schon schlechtes Gewissen, denn ich habe sie seit Wochen nicht gesehen, seit Weihnachten nicht mehr. Ich beobachte sie und versuche, herauszufinden, was mich am meisten überrascht. Ist es die Art, wie sie sich zurechtgemacht hat? Im Gegensatz zu früher trägt sie weder ein rotes Kostüm, noch sind ihre Haare streng frisiert, wie ich es von klein auf gewöhnt bin. Wobei sie ihre Haartracht ja schon Ende des Jahres, nach unserer Hühnerhofparty, geändert hatte. Sie trägt sie in einem weichfallenden Bob, der unterhalb der Ohrläppchen endet. Diese Frisur und ihre Farbe, ein warmes Rot, lassen sie viel wilder wirken als früher. Zugleich hat sich das Selbstbewusstsein, das sie auszustrahlen pflegte, gewandelt. Es wirkt irgendwie weniger selbstverständlich. Früher war sie die Göttin der Paragrafen. Man hat ihr den Beruf an der Nasenspitze angesehen, und auf jedes Fehlverhalten hätte sie die passenden Gesetze und Regeln herunterrasseln können. Vermutlich kann sie das auch jetzt noch, denn sowas verlernt man ja nicht. Aber heute sieht es nicht mehr so aus, als würde sie sich nur auf diese juristischen Texte beschränken. Ich lege den Kopf schief und betrachte das bunte Frühlingskleid, das sie trägt, und das sie noch vor einem halben Jahr nicht mal mit der Kneifzange angefasst hätte. Was ist der Grund dafür, dass sie nicht mehr wie ein Roboter wirkt? Ihr Aussehen allein kann es nicht sein. Ich blicke ihr in die Augen, während sie reihum alle am Tisch begrüßt und dann vor mir steht. Da erkenne ich es: Sie strahlt Wärme aus, so etwas wie Verständnisbereitschaft. Eine Art Hinterfragen, bevor sie urteilt.

A-Mi blickt auf meinen Bauch, nachdem ich vom Stuhl aufgestanden bin, weil ich das innere Bedürfnis spüre, sie in meine Arme zu ziehen. Das ist neu.

»Ui, jetzt sieht man schon, dass es Zwillinge werden. Im wievielten Monat bist du doch gleich? Solltest du wirklich schon so kräftig zugenommen haben?«

Ich revidiere sämtliche Gedanken, die mich gerade bestürmt hatten.

»Ich freue mich auch, dich zu sehen.« Mein Küsschen streift ihr Ohr kühler als beabsichtigt, aber da muss sie jetzt durch. Selbst schuld. Ich lasse mich sofort wieder auf meinen Stuhl fallen.

»Dürfen wir anfangen?«, frage ich. Ein leises, kerniges Kichern macht mir klar, dass meine Freundin Ilina der ganzen Charade zuschaut.

Meine Mutter räuspert sich und beobachtet betont, wie A-Mi sich mir gegenüber an den Tisch setzt, erst dann nickt sie mir zu. »Guten Appetit allerseits. Diese Vorspeise verdanken wir Ilina, die ihr ja alle kennt, nicht wahr?«

Ich probiere die Piroggen und werfe Lena über den Tisch hinweg ein Augenzwinkern zu. Originell ist das ja nun nicht gerade. Das ist wahrscheinlich das allererste Rezept, das man findet, wenn man nach polnischen Vorspeisen googelt. An Lenas mühsam unterdrücktem Grinsen kann ich ablesen, dass ihr die gleichen oder doch sehr ähnliche Gedanken durch den

Kopf gehen. Diese Woche müssen wir Ilina nochmals zur Rede stellen. Das verarmte Kittelmädchen kaufe ich ihr einfach nicht mehr ab.

Wenig später begreife ich, weshalb meine Mutter so nervös A-Mis Eintreffen entgegengefiebert hat: Sie erwartet von meiner älteren Schwester, dass sie die passenden Worte finden wird, um mich auf einen Missstand hinzuweisen: »Wie weit seid ihr denn mit eurer Wohnung?«

Ich lasse meine Gabel sinken und schiebe den Teller mit den restlichen Piroggen zur Seite. Mir ist der Appetit vergangen. Auch Frank neben mir streckt spürbar den Rücken durch. Echt jetzt? Müssen wir uns beim Essen einer peinlichen Befragung stellen?

»Läuft«, antwortet mein geliebter Kriminalkommissar, und ich verbeiße mir ein Lachen, dann ziehe ich den Teller wieder heran.

»Du warst in den letzten Wochen sehr beschäftigt, nicht wahr?«, fährt A-Mi in Franks Richtung fort. »Hattet ihr Zeit, euch um die Einrichtung zu kümmern? Ich meine, für zwei Babys ist das ja noch mal eine andere Hausnummer als nur für eines.«

Ilina beginnt, den Tisch abzuräumen. Ich fange einen Blick von ihr auf, den ich früher von ihr so nicht bekommen hätte: voller Mitgefühl nämlich. Doch dann bezweifle ich, ob das Mitgefühl mir gilt, denn sie sagt einen eigenartigen Satz, der in A-Mi etwas auslöst, sodass ich mich frage, was hier gerade passiert.

»Hat dieser Mordfall nicht nur Kommissar beschäftigt«, höre ich die geheimnisvollen Worte aus Ilinas Mund, »sondern auch andere Leute in diesem Raum.« Mir fällt ein, dass Frank davon sprach, A-Mi hätte den

Verdächtigen aus der U-Haft geboxt. Nun ist es aber Sitte, am Tisch meiner Eltern unsere Berufe nicht zu erwähnen, also reiße ich mich zusammen, um auf Ilinas Andeutung nicht mit einer Reihe von Fragen zu reagieren.

Frank rutscht offenkundig nervös auf seinem Stuhl hin und her, sodass er an meine Oberschenkel stößt, was mich in diesem Moment eher irritiert als freut, und A-Mi sitzt plötzlich da, als hätte sie einen Stock verschluckt. Dann entgleisen ihr die Gesichtszüge. Für einen winzigen Moment zwar nur, aber ich bin mir sicher, dass ich mich nicht irre. Sie sieht kreuzunglücklich aus! Was zur Hölle deutet Ilina hier an? Und was genau weiß sie?

Ich fange an zu grübeln und sehe, dass auch Lena einen fragenden Ausdruck im Gesicht hat.

»Ah, das Hauptgericht«, sagt meine Mutter und klingt erleichtert. Offenbar spürt auch sie, dass die Stimmung sich wandelt, auch wenn sie noch weniger als ich wissen kann, worum es hier gerade geht.

»Was meinst du damit, Ilina?«, rutscht es mir dennoch heraus. A-Mi hat ihre Gesichtszüge wieder im Griff.

»Ja, worauf spielen Sie an?« A-Mi nimmt Frau Maurer die Fleischplatte aus der Hand – ein Fauxpas, den sie sich früher nie geleistet hätte – und beginnt damit, ihrem Tischnachbarn Braten auf den Teller zu türmen, bis mein Vater sich lachend bedankt, weil sie gar nicht mehr damit aufhören will.

Ilina, die eigentlich weiter Frau Maurer zur Hand gehen sollte, bleibt stehen. »Habe ich Sie gesehen bei Beerdigung, oder nicht?«

A-Mi bleibt eine Sekunde der Mund offen stehen, dann klappt sie ihn hastig zu und stellt die Fleischplatte in die Mitte des Tisches. »Dazu möchte ich mich nicht äußern.«

Ist meine Schwester jetzt etwa verdächtig? Aber nein, wird mir klar, sie vertritt lediglich den jungen Mann. Doch was hat sie denn bei der Beerdigung dieses Zuhälters getan? Und wieso hat Ilina sie dort gesehen? Und warum war Frank auch da? Fragen über Fragen. Ich ertappe mich dabei, dass ich von einem zum anderen starre. Frank runzelt kurz die Stirn. »Der Fall ist noch nicht abgeschlossen, und natürlich waren wir bei der Beerdigung. Wir haben uns Hinweise erhofft.« Er blickt zu A-Mi. »Der Hauptverdächtige war auch da, ein Verhalten, das nicht sehr klug war. Ihn begleitete sein älterer Bruder, oder vielmehr versuchte dieser erfolglos, ihn von der Bestattung fernzuhalten, was einen kleinen Tumult gab.«

Versuche meiner Mutter, dieses Gespräch abzubiegen, laufen ins Leere. Jetzt wollen wir natürlich alle Genaueres wissen. Und erst recht, da A-Mi offenbar in die tragische Geschichte verwickelt ist.

»Bist du mit dem Bruder des Mörders liiert?«, spricht Rebellen-Kat das Unmögliche aus.

A-Mi zuckt zusammen. Dann atmet sie tief ein und reckt das Kinn. Das meinte ich damit, dass sie eine neue Art von Selbstbewusstsein ausstrahlt. Sie steht dazu, dass sie nicht in jeder Hinsicht unfehlbar ist. »Ja, ich habe einen neuen Freund, und er ist der Bruder des Hauptverdächtigen. Ich möchte nicht darüber sprechen.«

»Heißt das, du wirst ihn verteidigen?«, will Mutter wissen. Das Essen ist für den Moment vergessen. Mich wundert, dass sie nicht gleich ausflippt, weil ihr Töchterchen mit einem Angehörigen eines möglicherweise Kriminellen poussiert.

A-Mi lässt ihre Maske der stets beherrschten Rechtsanwältin endlich fallen und zeigt uns, wie verletzlich und verunsichert sie ist. »Tatsächlich hat er mich mit einem Mandat betraut, und ich habe Haftverschonung erwirkt. Max ist unschuldig, er hat den Mann nicht ermordet.«

Sie wirft Ilina einen eigenartigen, beschwörenden Blick zu, und ich schüttle verwirrt den Kopf. A-Mi deutet meine Geste jedoch falsch und fährt mich an: »Spar dir dein Kopfschütteln! Das Leben ist nicht nur schwarz oder weiß. Was weißt du schon davon?«

Bevor ich antworten kann, räuspert mein Vater sich. »Könnten wir bitte alles aus diesem Raum verbannen, das mit Straftaten zu tun hat? Ich bitte doch sehr, euch daran zu erinnern, dass wir bereits während eures Studiums diese Regel aufgestellt haben, und ich sehe keinen Grund, sie jetzt zu brechen.«

»Lasst uns später darüber reden«, pflichtet meine Mutter ihm bei und bedeutet den beiden Hausdamen, uns das Essen vorzulegen.

Eine ganze Weile essen wir schweigend, aber schließlich schafft es mein Vater, mit seiner Begeisterung für den Wildschweinbraten und die Semmelknödeln die Stimmung aufzulockern. Durch meinen Kopf schwirren tausend Fragen bezüglich A-Mis Liebstem (den ich so bald wie möglich kennenlernen will, weil er A-Mi zu einer lebenden, atmenden und fühlenden Frau gemacht hat) sowie Ilinas Geheimnissen, aber es gelingt mir, sie zu verdrängen.

A-Mi ihrerseits schafft es, den Fokus auf Frank und mich zu lenken. Das finde ich zwar ungerecht, kann es aber nicht ändern, weil meine Schwangerschaft sowie der nötige Nestbau leider keine Tabuthemen sind, so sehr ich es mir auch wünschen würde. Meine hinterhältige Schwester kommt immer wieder darauf zu sprechen, dass man auf das Leben mit zwei Kindern gut vorbereitet sein müsse, und dass es für Kinder allgemein und Zwillinge im Besonderen wichtig sei, von Anfang an in einem echten Zuhause aufzuwachsen, nicht in einer Art Studentenbude, womit sie meine Wohnung in Beaumarais meint, die nie eine Studentenbude war. Kurz vorm Nachtisch, als ich es nicht mehr aushalten kann und auch bei Frank Fluchttendenzen zu erspüren glaube, platzt der Herzchirurg mit einer Neuigkeit heraus.

»Ich habe mir ein Geburtstagsgeschenk gemacht und erwarte, dass ich darauf keinerlei Einwände zu hören bekomme«, kündigt er plötzlich an und sieht sich in der Tischrunde um. Gott sei Dank, endlich ein Themenwechsel!

»Warum sollten wir Einwände erheben, wenn du dir was gönnst, Paps?«, sage ich und bemerke erst bei Kats misstrauischem Gesichtsausdruck, dass ich ein Kosewort für ihn verwendet habe, das keiner von uns Geschwistern jemals benutzt.

Mit einem strahlenden Lächeln in meine Richtung steht er auf und tritt zum Sideboard, wo er eine Schublade aufzieht, um etwas daraus hervorzuholen. Ich höre ein metallisches Klirren und weiß, was es ist.

»Du hast dir endlich den Oldtimer gekauft, von dem du schon seit Jahren erzählst?« Ich will aufspringen, zu ihm laufen und ihn in die Arme ziehen, da hebt er den Gegenstand in die Luft und lässt die Schlüssel herunterbaumeln. Es sind keine Autoschlüssel. Ich bleibe sitzen.

»Nein!« Gloria Schober, die Gattin des Herzchirurgen, greift sich ans Herz und springt auf. Begeisterung liegt in ihrem Gesicht. »Welches ist es? Das Haus Ludwig?«

Mit schweißnassen Fingern taste ich nach Franks Hand auf seinem Oberschenkel, greife danach und schlinge meine Finger um seine. Jetzt muss er ganz stark sein, das ist mir sofort klar.

»Nein, es ist die Penthousewohnung in der Schanzenstraße.« Er kommt zu meinem Platz und hält mir den Schlüssel vor die Nase. Mir verschwimmt die Sicht vor Augen.

»Was bedeutet das?« Franks Stimme klingt tonlos.

»Das ist mein Geburtstagsgeschenk an euch beide. Und ich hoffe, ihr kommt nicht auf den Gedanken, mir diese Freude abzuschlagen.«

»Das nennt man wohl ein gemachtes Bett.« A-Mi hat anscheinend vergessen, dass sie neuerdings empathisch ist. Doch ihre Miene ist undurchdringlich, und ich bin mir nicht sicher, ob sie eingeweiht war, noch was sie von der Sache hält. Ich meine, klar: Wenn mein Vater für Frank und mich eine Eigentumswohnung kauft, enthebt das uns beide der Sorge, ein passendes

Heim für unsere wachsende Familie zu finden. Insoweit stimmt ihre Feststellung. Ob sie das allerdings gutheißt oder verurteilt, lässt sich an ihrer Äußerung nicht ablesen, auch wenn sie sich schon arg zynisch anhört.

»Das können wir auf keinen Fall annehmen«, missachtet Frank die Bitte meines Vaters, und ich bestätige seine Worte mit einem heftigen Kopfschütteln. Die Schlüssel, die mein Vater mir in die Hand fallen lassen wollte, landen auf dem Tischtuch. Ich starre sie an, und in meinem Kopf fängt es an zu rauschen. Mist. Dreimal Mist!

»Seht euch die Wohnung doch erst mal an«, hebt meine Mutter an.

»Die ist unbezahlbar für uns.« Frank steht auf und macht Anstalten zu gehen. Mein Vater stellt sich ihm in den Weg. Ein interessanter Anblick. Der Herzchirurg strahlt trotz seiner weißen Haut und seines weißen Haars eine ähnliche Autorität aus wie Doktor Burke in *Grey's Anatomy*. Er sieht Frank in die Augen, und nicht die Spur eines Lächelns liegt in seinem Blick, als er sein Plädoyer beginnt.

»Frank, hier geht es nicht um dich und deinen Job oder um das, was du verdienst oder nicht verdienst. Es geht auch nicht um unsere Tochter Lucinda, die sich von ihrem Gehalt gerade mal so über Wasser halten kann. Nein, hier geht es um zwei ungeborene kleine Mädchen, die in einem schönen Heim aufwachsen sollen. Natürlich«, er hebt beide Hände, als er sieht, dass Frank, ich, aber auch Kat und Rouwen etwas einwenden wollen, »hängt Nestwärme nicht von der Größe des Nests ab, und wie die Wohnung aussieht, in der Babys heranwachsen, oder ob sie ein eigenes Zimmer haben.

Jedoch ändert sich das sehr rasch. Und ihr werdet zwei Mädchen haben, nicht nur eines. Ich habe mir damals, als wir die Maisonettewohnung für Lucy kauften ...«

Ich schnaube entsetzt. Wie bitte? Die Wohnung, für die ich eine zugegeben erfreulich kleine Miete zahle, gehört meinen Eltern? Mein Vater deutet ein Kopfschütteln an und spricht weiter. »Reg dich bitte nicht auf, schließlich zahlst du ja deine Miete. Diese Wohnung haben deine Mutter und ich uns seinerzeit angeschaut, und sie ist und bleibt eine Single-Wohnung. Selbst zu zweit dürfte es für euch recht ... beengt sein.«

Das Rauschen in meinem Kopf schwillt an.

»Das geht nicht«, höre ich die Stimme meiner Rebellenschwester. Dankbar nicke ich ihr zu.

»Lass deinen Vater bitte ausreden.«

Mein Vater steht hinter dem Sitz meiner Mutter und legt bei ihrer Bemerkung die Hand auf ihre Schulter, drückt sie sacht. »Es soll alles gerecht zugehen. Ich habe mir gedacht, dass ihr euch zieren werdet und mein Geschenk nicht annehmen wollt. Deshalb erwarte ich von euch, dass ihr mir den Betrag zurückzahlt. Was ihr später mit dieser Wohnung machen werdet, ist eure Sache. Aber im Moment sehe ich keine Alternative.«

Ich klappe meinen Mund zu und fange an nachzudenken. Von Franks Seite kommt auch nichts mehr. Er hält noch immer meine Hand, und nichts verrät mir, wie er zu den Worten meines Vaters steht.

»Also ganz ehrlich, dann würd ich mir die Wohnung doch mo angucke.« Lenas Pragmatismus ist nichts entgegenzusetzen. »Ich menn, wenn sie euch nit gefällt, könnt ihr sie in ein paar Jahren, wenn die Zwillinge größer sind, verkaufen oder vermieten.«

»Betrachtet mein Geburtstagsgeschenk als zinsloses Darlehen. Meine Güte, ihr vergebt euch nichts, wenn ihr das annehmt. Ich würde für all meine Kinder das Gleiche tun, das ist euch doch klar?«

»Pff, Rouwen und ich werden das ja wohl nicht nötig haben. Aber ich finde das Angebot sehr großzügig. Es gibt keinen Grund, es auszuschlagen.« A-Mi legt den Kopf schief und verzieht in einer noch immer ungewohnten Weise den Mund, um schräg zu lächeln. »Na los, gib deinem inneren Schweinehund einen Tritt, Lucy.« Sie sagt Lucy zu mir? Meine Verwirrung wächst.

»Also, *ich* würde Vaters Angebot durchaus gern annehmen, damit ich bald mit Lena zusammen ein Leben aufbauen kann. So ein Darlehen beschleunigt das alles, nicht wahr, Lenchen?«

Lena reißt die Augen auf und strahlt meinen Bruder an. »Rouwen, echt jetzt?«

Er nimmt ihre Hand und haucht ihr einen Kuss darauf. »Auf jeden Fall!«

Ilinas kerniges Lachen erklingt, und da bemerke ich, dass sie neben dem Sideboard steht, ein Tablett mit Süßigkeiten in der Hand, und offenbar die ganze Zeit zugehört hat. »Ist das romantischster Heiratsantrag, den ich je habe gehört.«

»Von Heirat war ja auch keine Rede«, erklärt Lena selbstbewusst und lacht ihr Wawawawumm-Lachen, in das jeder einstimmen muss. Sogar ich, obwohl ich noch immer das Gefühl habe, in einem falschen Film gelandet zu sein.

»Beim Hühnerhof hat er uns auch geholfen«, mischt sich plötzlich Susa ein. Kat dreht sich so hastig zu ihr um, dass mir klar wird: Meine Schwester wollte das nicht erzählen, weil es ihr peinlich ist. Sie schielt zu A-Mi, als erwarte sie eine vernichtende Reaktion. Doch die kommt nicht.

»Das war lediglich eine kleine Anschubfinanzierung«, erklärt meine Mutter und fordert Ilina auf, die Dessertteller mit den Schokoküchlein zu verteilen. »Und wozu sollte unser Vermögen gut sein, wenn nicht dafür, unseren Kindern finanziell zur Seite zu stehen? Natürlich erwarten wir von euch, dass ihr eure Schulden begleicht. Aber nun«, ihr Zögern und ihr Blick machen mir sofort klar, dass jetzt wieder ein typischer Schoberismus kommt, und ich wappne mich innerlich, »da selbst unser Sorgenkind ein aussichtsreiches Geschäft auf die Beine gestellt hat – zusammen mit unserer, nun ja, Nicht-Schwiegertochter –, sehe ich keinen Grund, weshalb wir diesen Ehrgeiz nicht belohnen sollten.«

Ich bin mir nicht sicher, ob ich lachen oder weinen soll, und noch weniger bin ich mir darüber klar, ob das alles mit meiner Weltsicht vereinbar ist. Aber an diesem Abend verlassen wir das Schober-Anwesen mit einem neuen Paar Hausschlüssel, die ich, in unserer Wohnung angekommen, mitsamt meiner Lieblingstasche in die Ecke stelle. In dem Riesenteil werden sie ganz nach unten rutschen und für den Moment ist mir das auch recht, denn ich will nicht darüber nachdenken. Vorerst jedenfalls nicht.

Kapitel 14

In den Tagen nach dem Geburtstag fällt es mir leicht, die neuen Wohnungsschlüssel in meiner Tasche zu vergessen, denn es ist einfach zu viel los in meinem Alltagsleben. Wir steuern stramm auf Ostern zu, was für die *Mediaboutique* bedeutet, dass richtig viel Geld zu verdienen ist. Und das gelingt mir auch. Wir haben dieses Jahr besonders schöne Dekoartikel im Angebot, die uns seit Wochen nur so aus den Händen gerissen werden. Ich habe den Eindruck, dass der Ruf des Callcenters sich verbessert hat. So höre ich zum Beispiel fast gar keine Beleidigungen durch Kunden mehr am Telefon. Oder sollte Dürri mir anstatt Horrorlisten inzwischen Kuschelkundenlisten untergejubelt haben? Wie auch immer, mir kann es nur recht sein.

Auch für unser Modelabel L&L laufen die Geschäfte vor den Feiertagen bestens. Wir haben tolle Online-Bewertungen bekommen, sowohl für unsere Klamotten als auch für das Abwickeln der Bestellungen. Das bringt es allerdings mit sich, dass Lena und ich noch immer jeden Abend mehrere Stunden arbeiten. Frank wiederum kann meistens früh genug Schluss machen, um mich mit einem leckeren selbstgekochten Abendessen zu verwöhnen, wenn ich endlich den Deckel über meine Nähmaschine stülpe.

Da mein Umfang und damit auch mein Gewicht kontinuierlich wachsen, wird es beschwerlicher, von A nach B zu gelangen. Außerdem überfällt mich täglich am frühen Nachmittag eine bleierne Müdigkeit. Da bin ich dann Ilina über die Maßen dankbar, weil sie mir einerseits den Rücken freihält, indem sie Dürrbier ablenkt, wenn ich nach der Pause zu lange auf der Toilette bleibe, und mir andererseits mit einem Kaffee wieder auf die Beine hilft.

Bereits am Montagabend beschließe ich, Dürrbier um eine Kürzung meiner Arbeitszeit zu bitten. Ich möchte unser L&L-Business jetzt richtig anschieben. Zumal ich, wenn die Babys erst mal da sind, eine Pause werde einlegen müssen. Aber unser Geschäft ist nach den anfänglichen Schwierigkeiten so gut angelaufen, dass ich mich inzwischen als Geschäftsfrau betrachte.

Genau das sage ich mir auch vor, als ich am Dienstag zu Dürrbier ins Büro gehe.

»Ah, unsere einträglichste Mitarbeiterin«, ruft er aus und kommt hinter seinem Schreibtisch hervor auf mich zu, die Arme ausgestreckt, als wolle er mich umarmen. Ich weiche zurück, und gerade noch rechtzeitig wird ihm klar, dass das eine der Handlungsweisen ist, die ich nicht mag. Also schüttelt er mir nur kurz die Hand und weist mit der zweiten auf den Stuhl. »Bitte, setzen Sie sich. Was haben Sie denn auf dem Herzen, Frau Schober?« Er geht um den Schreibtisch herum und lässt sich auf seinen Bürostuhl fallen.

»Herr Dürrbier, ich möchte bitte meine Arbeitszeit reduzieren. Die Schwangerschaft macht mich sehr müde.«

»Nein!« Entsetzt schaut er mich an, dann bewegt er die Computermaus und starrt auf seinen PC. »Das können wir nicht machen, Frau Schober. Abgelehnt.«

»Aber …«

Energisch schüttelt er den Kopf. »Sie müssen bald in Mutterschutz, das ist schon schlimm genug. Sie können nicht verlangen, dass ich Ihnen jetzt schon freigebe.« Er sieht mich streng an, und meine Selbstsicherheit bekommt einen Knacks.

»Halten Sie noch bis Ostern aus, danach können wir darüber reden.«

»Aber …«

»Bitte, Frau Schober, das sind nicht einmal zwei Wochen. Ich sichere Ihnen eine Prämie zu, wenn Sie innerhalb dieses Zeitraums den wöchentlichen Umsatz halten können, den Sie seit Ihrer Rückkehr generiert haben. Danach können Sie gern Ihre Arbeitszeit reduzieren. Was halten Sie davon?«

Damit hält er mir einen Post-It-Zettel entgegen, auf den er vorher etwas gekritzelt hat. Mir bleibt die Luft weg. Habe ich für die *Mediaboutique* einen so guten Umsatz gemacht, dass er mir eine solche Prämie in Aussicht stellt? Ich merke, dass sich ein zufriedenes Lächeln in mein Gesicht prägt. »Dazu kann ich nicht Nein sagen.«

»Nicht wahr? Also abgemacht. Nach Ostern verhandeln wir neu.« Damit erhebt er sich und streckt mir die Hand entgegen. Ich hieve mich ebenfalls auf und nehme den Handschlag an, wenn auch mit leichtem Widerwillen. Aber das Geld, das schon bald auf meinem Konto landen wird, versüßt mir die Entscheidung. Ich denke an meine Wohnungskaufschulden, die dadurch ein winziges bisschen minimiert werden. Das kann ich schaffen, ganz sicher.

Eine andere Last auf meinen Schultern ist inzwischen leichter geworden: Tymon Nowak ist endlich komplett aus meinen Telefonlisten und aus meinem Kopf verschwunden. Weitere Blumengrüße bleiben aus, und offenbar schreibt er auch keine Mails mehr ans Callcenter. Falls er überhaupt der Rosenkavalier war, was ich inzwischen bezweifle. Trotzdem tut es gut, dass ich weder seinen Namen noch seine Stimme höre, und er rückt in meinem Kopf immer weiter nach hinten.

Nach und nach habe ich also das berechtigte Gefühl, dass alles bestens läuft und ich mich bald auf die Geburt vorbereiten kann. An diesem Abend nehme ich mir deshalb auch vor, zu Hause eine Sache anzusprechen, die ich seit Vaters Geburtstag erfolgreich vor mir hergeschoben habe, nämlich die Wohnung. Seit Franks Entrümpelungsaktion in meiner Winz-Wohnung in Beaumarais ist einige Zeit vergangen, und leider liegt wieder alles voll. Mein Vater hatte recht: Das ist eine Single-Wohnung, die schon bei zwei Menschen aus allen Nähten platzt. Ich wüsste auch nicht, wohin wir zwei Babybettchen stellen sollten. Also wappne ich mich heute zum zweiten Mal für ein Gespräch, vor dem ich gehörigen Respekt habe. Ich schließe in dem Bewusstsein die Wohnungstür auf, dass alle Voraussetzungen da sind, um das Geschenk meines Vaters anzunehmen und um das Einrichten unseres zukünftigen Heims sowie den Umzug, sobald das Anwesen fertiggestellt ist, zu planen.

Noch bevor ich die Tür geöffnet habe, kann ich Franks Stimme hören. Offenbar führt er gerade ein Telefongespräch. Also verhalte ich mich leise, weil ich ihn nicht stören will.

»Niemczyk?«, sagt er gerade. »Nein, wirklich nicht. Glaub mir doch. Er ist ein harmloser Nachtclubbesitzer, dem nichts nachzuweisen ist.«

Ich schleiche mich hinein und bemerke, dass er oben auf der Galerie sein muss. Er zieht sich gern ins Schlafzimmer zurück, wenn er telefoniert. In der Wohnung hängt der Duft nach einem herrlichen Schales, dem typischen saarländischen Kartoffelgericht, das im Backofen gegart wird. Ich werfe einen Blick in den Backofen und drehe die Temperatur herunter. Anscheinend telefoniert er im Zusammenhang mit den Mordermittlungen. Obwohl es am Wochenende so klang, als stünden sie kurz vor der Auflösung des Falls, scheinen jetzt doch wieder Fakten aufgetaucht zu sein, die alles verkompliziert haben.

»Das hast du schon einmal gesagt, aber ...«, er wird offenbar unterbrochen. »Nein, auch die Kollegen haben nichts gefunden.« Wieder lauscht er, während ich versuche, mir einen Reim auf das zu machen, was ich da höre. Ich ziehe meine Jacke aus und hänge sie mit der Tasche an die Garderobe.

»Glaub mir doch, dass er nichts damit zu tun hat. Nein, ich kann von hier aus nicht viel ausrichten, du hast recht. Niemand kann Nowak verbieten, einen Künstlernamen zu verwenden, auch wenn das die Ermittlungen verkompliziert hat. Deine Anschuldigungen sind nie bewiesen worden. Das Urteil ist rechtskräftig, wir müssen uns daran halten.«

Mir stockt das Blut in den Adern, ich halte in der Bewegung inne und habe das Gefühl, mich nicht mehr rühren zu können. Hat Frank eben »Nowak« gesagt?

»Die Kollegen in Hamburg kümmern sich darum. – Geschmiert? Wenn du etwas weißt, musst du es sagen, Ilina.«

Ich kann nicht verhindern, dass ich ein Keuchen ausstoße. Das hört er, denn plötzlich flüstert er nur noch und beendet das Gespräch rasch. Schon kommt er die Treppe herunter.

»War das Ilina am Telefon?«, will ich wissen. Er runzelt die Stirn und bereitet sich so offensichtlich auf eine Lüge vor, dass ich mit der flachen Hand auf den Tisch schlage. »Lüg mich nicht an! Was hast du mit Ilina zu schaffen? Wer ist unschuldig? Wer ist Niemczyk, und was zum Geier ist mit Nowak?«

»Lucy, du weißt, dass ich dir keine Auskunft über laufende Ermittlungen geben darf.«

»Ach, aber Ilina darfst du die geben? Von welchem Fall sprechen wir hier, vom Zuhältermord? Hat Tymon Nowak etwas damit zu tun?«

Frank sieht mich nur an und schweigt. Also werde ich selbst aussprechen müssen, was ich vermute. »Ihr habt den Mörder noch nicht gefunden«, stelle ich in den Raum, worauf Frank nickt. »Und das Mädchen ist immer noch verschwunden. Nach Hamburg, hieß es nicht so?«

»Hannover«, sagt er lahm, atmet tief durch, nickt aber nicht mehr. Trotzdem bin ich mir sicher, dass ich auf der richtigen Spur bin.

»Und Ilina? Die hat dir irgendwas zu Tymon Nowak gesagt, der aber ein unbescholtener Bürger ist. Ein harmloser Nachtclubbesitzer«, zitiere ich Franks Worte. »Der sich wiederum einen Künstlernamen zugelegt hat und sich Niemczyk nennt?« Frank bestätigt meine Worte mit keiner Regung. In meinem Kopf überschlagen sich die Gedanken nur so, ich habe das Gefühl, dass sich rasend schnell Verkettungen bilden und fühle mich von diesem Tempo und dem Wust an Informationen überfordert. »Verflixt, was hat Ilina mit der Geschichte zu tun? Hat sie den Toten gekannt? War sie etwa früher in Hamburg, hat sie am Ende in der Szene gearbeitet, vielleicht sogar selbst als Prostituierte?« Ich will nicht weiter reden, weil ich meiner Freundin nichts Böses zutraue, und eigentlich kann ich mir auch nicht vorstellen, dass sie auf den Strich gegangen sein soll, das passt einfach nicht. Andererseits ...

Frank hat eine undurchdringliche Miene aufgesetzt und gibt nicht zu erkennen, ob ich mit meinen Mutmaßungen richtig liege. Aber aus mir sprudeln die Verdächtigungen nur so hervor, egal wie haltlos sie sein mögen. »Ilina hat den Toten gekannt! Und ... und ... sie weiß mehr darüber als ihr alle zusammen. Wie ist sie in den Fall verwickelt? Hat sie ihn am Ende sogar selbst ...?« Ich kann es nicht aussprechen, und an dieser Stelle greift Frank mit beiden Händen nach mir und reißt mich in seine Arme.

»Lucy, mein Liebstes, bitte hör auf. Das alles hat mit dir nichts zu tun, es ist meine Arbeit, nicht deine. Glaubst du wirklich, Ilina würde frei herumlaufen, wenn sie eine Mordverdächtige wäre?«

»Weiß ich doch nicht«, ich schniefe, »schließlich bin ich letztes Jahr auch frei herumgelaufen, obwohl ich mordverdächtig war. Frank, du musst es mir sagen.

Was stimmt nicht mit Ilina? Bist du in Gefahr, weil ihr diesen Mord immer noch nicht aufgeklärt habt?«

»Ich kann dir zu Ilina nichts sagen und bitte dich in aller Form, sie in Ruhe zu lassen. Irgendwann wirst du erfahren, was es mit ihr auf sich hat. Aber bitte, lass diese Frau jetzt in Ruhe, ja? Sie ist eure Freundin, sie verdient eure Freundschaft.«

Was soll das denn jetzt heißen? Ich sehe nach oben in Franks Gesicht. Er küsst mich auf die Stirn. »Ich liebe dich, Lucy.«

»Jetzt lenk nicht ab«, sage ich, worauf er lächeln muss. »Ist das so ein heldenhaftes Ich-liebe-dich-was-auch-immer-kommen-mag-Ding, nach dem der Held in den Tod reitet?«

Jetzt lacht er auf. Unverschämtheit. »Nein, das ist es nicht. Aber du darfst dich nicht in meine Arbeit einmischen.«

Er lässt mich los und dreht sich zum Herd um. »Ah, du hast abgeschaltet, ein Glück. Ich hätte das Essen beinahe vergessen!«

»Bullshit!« Empört stampfe ich mit dem Fuß auf. »Jetzt sag mir, wie das alles zusammenhängt, Frank! Was ist mit Nowak, warum habt ihr über den gesprochen? Meint ihr den Hengst von Hamburg, und muss ich mir Sorgen machen?« In dem Moment, in dem ich es sage, weiß ich, dass er *natürlich* ein- und derselbe Nowak ist. Das erklärt auch, warum Ilina so extrem auf ihn reagiert hat. Aber wenn sie nicht mordverdächtig ist, was ist sie dann? Und Nowak? Ist der etwa der Mörder? Aber das würde ja bedeuten, dass er hier war, in Saarlouis. Frank sieht, dass in meinem Kopf ein Horrorfilm abläuft, und zieht mich an sich.

»Lucy, dieser Tymon Nowak betreibt als Tadeusz Niemczyk einen Club. Und obwohl für ihn Prostituierte arbeiten, ist ihm rein gar nichts nachzuweisen.« Mir wird übel, weil mir klar wird, wofür Nowak vor ein paar Wochen den vielen Wein und Sekt geordert hat: für die Kunden und die Damen in seinem Club. Im Nachhinein ekle ich mich vor mir selbst, weil ich in einem schwachen Moment sogar sowas wie Sympathie für den Kerl empfunden habe.

»Aber du bist der Meinung, dass er sehr wohl schuldig ist?«

»Das spielt keine Rolle. Solange ihm nichts nachzuweisen ist, kann man ihn nicht belangen. Du kannst dir sicher sein, dass der Club sorgfältig überprüft wird.«

Mir wird noch etwas anderes klar: »Hast du ... hast du den Typen kennengelernt?«

»Ja. Aber da wusste ich noch nicht, dass er unter einem Künstlernamen arbeitet. Ich weiß nicht, wie ich ihm sonst gegenübergetreten wäre, um ehrlich zu sein.«

»Und Ilina? Sie kennt ihn, richtig?«

An dem leichten Zucken seines Kopfes erkenne ich, dass ich richtig liege, trotzdem schüttelt er den Kopf. »Was Ilina betrifft, kann ich dir keine Antworten liefern, Lucy. Und ich wiederhole mich, aber bitte hört auf, sie auszuhorchen. Es ist lebenswichtig. Tadeusz Niemczyk ist jedenfalls nicht der Mörder des verstorbenen Rocky Schlacks. Wir sind seinem wahren Mörder auf der Spur, und es kann nicht mehr lange dauern, bis wir ihn haben. Er wurde in Saarlouis gesehen.« Ich ziehe scharf die Luft ein, weil ich an den Tag denken muss, an dem Ilina so aussah, als hätte sie im Stadtpark einen Geist gesehen. War das vielleicht der Mörder? Wenn sie Nowak und den Toten gekannt hat, dann vielleicht auch den Mörder. Schon wieder überschlagen sich die Gedanken in meinem Kopf, doch Frank drückt mich sacht und spricht weiter, bevor ich lossprudeln kann. »Niemczyk hat dagegen ein wasserfestes Alibi.« Er zieht mich noch enger an sich, dann schnuppert er in die Luft. »Liebes, riecht es hier angebrannt?«

Obwohl das ein total durchsichtiges Ablenkungsmanöver ist (zumal wir doch schon festgestellt haben, dass ich den Herd rechtzeitig abgestellt hatte), kommt er damit durch, denn er öffnet den Backofen, und die Aromen von knusprigen Kartoffeln, Lauch und Speck lassen mir sofort die Knie weich werden. Während er Teller und Besteck auf den Tisch stellt, lasse ich mich auf meinen Stuhl sinken und beobachte ihn mit tropfenden Lefzen dabei, wie er einen Moment später seiner Liebsten – mir! – eine schöne Portion Schales auf den Teller gibt.

Das Essen hat eine ausgleichende, beruhigende Wirkung auf mich, wie es vielleicht Alkohol auf einen Suchtkranken hat. Ich lasse mich durch ein paar wohlplatzierte Fragen von Frank dazu verleiten, von der Arbeit zu erzählen, von den Abschlüssen und Dürris Angebot, das er nach kurzem Zögern mit den Worten »Ja, bis Ostern kannst du das sicher noch durchziehen« kommentiert. Außerdem fragt er gezielt nach unserer Sommerkollektion für L&L und reagiert angemessen beeindruckt, als ich ihm erkläre, dass wir jetzt schon an der neuen Winterkollektion arbeiten. All das führt mich am Ende unseres Essens wieder zu meinem eigentlichen Vorhaben für heute Abend zurück, und ich wage klopfenden Herzens den ersten Vorstoß.

»Es zeichnet sich ja jetzt ab, dass ich in Zukunft besser verdienen werde als bisher, und ich hoffe darauf, dass ich trotz der Kinder auch weiter nähen kann. Das bedeutet, unser gemeinsames Einkommen steigt.«

»Richtig. Ich werde auch eine Gehaltserhöhung bekommen. Aber worauf willst du hinaus?«

»Ich möchte mit dir zusammen die Wohnung besichtigen.« Jetzt ist es raus.

»Die Wohnung deines Vaters? No way.«

Er setzt diesen gefürchteten Gesichtsausdruck auf, den er im letzten Jahr gezeigt hat. Immer dann, wenn er von mir zutiefst enttäuscht oder verletzt war. Mir wird übel, und ich lege meine Hand auf seinen Unterarm. Denn die Folge dieses typischen Gesichtsausdrucks war immer eine Flucht! Tatsächlich spüre ich, wie er mit dem Arm zuckt, als wolle er sich mir sofort entziehen, aber dann bleibt er doch sitzen.

»Frank, ich möchte sie mir gern ansehen, mehr nicht.« Dass ich mich innerlich schon entschlossen habe, das Angebot meines Vaters anzunehmen, binde ich ihm noch nicht auf die Nase. »Ich wünsche mir, dass du mitkommst.«

Natürlich hoffe ich darauf, dass diese Wohnung alles das hält, was meine Mutter versprochen hat. Die Lage ist jedenfalls ein gutes Argument, zentrumsnah und trotzdem ruhig. Und die Wohnungen selbst sollen wunderschön sein. Das wiederhole ich in beschwörendem Tonfall Frank gegenüber, doch sein Gesichtsausdruck ändert sich nicht. Er kneift die Lippen zusammen.

»Lucy, ich will von deinem Vater keine Almosen annehmen, das wirst du ja wohl verstehen. Außerdem«, er unterbricht sich und blickt in die Ferne. Ich folge seinem
Blick, kann aber nichts weiter entdecken als mein über-
quellendes Schuhregal.

»Außerdem?«, hake ich vorsichtig nach.

Er strafft die Schultern und sieht mich wieder an. Vor
Erleichterung könnte ich fast heulen, denn das Abwei-
sende ist aus seinem Blick verschwunden. Vielleicht
läuft er dieses Mal nicht davon! Er hat sich weiterentwickelt. Vielleicht ist es nur ein dummes Narrativ, dass
Männer nicht in der Lage sein sollen, sich auch als Erwachsene noch zu ändern?

»In meinem Kopf spukt ein Traum herum, in dem wir
beide ein eigenes kleines Haus besitzen, mit Garten.
Selbst gebaut. Mit zwei Schaukeln für die Mädchen.«

Ist das nicht zuckersüß? Mir läuft das Herz über vor
Rührung. »Aber das ist doch wunderbar, Frank.«

Er sieht mich an, lange. »Vorerst haben wir das Geld
nicht. Und ich habe auch keine Zeit.« Er bedeckt das Gesicht mit den Händen. »Als ich mit Ellen das Haus in der
Ludwigstraße renoviert habe, hätte ich mir auch nicht
träumen lassen, dass ein paar Jahre später alles obsolet
ist.«

»Frank, wir können die Wohnung jetzt annehmen
und trotzdem später ein eigenes Haus haben. Lass sie
uns wenigstens mal ansehen.«

Er schüttelt den Kopf. »Nein, Lucy, vorerst nicht. Ich
kann nicht. Das musst du akzeptieren.«

Damit steht er auf und beginnt, den Tisch abzuräumen. Ich helfe ihm, doch er geht nicht mehr auf meine
Versuche ein, die Wohnung nochmals zur Sprache zu

bringen. Als ich kurz darauf Ilina erwähne, gibt er vor, er hätte nichts gehört. Es fällt mir schwer, zu tun, als ob nichts wäre, aber er lässt mir keine andere Wahl. Seine Zärtlichkeit und seine Berührungen geben mir aber die Sicherheit, dass sich an seiner Liebe zu mir nichts geändert hat. Damit werde ich mich für eine Weile zufriedengeben. Für eine kurze Weile. Ostern naht mit Riesenschritten, und mir ist klar, dass mein Vater dann eine klare Ansage von mir erwartet.

Kapitel 15

Ich kann nichts dafür, dass ich seit Mitte der Woche bei jedem kleinen Piep zu heulen anfange.

Erster Piep: Lena Kougelhupf, meine Freundin und Nicht-Schwägerin, meine Geschäftspartnerin und Callcenter-Gegenübersitzerin, meine Vertraute und Verständnisvolle und nicht zuletzt auch mein Vorbild in Sachen Mode. Sie hat sich einfach von Rouwen zu einer spontanen Kreuzfahrt einladen lassen. Noch dazu auf der Oder, auf der Ilina doch ihre tragische Liebesgeschichte erlebt haben will. Morgen werden sie abdampfen. An Ostern wollen sie wieder zurück sein.

»Lucy, ich han soviel wie möglich vorgeschafft, ehrlich«, versichert Lena mir, als wir im Aufzug nach oben fahren. »Außerdem kannscht du auf der Homepage auch posten, dass es über die Feiertage bissje länger dauert. Das wird doch jeder Mensch verstehn. Am beschte, du machst e Foto von deinem Kugelbauch dazu.« Sie kichert, aber ich finde das gar nicht witzig. Kein bisschen. »Ach, jetzt kumm schon, es is doch nur äni Woch, zu Karfreitag sinn mir wieder do.«

Pling, sind wir oben, und die Türen öffnen sich. Ich ziehe einen Flunsch, aber trotz der dräuenden Tränen ist mir klar, dass ich mich unfair verhalte, und ich schaffe es dann doch, Lena ein Lächeln zu schenken.

Wir erreichen ungestört unseren Schreibtisch, hängen unsere Übergangsjacken über die Stuhllehnen und lassen die Handtaschen in den großen Schreibtischschubladen verschwinden. Einen Moment bleiben wir stehen, weil noch nicht alle da sind und wir unser Gespräch rasch beenden wollen.

Lena erwidert mein Lächeln. »Na siehschde, jetzt kannst du schon wieder lachen! Außerdem hättst du's längst gewusst, wenn du deine Mails checken würdest.«

»Wieso das denn? Ich checke doch jeden Tag unsere Mails, schon allein wegen der Bestellungen.«

»Ich meine ausnahmsweise die privaten Mails, Lucy. Ich hann dir nämlich schon am Montag nen Link zu dem Schiff geschickt, mit Foto der Kabine.« Sie lächelt verschwörerisch, dann zieht sie eine Kette unter dem Wasserfallkragen ihres Shirts hervor und hält mir den Anhänger entgegen. Ich kann nicht anders, als in ein Kichern auszubrechen: Es ist ein großes dunkellila Herz, das mit glasklaren, funkelnden Swarovski-Steinchen eingefasst ist.

»Das ist aber nicht blau«, sage ich prustend und versuche, das Bild dieser Vollfrau aus dem Kopf zu bekommen, wie sie sich, nur mit dem Herz bekleidet, auf der Koje einer Schiffskabine rekelt.

»Das sind auch keine Diamanten. Aber den Zweck wird es trotzdem erfüllen, oder meinst du nit?« Sie zwinkert kokett. »Aber guck dir die Kabinen von dem Flussdampfer auf den Fotos an. Dein Bruder ist ein Romantiker.«

Da sehe ich im Augenwinkel eine unverkennbare und ungeliebte Gestalt auf uns zu wuseln, und auch Lena muss Dürrbier wahrgenommen haben, denn in stummer Übereinkunft lassen wir uns beide auf unsere Stühle sinken und setzen unsere Headsets auf. Erst als Dürrbier, ein zufriedenes Grinsen im Gesicht, mit einem Kopfnicken in Richtung Fahrstuhl abbiegt, und nachdem ich die erste Kundin mit einem Abonnement einer Deko- und Bastelzeitschrift beglückt habe, ziehe ich verstohlen die Schreibtischschublade auf und krame in meiner riesigen Blumentasche nach meinem Handy. Nachdem ich es endlich gefunden habe, will ich noch einen kräftigen Schluck aus meiner Kaffeetasse nehmen – nur um zu bemerken, dass sie leer ist. Mit Schrecken fährt mir durch den Kopf, dass ich Ilina noch nicht gesehen habe. Normalerweise hätte sie innerhalb der ersten halben Dienststunde längst für frischen Kaffee an unseren Plätzen gesorgt, fürsorglich wie sie ist. Schwupps, streift mich die Erinnerung an gestern Abend, an das Telefonat, das ich belauscht habe, und an Franks abschließende Bitte, Ilina nicht mehr mit Fragen zu belämmern, ihr aber auch nicht mein Vertrauen zu entziehen. Mein Smartphone habe ich inzwischen eingeschaltet und gebe die PIN für mein Mailkonto ein. Dort stoße ich auf eine Flut von Nachrichten, kann aber keine von Lena entdecken. Also tippe ich den Spam-Ordner an. Mir strömt eine schier unendliche Liste von Mails entgegen, und zwei Wörter erregen meine Aufmerksamkeit, die in einigen davon im Betreff wie ein Warnsignal blinken.

Und damit wären wir beim zweiten Piep: Die Worte in den vielen Mails lauten *An Lucinden*. Mein Puls beschleunigt sich, denn mir ist sofort klar, was das bedeutet. Die Gedichte ins Büro haben nur deshalb aufgehört, weil der Rosenkavalier meine private Mailadresse herausbekommen hat. Und wie wir wissen, kennt er meine Privatadresse in Beaumarais ja ebenfalls. Ich muss wohl einen entsetzten Laut ausgestoßen haben, denn Lena blickt erschrocken über die Bildschirme zu mir herüber. »Was ist los, Lucy?«

»Er hat mir geschrieben, an meine private Mailadresse«, krächze ich. Lena steht auf, macht einen Schritt zu mir herüber und zieht mich am Arm hoch.

»Komm mit zur Toilette!«

Wir schließen uns ein und scrollen den Posteingang durch, um zu sehen, wann die erste Mail an Lucinden angekommen ist. Es war nach dem Tag, an dem die Blumen nach Hause geliefert wurden! Seit über einer Woche schreibt der Unbekannte Mails an mich, und obwohl ich nicht darauf reagiert habe, hat er keineswegs aufgehört. Von wegen den Troll nicht füttern, sage ich da nur. Wir klicken die letzte Mail an und beginnen gemeinsam, sie zu lesen. Mein Bauch zieht sich unangenehm zusammen, ausnahmsweise bin ich mir sicher, dass das für die Zwillinge Stress bedeutet. Sie fangen auch nur wenig später an, sich mit Fäustchen und Füßchen zu wehren. Jedenfalls fühlt es sich so an. In meinem Bauch tobt ein Tumult, der mich an ein Sportfest denken lässt. Ich lege meine Hand auf die Kugel, um Ruhe zu spenden, und lese.

Abschied – An L. S.
Verschmähst du mich? So müßt ich dir entsagen?
Nie warst du mein! – Thust Du's der Sitte wegen?
Du liebst ja Andre! – Fehlt's an goldnem Regen?
Das störte sonst nicht unsres Glücks Behagen!

Und hat mein Herz Dir Gold nicht eingetragen,
Bracht' ich Dir keinen edler'n Lohn entgegen,
Dir opfernd meines Lebens Glück und Segen?
Warum verschmähst du mich? Vergebnes Fragen!

Heut lernt' ich neue Habsucht an dir kennen:
Loblieder willst Du, willst von mir sie haben,
und weiter dann mein holdes Lieb dich nennen.

Doch weih't ich dir der keuschen Muse Gaben,
Müßt'ich vor ihr in ew'ger Scham entbrennen;
Dein Name sei in diesem Lied begraben.

Lena bläst beide Wangen auf, ich schüttle langsam den Kopf und murmle leise: »Mist.«

Sie sieht mich fragend an, worauf ich nicke, und sie blättert zurück, um eine der vorherigen Mails anzuklicken. Abermals lesen wir einträchtig. Dieses Gedicht klingt noch ganz schwärmerisch, da hat der Troll wohl noch auf erwiderte Liebe gehofft, was beim letzten ja offenbar nicht mehr der Fall war.

An Lucinden ...
Ich möchte das Band von Golde sein,
Das dein Haupt umgibt mit strahlendem Schein.
Ich möchte sein das wallende Kleid,
Das deinem Busen die Hülle leiht:

Daran zu lauschen süß erregt,
Ob mir dein Herz erwidernd schlägt,
Dem Busen, den dein Hauch belebt,

Zu folgen, wie er sich senkt und hebt.

Ich möchte sein der beflügelte Wind,
Der die frischen Blumen umkost so lind;
Zwar alle die Blumen, sie lockten mich nicht,
Nur die Rosen auf deinem Angesicht.

Vielleicht, daß Gott barmherzig und mild
Dereinst mein heißes Sehnen stillt,
Daß in des Glückes sonnigem Schein
Mein Sein ganz aufgeht in deinem Sein.

Wir hören die äußere Tür der Toilette gehen, und kurz darauf erklingt Ilinas Stimme: »Lucy, Lena, seid ihr hier? Dürri vermisst euch.«

Hastig schalte ich das Handy ab und sperre die Toilettenkabine auf, sodass wir beide der überraschten Ilina entgegentreten. Zum Glück ist sonst keiner auf der Damentoilette, das wäre schon ziemlich peinlich.

»Nanu«, ist Ilinas Kommentar, dann, nach einem Blick in unsere Gesichter, hängt sie an: »Alles in Ordnung oder habt ihr Gespenst gesehen?«

Ich weiß nicht genau weshalb, aber ich stoße Lena mit der Hüfte an, und sie versteht, was ich will, nämlich Ilina dieses Mal nicht einweihen. Solange sie so große Geheimnisse vor uns hat, verdient sie es auch nicht, über die neueste Entwicklung aufgeklärt zu werden.

»Alles prima. Es Lucy hat nur gespuckt.«

Zwar finde ich diese Erklärung nun nicht gerade prickelnd, aber anscheinend erfüllt sie ihren Zweck: Ilina lächelt mitleidig, fragt aber nicht nach. Was auch daran liegen könnte, dass sie gedanklich woanders ist. Das ist nämlich der dritte Piep für heute, der mir beinahe die Tränen in die Augen treibt.

In der Mittagspause mache ich mich mit Ilina auf den Weg, weil Lena noch ein Stelldichein mit meinem Bruder hat. Beim Schnellchinesen wage ich nach einer ganzen Weile, in der ich Ilina beim stummen Reinschaufeln ihrer gebratenen Nudeln zugesehen habe, sie anzusprechen. In meinem Kopf hat sich in der Zwischenzeit ein wirrer Strudel aus Gedankenfetzen gebildet, und die Mischung aus alledem macht mir eine Heidenangst. Da vermischen sich, Spinnenfäden gleich, die Gefühle, die ich gestern hatte, als ich Franks Telefonat belauschte, mit den Gedichten, die der Troll mir geschickt hat, und mit Lenas Ankündigung, die kommende Woche weg zu sein. Außerdem sind die Zwillinge in meinem Bauch noch immer aktiv, als spürten sie den Aufruhr, der in meinem Kopf herrscht. So klinge ich wohl ziemlich konfus, als ich Ilina schließlich auffordere: »Dann sag doch endlich, was los ist«, obwohl sie noch gar nichts gesagt hat.

Sie hält mit Kauen inne, wodurch sie ausnahmsweise einen Hauch ihrer angeborenen Eleganz einbüßt, und runzelt die Stirn. Dann kaut sie umständlich zu Ende und schluckt.

»Es ist tatsächlich etwas los, das ich dir sagen muss. Ich werde weggehen.«

»Wie, weggehen?«

»Habe ich mich beworben für Schreibjob in andere Bundesland und gehe ich nach Ostern dorthin zum Arbeiten.«

Sie wirkt nicht glücklich bei dieser Äußerung. Ich kämpfe meine Tränen zurück und starre sie unverwandt an. Kann ich es wagen, sie nach ihren Gründen zu fragen? Mir fällt Franks Bitte ein, und ich schlucke mühsam. Er sagte, Lena und ich könnten ihr vertrauen, denn sie sei unsere Freundschaft wert. Was er damit wohl gemeint hat? Ausnahmsweise halte ich mich an seine Anweisung und frage nicht, ob ihr Weggang mit dem Hengst von Hamburg oder mit dem Zuhältermord zu tun hat, und ich frage sie auch nicht, ob sie eine Prostituierte war. Stattdessen sehe ich in ihre wunderschönen azurnen Augen und drücke mein Bedauern aus. »Wirklich? Das ist so schade! Ich werde dich sehr vermissen.«

»Ich weiß«, antwortet sie mir und klingt ehrlich dabei. »Habe ich mich so gefreut, dass ich habe gefunden Freundinnen in dir und Lena.« Sie wischt mit der Hand durch die Luft. »Aber habe ich nicht andere Wahl.«

Und dann ist alles, was Frank zu mir gesagt hat, aus meinem Kopf wie weggewischt. Meine Vorsätze, nicht weiter zu bohren, verflüchtigen sich. Ihr Blick ist so unglücklich, und sie schaut nicht mehr weg. Ja, sie fleht doch geradezu darum, dass ich nachfrage! Doch wie stelle ich es am besten an? Wie soll ich sie fragen, ob sie in die Mordgeschichte verwickelt ist und was sie weiß? Also reiße ich mich zusammen und fange sehr vorsichtig an.

»Ilina, meine Frage ist sehr intim, aber du bist meine Freundin, und ich mache mir Sorgen um dich. Du musst mir glauben, dass du mir sehr wichtig bist und dass ich nur das Beste von dir denke, aber jetzt Hand aufs Herz, bist du ein leichtes Mädchen?«

Sie starrt mich an, und ich glaube schon, die Tränenflut heranrollen zu sehen, da reißt sie den Mund auf und bricht in schallendes Gelächter aus. »Leichtes Mädchen? Habe ich nicht mehr gehört diesen Ausdruck, seit meine Uroma ist gestorben.« Sie lacht und lacht, und nun ist sie diejenige, die sich tatsächlich die Wangen trocken reiben muss, während ich konsterniert mein knuspriges Hühnchen Szechuan Art verspeise. Na, so schlimm kann es ja nicht sein, wenn sie noch köstlich über mich lachen kann.

Doch irgendwann wird es mir zu bunt, und ich hake nach. »Egal, wie du es nennen willst, Prostituierte, Hure, Nutte – bist du eine?«

Sie verstummt und legt ihr Besteck auf den Teller als Zeichen dafür, dass sie fertig mit Essen ist. Dann blickt sie mich mit ihrem typischen Ilina-Blick an, der zwar meine Sicherheit zerbröckeln lässt wie eine Sandburg in einer Windhose, von ihren eigenen Gedanken oder Gefühlen jedoch nichts preisgibt. »Lucy, ich bitte dich, frag nicht mehr nach.«

Das klingt derartig bedrohlich, dass ich mir auf die Unterlippe beiße und nickend meine Zustimmung gebe. »Verrate Frank bitte nicht, dass ich dich gefragt habe«, rutscht es mir heraus.

»Nein, versprochen. Aber kein Wort mehr, solange ich noch bin hier in Saarlouis, okay?«

»Auch nicht über das Bundesland, in das du gehst?«

Sie schüttelt den Kopf. »Nichts. Aus Gründen.«

»Na gut«, gebe ich mich geschlagen.

***

Franks Smartphone vibriert in seiner Hosentasche. Nanu, wer ruft ihn auf seinem privaten Telefon an? Lucy hat sich doch eben erst mit einem Küsschen von ihm verabschiedet und ist zur *Mediaboutique* gegangen. Die Aussprache mit ihr hängt auch nach Tagen immer noch wie ein Schatten zwischen ihnen. Obwohl sie sich nicht gestritten haben, sind doch viele Dinge unklar geblieben. Aus dem einfachen Grund, weil er Lucy nicht einweihen darf. Das bereitet ihm Bauchschmerzen, aber andererseits wird sie alles verstehen, sobald der Fall geklärt und Ilina in Sicherheit ist. Er zieht das Handy hervor und sieht eine Nummer, von der er noch nie einen Anruf bekommen hat. Er hat ganz vergessen, dass er diese Nummer vor ein paar Monaten in sein Smartphone eingespeichert hat. Misstrauisch geht er ran. »A-Mi?«

»Ja, ich bin's. Wir haben Bianca.«

»Wie bitte?!« Tina blickt zu seinem Schreibtisch, weil er so laut brüllt. Er steht auf und bedeutet Tina, dass sie mit ihm kommen soll. »Wo ist sie?«

»Bianca Filipova«, formt er stumm mit den Lippen. Tina reißt Augen und Mund auf, dann springt sie auf und greift nach ihrer Jacke. Gemeinsam verlassen sie im Laufschritt die Wache, während Frank sich in knappen Worten von A-Mi erklären lässt, was geschehen ist und wo sie Bianca finden. A-Mi erklärt, dass sie gemeinsam mit Nick und Max einen verdächtigen Mann festhalte, der in der Gartenlaube, in der sich Bianca versteckt gehalten hat, jetzt auf seine Verhaftung warte. Der Typ war in die Gartenlaube eingedrungen und hätte Bianca wahrscheinlich unbemerkt entführen können, wenn nicht Max sie zuvor schon gefunden und seinen Bruder informiert hätte. So kam es, dass der Entführer dort viel mehr Personen vorfand, als er erwartet hatte, und diese ihn sofort überrumpelten, als er auf das Mädchen losgehen wollte.

Franks Frage, ob es sich bei diesem Mann um einen gewissen Maik Düwel handle, bejaht sie. Franks Hochachtung für A-Mi wächst in der kurzen Zeit, die sie brauchen, bis sie an dem leerstehenden Häuschen ankommen, in unverhältnismäßig hohem Maße. Bianca Filipova hat sich für ihren Unterschlupf ein leerstehendes Gartenhäuschen in Beaumarais ausgesucht. Frank schüttelt beim Aussteigen den Kopf: Er hätte nur zur Kleingartenanlage Soutyhof, gleich um die Ecke, fahren müssen, um sie zu finden. Aber das konnte ja niemand ahnen. Wie A-Mi das Mädchen wohl aufgespürt hat?

Vor dem Haus erkennt Frank Max Schöller, eine schüchterne, hübsche Brünette im Arm, die Frank und Tina mit angstvollem Blick entgegensieht.

»Bianca Filipova?«

Sie nickt zaghaft.

»Ich habe sie gesehen, als sie sich was zu Essen kaufen wollte, und sie sofort angesprochen.« Max drückt das Mädchen an sich. »Als ob ich dich mit den dunkel gefärbten Haaren nicht erkennen würde, Schatz. Nick und A-Mi sind da drin, die haben diesen schmierigen Typen gefesselt. Diese Anwältin ist echt ne Wucht.«

»Tina, du bleibst bitte hier, bis der Krankenwagen kommt, und begleitest Bianca in die Klinik.« Frank zieht sein Smartphone aus der Tasche und sagt, bereits auf dem Weg zur Haustür: »Ich fordere Verstärkung an.«

Als er das Holzhäuschen betritt, sieht er Nick Schöller neben einem Stuhl stehen, auf dem der Festgenommene sitzt, die Arme hinter der Lehne festgebunden. Der Mittvierziger blickt mit mürrischem Gesicht zu ihm auf. Der Mann trägt wie das Opfer Rocky Schlacks auf den ersten Blick teure Kleidung, die jedoch den etwas grobschlächtigen Eindruck kaum mindert. Die Jacke spannt über breiten Schultern und einem runden Rücken, die Stoffhose sitzt an den Oberschenkeln eine Spur zu eng, um noch elegant zu wirken. Aus einem viereckigen, glänzenden Gesicht blicken zwei kohlschwarze, kleine Augen Frank entgegen. Dann wird dem Mann offenbar klar, dass Frank Kriminalpolizist ist, und er ruckt mit der Schulter nach vorn.

»Sagen Sie dem Kerl, dass er mich sofort losbinden muss. Er hat kein Recht, mich gefangen zu halten.«

Frank zieht eine Augenbraue hoch. »Maik Düwel?«

»Das wissen Sie ja schon. Die Schlampe hat mir einfach das Portemonnaie aus der Innentasche genommen. Das ist nicht in Ordnung. Ich zeige sie an.«

»Nach Ihnen wird gefahndet, und Sie wurden bei einer Straftat erwischt, Mann. Sie sind in dieses Haus eingebrochen. Und Sie wissen bestimmt, dass jeder normale Bürger einen anderen gefangen nehmen kann, wenn Gefahr im Verzug ist oder er auf frischer Tat ertappt wurde.« Frank wendet sich Nick zu und gibt ihm mit einem Kopfnicken zu verstehen: »Gute Arbeit.«

Als der Krankenwagen draußen wegfährt, kommt die angeforderte Verstärkung. Die beiden Polizeibeamten bittet Frank, Düwel zur Wache zu bringen, damit er dort seine erste Vernehmung des neuen Hauptverdächtigen durchführen kann.

Kapitel 16

Ich habe diese drei Dinge, die mich zum Heulen gebracht haben, als *Piep* bezeichnet, was eine Untertreibung war. Vor allem die Tatsache, dass mein Stalker mir jetzt Mails an meine Privatadresse schickt, beunruhigt mich über alle Maßen und katapultiert mich ohne Warnung zurück in die prätraumatische Zeit, in der ich gewisse Angstzustände hatte, jedoch noch nicht in die Hände von Herbert Groß-Grühnkool gefallen war. Ich befürchte, dass der Fortschritt in der Psychotherapie bei Herrn Treibel mit einem einzigen Klick auf den Maileingang meines Smartphones zunichtegemacht worden ist.

Gleichzeitig entwickeln sich die Zwillinge in meinem Körper sprunghaft weiter, was mir eine explodierende Leibesfülle beschert, mich aber auch in einen Dauerzustand der Fürsorge versetzt, den ich mir selbst nie zugetraut hätte. Meine Babys stehen jetzt für mich an erster Stelle, und so tue ich alles, um nicht auszuflippen, um sie körperlich zu schützen, aber auch, um sie vor jeglichem emotionalen oder mentalen Stress zu bewahren.

An diesem Abend, nachdem ich die Spam-Mails *an Lucinden* entdeckt habe, erwarte ich bang die Rückkehr meines Liebsten, der glücklicherweise nur zwei Stunden später als sonst kommt. Mit einem milden Lächeln geht er darüber hinweg, dass ich den Gemüseauflauf, der für uns beide hätte reichen sollen, allein aufgegessen habe. »Mach dir nichts daraus, Schatz, ich war zum Abschluss heute im *Tapas* und hatte eine Riesenportion Pasta Inge.«

Ich unterdrücke ein Bäuerchen und schäme mich. Wie muss ich aussehen: auf der Couch sitzend und beide Arme über dem Bauch verschränkt, Wasabi-Krümelchen auf meinem zeltartigen Sweatshirt, und einfach nicht behände genug, um aufzustehen und Frank, bevor er bei mir angekommen ist, mit einem Kuss zu begrüßen? Hoffentlich dauert es nicht mehr lange, bis ich diesen Bauch wieder los bin. Frank betrachtet mich, und zum Glück kann ich in seinem Blick keine Anzeichen von Überdruss erkennen. Er lässt sich neben mir auf die Couch sinken und legt seine Hand auf die Kugel. »In der wievielten Woche sind wir nochmal?«

»In der sechsundzwanzigsten.« Womit auch mir klar wird, dass ich noch gute drei Monate vor mir habe. Ächz.

»Ich würde dir die Schlepperei echt gern abnehmen, Liebes.«

»Es gibt da etwas, das du mir vielleicht abnehmen könntest, Frank, nämlich meine Angst.«

Er weiß nicht, was ich meine, denn ich habe ihn heute nicht auf dem Handy erreicht. Sein Nachmittag war extrem arbeitsintensiv. Allerdings auch erfolgreich, denn er sieht so zufrieden aus wie lange nicht mehr. Fragend blickt er mich an. »Wovor hast du Angst?«

Ich beuge mich vor und greife nach dem Smartphone auf dem Couchtisch, schalte es ein und tippe auf den Maileingang. Wenigstens ist mir inzwischen klar, dass man keine Handynachrichten löschen darf, die bedrohlich sind. Ich wähle eine der Mails aus und halte ihm das Smartphone hin. Er betrachtet es, dann zieht er die Brauen hoch. »Ich verstehe nicht, was es mit diesem Schiff auf sich hat?«

Ich blicke auf den Handybildschirm und sehe das Foto einer Schiffskabine, worauf ich mit einem Zungenschnalzen den Kopf schüttle. »Sorry, das war es nicht. Auf diesem Schiff werden Lena und Rouwen ab morgen die Oder beschippern. Aber warte, ich meine diese Mails hier.« Damit tippe ich nun gezielt auf eine der »An Lucinden«-Nachrichten und halte das aufploppende Gedicht vor Franks Gesicht, damit er es lesen kann. Es ist schon wieder ein Neues, das heute Nachmittag noch angekommen ist und mir ein weiteres heftiges Bauchflattern beschert hat.

Alle Lichter sind erloschen
In dem weiten Weltenraum,
Alle Farben sind entschwunden
Mit der Liebe schönstem Traum.

Meine Sehnsucht ist gestorben
Und ihr Zauber ist dahin,
Wie ein Heimatloser muß ich
Einsam durch die Welt nun ziehn,

Und durch stille, dunkle Gassen
Ziellos schreite ich und müd,
Und auf allen Wegen folgt mir
Deiner toten Liebe Lied.

Weiß nicht, ob ich elend sterbe
Einsam wo auf ferner Höh,
Weiß nicht, ob einst jemand spendet
Balsam meinem großen Weh,

Weiß auch nicht, durch welche Gassen
Ruhlos ich noch werde ziehn,
Weiß auch nicht, zu wessen Füßen
Tot ich einstmals sinke hin.

Mein Zauberkommissar hat das Gedicht halblaut vorgelesen, und seine Miene hat sich von einem überraschten, dann irritierten zu einem leicht geringschätzigen Ausdruck gewandelt. Interessanterweise ruft diese offen gezeigte Geringschätzung bei mir einen Anflug von Gelassenheit hervor.

»Gruselig, oder?«, sage ich.

»Ich habe das schon mal irgendwo gelesen und ich schätze, es ist Lyrik von Weltrang. Aber ja, ich finde es gruselig. Selbst wenn ich anerkenne, dass da jemand mit Sprache umgehen kann, ist es dermaßen weinerlich, kitschig und narzisstisch, dass ich mich wieder mal für meine Geschlechtsgenossen schäme. Was für ein Jammerlappen, oder?«

Ich starre Frank an, versinke in seinen dunklen Augen und suche dort nach etwas, das mir erklärt, woher dieser Ausbruch kommt. Ich habe nicht geahnt, dass er Lyrik liest oder gelesen hat, geschweige denn, dass er so darüber reden kann, auch wenn dieser Zugang eher intuitiv ist, genauso wie meiner. Und unter uns gesagt muss ich ihm recht geben. Anscheinend liest Frank mir die Gedanken von der Stirn ab, denn er zieht eine

Schulter hoch, tippt auf meinem Smartphone herum und murmelt dabei: »Es gab mal eine Zeit, in der ich in der Klassikersammlung meiner Mutter herumgestöbert habe. Das war kurz vorm Abi und am Anfang meines Studiums ... Ah, hier habe ich es: Der Dichter hat als Jan Sten veröffentlicht, Ludwig Bruner ist sein richtiger Name. Gelebt hat er von 1871 bis 1913 und kam aus Warschau.« Er legt das Handy auf dem Tisch ab, bevor er sich mir zuwendet und nach meinen Händen greift. »Liebes, du musst mir eine Sache versprechen.«

Ich sehe ihn an und schlucke einen Kloß hinunter, der sich bei seiner Eröffnung in meinem Hals gebildet hat.

»Ja?«

»Bitte versprich mir, nicht mehr alleine irgendwohin zu gehen, ja? Bevor du zum Einkaufen fährst, ruf lieber mich an, oder meinetwegen auch deine Mutter.« Er zögert kurz. »Wenn Lena da wäre, könnte sie dich begleiten.«

Ein schales Gefühl breitet sich in meinem Magen aus. Anscheinend sieht er mir an, wie sehr seine Worte mich beunruhigen. Er wiegt den Kopf. »Wir haben einen neuen Verdächtigen festgenommen, und alle Indizien sprechen gegen ihn. Morgen müssen wir noch viele Verhöre durchführen. Ich werde also beschäftigt sein. Aber ich verspreche dir, dass ich alles gegen den Gedichteschreiber in die Wege leiten werde, was ich kann. Leider gibt es nicht viele Möglichkeiten ...«

»Ich weiß schon, kein Straftatbestand, keine Ermittlungen. Vielleicht ist das Gedicht ja auch ein gutes Zeichen«, versuche ich, etwas Sinnvolles beizusteuern und meine eigene Angst zu verringern. »Er spricht ja von dem endgültigen Aus einer Liebesbeziehung. Das könnte doch bedeuten, dass er aufgegeben hat. Oder?«

»Möglich wäre es. Aber das ist mir zu riskant. Versprich es mir: keine Alleingänge.«

»Ja, okay.«

Obwohl das Problem damit nicht aus der Welt geschafft ist, kann ich in dieser Nacht wieder beruhigt schlafen. Die Nähe meines Liebsten spendet mir Trost und das Gefühl, behütet zu sein. Vielleicht hat der Stalker ja doch aufgegeben, schließlich habe ich auf keine seiner im SPAM-Filter gelandeten Mails reagiert, und das waren einige. Irgendwann *muss* so ein Mensch doch kapieren, dass er nicht landen kann.

***

Am folgenden Freitagmorgen begleitet Frank mich zu meiner Arbeitsstelle, und so kommt es, dass wir beide im Vorraum des Gebäudes der *Mediaboutique*, auf den Lift wartend, in den Genuss von Ilinas Gesellschaft kommen.

»Guten Morgen, Herr Kommissar. Geleiten Sie Lucy? Finde ich das sehr gute Entscheidung.« Sie fixiert ihn mit einem Blick, in den sich tausend Dinge hineinlesen ließen und gar nichts. Sie ist für mich ein Buch mit sieben Siegeln. Und Frank hat gesagt, sie wäre unser Vertrauen wert. Er entgegnet ihren Blick mit einem vergleichbaren Pokerface, sodass ich mich frage, ob die beiden einander oder doch nur mir gegenüber etwas vorspielen.

»Ilina, schön, Sie zu sehen. Sie werden nicht mehr lange im Lande bleiben, richtig?« Oha! Ob da wieder mal jemand über Dinge informiert ist, die ihn nichts angehen? Bevor ich ins Grübeln gerate, ist jedoch der Aufzug da, und Ilina greift meinen Ellbogen, wendet sich Frank zu und spricht: »Ja, werde ich bald sein, wo Pfeffer wächst.« Sie stößt ihr unverkennbares Lachen aus, und für eine Sekunde bin ich mir sogar sicher, dass sie beide ganz genau wissen, was hier gespielt wird. Ilina fährt fort: »Oder wo die Zitronen blühen. Oder beides. Müssen Sie zu Arbeit, richtig? Haben Sie zu fangen böse Buben. Ich behalte Lucy im Auge, versprochen.«

»Begleiten Sie sie in die Mittagspause?« Frank wirft einen Blick zurück zur Eingangstür, durch deren Glas man den herrlichen Frühlingssonnenschein erkennen kann.

»Ja, natürlich. Gehen wir immer zusammen essen.« Damit zieht Ilina mich mit in den Lift, und ich kann Frank nicht mal mehr ein Abschiedsküsschen geben, weil die Kolleginnen nun auch hereinströmen. Frank lächelt mir über ihre Köpfe hinweg zu und deutet einen Luftkuss an.

An diesem Vormittag verkündet Dürri offiziell, dass Ilina nach Ostern nicht mehr bei uns sein wird, und das ist völlig unnormal, denn sonst scheren ihn die kommenden und gehenden Mitarbeiterinnen eher wenig, und Ilina trägt als Mädchen für alles zu den Umsätzen des Callcenters nicht einmal direkt bei. Aber ich kann nur vermuten, dass er ihren Vanillekaffee genauso zu schätzen weiß wie wir anderen. Er beendet seine kurze Ansprache mit den Worten: »Wenn wir auch den Abgang von Frau Kowalska sehr bedauern, so wird die polnische Liebeslyrik doch in unseren Herzen lebendig bleiben.« Und damit fange ich wieder an zu zweifeln, was den Absender der Gedichte angeht.

Einige Stunden später bin ich gerade dabei, der Familie Gammelschatz in Differten mehrere Bastel- und Spielesätze zu verkaufen, als ich bemerke, dass meine Freundin Ilina neben meinem Platz steht. Erst da sehe ich, dass es längst Zeit für die Pause ist. Das ist ein gutes Zeichen, und ein Kontrollblick auf den Bildschirm zeigt mir, dass ich noch mehr Verkaufsabschlüsse gemacht habe als sonst an einem Vormittag. Das bedeutet, dass mein Bonus in greifbare Nähe rückt. Heimlich jubiliere ich, denn es bedeutet ebenfalls, dass wir der Wohnung in der Schanzenstraße näherrücken, auch wenn Frank sich noch nicht dazu bereitgefunden hat, sie zu besichtigen. Ich verspreche also der guten Frau Gammelschatz am Telefon, dass sie jedem ihrer Kinder zu Ostern eine wundervolle Überraschung machen wird, dann drücke ich sie weg, lege mein Headset ab, schnappe meine Blumentasche aus der Schreibtischschublade und gehe gutgelaunt mit Ilina Richtung Aufzug. Während wir warten, schneit Dürrbier nochmals vorbei, beugt sich im Vorbeihasten – inklusive unvermeidbarer Zigarillo- und Miefwolke – kurz zu mir vor und spricht mir eines seiner in den letzten Wochen häufig gewordenen Lobe aus: »Alle Achtung, Frau Schober, Sie haben sich heute nochmals gesteigert. Ich möchte Ihnen geradezu ein Band von Golde verleihen.«

Pling. Ilina zieht mich in den Fahrstuhl und schaut mich mit einer interessanten Grimasse an, aus der ich sehr viel Ekel lesen kann, den ich selbst auch verspüre, aber auch Überraschung. Ich schüttle den Kopf und merke erst, dass ich durch meinen offen stehenden

Mund einatme, als Ilina es trotz ihres fragenden Blicks schafft, mir mit der Nachahmung eines Fischmunds klarzumachen, wie ich gerade wirke.

»Ich habe *keine* Ahnung, wie der da drauf kommt«, versichere ich ihr, weil ich ahne, was ihr durch den Kopf schießt. Dabei ist es doch naheliegend.

Ilina runzelt ihre zauberhaft gewölbte Stirn, und ihre azurblauen Augen umwölken sich. Selten kann man einem Menschen so genau ansehen, wie angestrengt er gerade nachdenkt.

Dann höre ich das leise Brummen eines vibrierenden Handys. Der Lift ist unten angekommen und öffnet sich, ich ziehe mein Smartphone aus der Blumentasche und starre auf die mir unbekannte Nummer. Ich werfe Ilina einen zweifelnden Blick zu und nehme den Anruf an, während wir zur Glastür marschieren.

»Hallo?«

»Hallo, mein Kätzchen«, erklingt eine verboten tiefe Stimme, die ganz offenbar auch Ilina hört, denn mit einer Bewegung, die nur aus ihrem Rückenmark kommen kann, krallt sie meinen Arm und zwingt mich stehen zu bleiben. Und natürlich weiß ich in der ersten Millisekunde, wessen Stimme das ist, auch bevor der Anrufer sich mit Namen meldet und meinem Rückenmark die Folgerung aufzwingt, dass er im Besitz meiner privaten Handynummer ist, obwohl er das nie und nimmer sein dürfte, da diese Nummer geheim ist und nur Menschen zugänglich, denen ich sie persönlich gegeben habe. Zumindest sollte es so sein. Das spielt aber alles keine Rolle mehr, als er seinen Namen ausspricht: »Tymon Nowak hier. Endlich werde ich dich sehen, meine Geliebte.«

Kapitel 17

Das Zittern, das ich auf einen Schlag am gesamten Körper spüren kann, überträgt sich auf Ilina, wie ich erkenne, als sie mir einen ebenso fassungslosen Blick zuwirft wie ich ihr. Aug in Aug verharren wir vor der Ausgangstür und ich bin sicher, wir spüren die Panik, die in der jeweils anderen einen bodenlosen Schlund aufreißt. Wir stehen da wie die Salzsäulen, nur dass wir beide zittern, was Salzsäulen ja gemeinhin nicht tun.

»Liebste«, erklingt es brummend aus meinem Smartphone, das ich wie einen verseuchten Gegenstand auf Distanz in der Luft festhalte, »stehe ich in dieser putzigen Stadt mit dem lustigen Namen Saarlouis ...« Er spricht das -s am Ende aus, wie es die meisten Nicht-Saarländer tun, was mir in dieser Sekunde nicht den Hauch eines Lächelns entlocken kann, weil in meinem Körper alles, jede einzelne Zelle, auf Schutzmodus umschaltet.

Ilina will fliehen und ich will es auch. Sie hat sich halb umgedreht, während ich noch wie das Kaninchen vor der Schlange mein Smartphone anstarre, immer zitternd, wie bereits erwähnt, und diese Wörter höre, die die verdammt angenehm klingende, tiefe Stimme ausspricht: »... auf dem Großen Markt, und hat man mir gesagt, dass dieses Gebäude ...« In dieser Millisekunde hat jemand die Tür geöffnet, sodass man von außen uns beide, die zitternden, ansonsten noch beinahe unbeweglichen Salzsäulen, sehen kann. Wie auf dem Präsentiertablett stehen Ilina und ich also da, und gerade hebe ich den Blick vom Smartphone und kann vor dem Eingang einen sehr attraktiven, sehr gut gekleideten Mann erkennen, der ein Smartphone ans Ohr hält. Er sieht uns beide, reißt just in dieser Sekunde die Augen auf und brüllt »Amanda!«, was ich als Doppelung durch die Handyverbindung höre.

Amanda?

Mir bleibt keine Zeit, über diesen Namen nachzudenken, weil Ilina an mir zerrt, ich mein Smartphone zum Teufel feuere, weil es sich anfühlt, als sei es spontan in Flammen aufgegangen, und wir beide wie Kats Biohühner kopflos davonstieben. Ich weiß nicht, welcher Himmelsmacht es zu verdanken ist, dass mehrere Kolleginnen wie rettende Engel in eben diesem Moment das Gebäude verlassen – jedenfalls verhindern sie, dass der gut gekleidete Mann, der nur der Hengst von Hamburg sein kann, uns sogleich nachsetzt. Wo war doch gleich die Hintertür? Es hat Vorteile, wenn man viele ist und nicht nur der Instinkt einer Einzelperson Wissen aufruft, Reserven aktiviert und vor allem die Babys beschützen will. Ich bin ja gewissermaßen vier in einer Person: meine inneren Zwillinge und ich mit dem Sternzeichen Zwilling. Mit Ilina sind wir sogar zu fünft, und wenn man die ungeborenen Babys, die ja bestimmt einen natürlichen Überlebensinstinkt besitzen, mitrechnet, sind wir also sieben Menschen, deren einziger Gedanke *Flieh!* lautet – auch wenn nur zwei Frauen durch die Hintertür hinausstolpern und mit hastigen Schritten die Flucht vom Großen Markt antreten.

Ilina hat auf dem Klopferparkplatz geparkt, und mit der Beteuerung, dass Tymon ihren Wagen nicht kennt, gehen wir das Risiko ein, laufen zu dem Auto und verlassen den Parkplatz. Es fühlt sich an, als würden wir in grenzenlosem Leichtsinn dem Hengst geradezu entgegenfahren, aber ich kann ihn nirgends sehen, und so gebe ich Ilina Anweisungen, wie sie fahren muss. Mir ist nämlich sofort eingefallen, wo es am klügsten ist, Schutz zu suchen. Da Tymon Nowak meine Privatdresse in Beaumarais kennt, navigiere ich Ilina zu einer Anschrift, von der er nichts wissen kann, weil ich da ja noch gar nicht lebe. Über die Holtzendorffer Straße leite ich sie die kurze Strecke auf die andere Saarseite und zur Schanzenstraße. Während der Fahrt wühle ich in den Untiefen meiner Tasche nach dem Schlüssel, den ich seit Vaters Geburtstag nicht mehr in der Hand hatte.

Wir parken vor der Residenz, die mein neues Zuhause werden soll, stürmen in das Haus, ohne die Arbeiter zu beachten, die auf den Gerüsten stehen und uns ihrerseits ebenso ignorieren. Das Haus ist so gut wie fertig, wir trauen uns aber nicht, den Aufzug zu benutzen, sondern laufen die Treppe zur Penthouse-Wohnung hoch. Nachdem ich es zunächst an der falschen Seite probiert habe, gelingt es mir, die gegenüberliegende Tür mit dem Schlüssel zu öffnen. Noch immer an Armen und Beinen zitternd, schlüpfen Ilina und ich hinein.

»Wow«, sagen wir im gleichen Moment, obwohl es gerade sowas von egal ist, wie geil meine neue Wohnung aussieht. Besser gesagt, die Wohnung meiner zukünftigen vierköpfigen Familie. Und dann ist plötzlich das Tempo heraus aus unserem Abenteuer. Ich hatte überprüft, ob uns ein Wagen mit Hamburger Kennzeichen gefolgt ist, doch nichts. Wir sehen durch alle Fenster nach draußen und halten nach einem Auto Ausschau, das gerade abgestellt wird, aber da tut sich nichts dergleichen. Im Gegenteil: Während unsere Glieder in den folgenden Minuten nach und nach mit Zittern aufhören und die Zwillinge in meinem Bauch in einen erschöpften Schlummer fallen, fahren keine weiteren Pkws auf den Parkplatz. Die Arbeiter machen einer nach dem anderen Feierabend – es ist ja auch Freitag – und verlassen die Baustelle.

Mit dem abebbenden Zittern setzen meine Hirnfunktionen wieder ein, und zwar nicht nur die aufs Überleben getrimmten, sondern auch diejenigen, die in der Lage sind, Wörter in sinnvolle Zusammenhänge zu setzen, um diese sowohl zu denken als auch ihnen entsprechend zu handeln.

Zunächst durchwühle ich meine Handtasche, bis mir einfällt, dass ich mein Smartphone in der *Mediaboutique* in irgendeine Ecke gefeuert habe.

»Kannst du mir dein Handy leihen? Ich muss Frank anrufen. Das hier ist jetzt ja ein Straftatbestand.«

Ilina zieht ihr kleines Smartphone aus der Gesäßtasche ihrer Jeans und tippt darauf herum, dann reicht sie es mir. Man kann das Freizeichen hören. Aha. Bevor ich ihr auch nur einen eifersüchtigen Blick zuwerfen kann, meldet sich die tiefe Stimme meines geliebten Kommissars.

»Frank Kraus. Ilina, bist du das?« Ähem. Er erkennt an
der Nummer, dass Ilina ihn anruft? Darüber will ich
jetzt definitiv nicht nachdenken. Doch Ilina, die mir
mal wieder alles von der Stirn ablesen kann, schüttelt
ruckartig den Kopf.

»Frank, hier ist Lucy.«

Ich höre ihn stöhnen. »Oh nein, ist Ilina etwas passiert? Haben sie sie erwischt?« Ähem. Ob *Ilina* etwas
passiert ist, fragt er als Erstes? Obwohl auch ich es bin,
die in Gefahr ist? Abermals macht Ilina eine herabspie-
lende Bewegung mit dem Kopf, und ihr Gesichtsausdruck wirft mir vor, dass ich Zeit verplempere. Kurzerhand nimmt sie mir ihr Telefon aus der Hand, verdreht
die Augen, wie um zu sagen, dass sie das auch gleich
hätte machen können, wie dumm von ihr.

»Kommissar Kraus, hier ist Ilina. Lucy und ich sind in
Gefahr. Niemczyk ist in Saarlouis. Also hat der Typ, den
ich im Stadtpark gesehen habe, mich doch verpfiffen.
Niemczyk ist vor der *Mediaboutique* aufgetaucht, wir
konnten in letzter Sekunde flüchten und sind jetzt in
der neuen Wohnung in der Schanzenstraße. Was sollen wir tun?« Glücklicherweise hat sie das Handy auf
Freisprechen geschaltet, sodass ich jedes Wort der Unterhaltung hören kann.

Frank stößt ein besorgt klingendes Stöhnen aus, was
mich versöhnt. »Gut, sehr gut, dann bleibt ihr vorerst
dort. Ich werde sofort eine Fahndung veranlassen. Gefahr im Verzug. Ihr tut nichts, um auf euch aufmerksam zu machen. Besteht die Möglichkeit, dass Nowak
deine Handynummer besitzt?«

»Eigentlich nicht. Aber er hat ja auch die Nummer
von Lucys Smartphone herausgefunden.« Ich nicke

dazu heftig mit dem Kopf, obwohl Frank das ja nicht sehen kann.

»Du hast recht. Aber wusste er, dass er dich bei ihr finden würde?«

»Vermutlich nicht, aber er hat mich gesehen und sofort erkannt. Manchmal bekommt man eben mehr, als man denkt.« Mir wird endlich klar, dass Nowak-Niemczyk niemand anderen als Ilina gemeint hat, als er den Namen »Amanda« ausrief. Wie viele Fake-Namen gibt es denn da noch?

»Gut, also geht kein Risiko ein und entfernt beide die SIM-Karten eurer Handys, damit man euch nicht orten kann. Ich bin noch unterwegs, versuche aber die Fahndung so schnell wie möglich einzuleiten. Bleibt, wo ihr seid, das ist am sichersten. Bitte gib mir mal Lucy.«

Ilina schaltet wieder auf Normallautstärke und reicht mir das Telefon, was ich anständig von ihr finde.

»Frank?«, sage ich leise, und plötzlich überfällt mich eine tiefe Zärtlichkeit zu meinem geliebten Kommissar. Warum zum Geier gerate ich alle paar Monate in so lebensbedrohliche Situationen?

»Liebes, alles wird gut. Ich verspreche es dir. Keiner weiß, wo ihr seid, und das soll auch so bleiben. Wir suchen nach Tymon Nowak und wir werden ihn finden. Ich mache jetzt Schluss, damit ich alles veranlassen kann, ja?«

»Ja«, schniefe ich.

»Ich liebe dich.«

Ich will ihm sagen, dass ich ihn auch liebe, doch da höre ich bereits das Freizeichen. Er hat aufgelegt. Meine Finger zittern kaum noch, als ich Ilina ihr Telefon hinhalte, worauf sie mit souveränen Bewegungen (null Zittern) ihr Handy öffnet und die SIM-Karte herausnimmt. Dann atmet sie tief durch und sieht mich an, auf eine Weise, die ich bei ihr noch nie gesehen habe. Sie sieht nicht mehr aus wie eine polnische junge Frau, sondern ... wie eine deutsche junge Frau. Ich kann nicht erklären, warum alles, was an ihr fremdländisch gewirkt hat, mit einem Schlag weg ist. Es kann ja nicht nur das Telefonat mit Frank gewesen sein, das sie in klarstem, akzentfreiem Deutsch geführt hat. Oder doch? Reicht es für unser unterentwickeltes menschliches Gehirn, einen Menschen mit fremdem Klang sprechen zu hören, um ihn sofort einzusortieren? Fast beschämt lasse ich meinen Blick über Ilinas Gesicht wandern, ihre hohe, lieblich gewölbte Stirn und die anmutig geschwungenen Augenbrauen, die knallblauen Augen über der geraden, kleinen Nase und dem sinnlichen Mund, die perfekte, herzförmige Gesichtsform, das seidige, weizenblonde Haar, und sie lässt es über sich ergehen. Ihr etwas harter Kittelmädchenblick ist weggewischt, der Ausdruck ihrer Augen wird weich, und ich sehe plötzlich Tränen darin schimmern. Als löse sich eine spröde Hülle von ihr und falle in winzigen Bröckchen von ihr ab, schält sich eine junge Frau aus der manchmal sehr herben Ilina heraus, die verletzt wurde, die schlimme Dinge gesehen hat und die Einsamkeit kennt. Sie wirkt wie jemand, der wohlbehütet aufgewachsen ist, obwohl ich dafür keine konkreten Beweise nennen könnte. Vielleicht sehe ich das nur, weil *ich* in einer wohlhabenden Familie aufgewachsen bin und in meiner Kindheit und Jugend niemals Angst vor Armut haben musste. Auch wenn das

Behütende hauptsächlich von unseren Kindermädchen gekommen ist, hat es mir und meinen Geschwistern nie an irgendetwas gefehlt. Und mein Instinkt sagt mir, dass es der Person vor mir genauso ergangen ist. Worin liegt also die Verletzung, was hat die tiefe Angst und die Einsamkeit in dieser jungen Frau ausgelöst?

Ich spüre, dass mir irrsinnigerweise ebenfalls eine Träne die Wange hinunterläuft, als ich frage: »Wer bist du wirklich?«

Ilina blickt sich um, und da sehe ich zum ersten Mal bewusst, dass in dem größten Raum der Wohnung eine Couchgarnitur steht, die noch mit Folie bedeckt ist. Ich gebe mich erst gar nicht mit der Frage ab, wer sie gekauft und dafür gesorgt hat, dass sie hierhergebracht worden ist, sondern ziehe Ilina zu dem Dreisitzer, und in stummer Absprache lösen wir gemeinsam die Plastikfolie ab, bevor wir uns auf dem Möbelstück niederlassen.

Schweigend mustere ich meine Freundin und warte. Sie nickt und atmet tief ein und aus, dann beginnt sie zu erzählen. Obwohl ihre Geschichte genauso fantastisch klingt wie die *Titanic*-Version, ist mir dieses Mal klar, dass sie mir die Wahrheit erzählt. Sie beginnt mit ihrem tatsächlichen Namen: Leonora Spreulhagen.

»Echt jetzt, Leonora? Das ist fast so schlimm wie Lucinda. Lass mich raten, deine Eltern sind vermögend und legen Wert auf Etikette.«

»Ja, mein Opa ist der Gründer einer Gastronomiekette in Hamburg und Umgebung, vielleicht hast du schon mal vom *Spreulhof* gehört? Meine Mutter stammt aus einer Adelsfamilie und hat meinen Vater, den Kneipenwirt, aus Liebe geheiratet. Ich habe noch einen jüngeren Bruder, Hector, und ihn vermisse ich unfassbar.« Ihre Stimme verlässt sie, und sie hält einen Moment inne. Mir fällt ein, dass sie den Namen Hector auch in der *Titanic*-Version genannt hat, und das lässt mich erahnen, wie tief die geschwisterliche Liebe ist.

»Was ist geschehen?«, frage ich leise. »Sind sie umgekommen?« Aber das hätte ich bestimmt gehört, weil ihre Familie tatsächlich deutschlandweit bekannt ist, die Kette der *Spreulhof*-Restaurants hat sich in den letzten Jahren immer weiter über das Land gezogen. Ich habe auch schon mal in einem der Lokale gegessen, die Küche ist bemerkenswert. Und es will was heißen, wenn ich als Saarländerin das sage.

»Nein, das zum Glück nicht. Aber ...« Sie stockt ein weiteres Mal, dann strafft sie die Schultern und sieht mir geradewegs in die Augen. »Lucy, ich muss mich auf deine absolute Verschwiegenheit verlassen können. Eigentlich dürfte ich dir kein Sterbenswörtchen erzählen. Aber ich vertraue dir und ich glaube, dass ich dir wichtig genug bin, damit du mich nicht ans Messer lieferst.«

Erschrocken nehme ich ihre beiden Hände. »Um Himmels willen, Leonora, du kannst mir absolut vertrauen. Wir sitzen im selben Boot und hängen sogar voneinander ab, nicht? Du bist meine Freundin.«

Sie lächelt. »Nenn mich bitte Leonie, aber den Namen darf niemand hören. Ich bin in einem Zeugenschutzprogramm.« Sie zieht die Schultern hoch. »Wobei meine Tarnung ja eh aufgeflogen ist. Ich wurde erkannt und verraten. Der Hengst hat mich gefunden, was niemals hätte passieren dürfen.«

Damit wird mir auf einen Schlag alles klar: Ihre eigenartige Verschwiegenheit, ihre krasse Zurückhaltung allen Mitarbeiterinnen der *Mediaboutique* und auch den Männern gegenüber. Sie hat die Rolle der Ilina perfekt gespielt, dabei aber nie jemanden zu nah an sich herankommen lassen. Ich frage mich, seit wann Frank über die wahre Identität von Ilina Kowalska informiert ist, und wer von der Saarlouiser Polizei noch über sie Bescheid weiß. Schließlich lebt so ein Zeugenschutzprogramm doch davon, dass möglichst wenige Menschen eingeweiht sind, weil jeder einzelne Mitwisser Lebensgefahr bedeutet.

»Wow«, sage ich also leise und sehe ihr in die Augen. »Wen hast du ans Messer geliefert? Diesen Tadeusz Niemczyk?«

»Ihn leider nicht. Obwohl es für mich absolut klar ist, dass er der Strippenzieher hinter der gesamten Sache war. Ans Messer geliefert habe ich einen der reichsten Industriellen Hamburgs. Es ging aber nicht um Bestechung, Betrug oder ähnliches, wie man jetzt denken könnte ...«

»Sondern um Prostitution«, falle ich ihr ins Wort.

»Um Prostitution und das Ausbeuten junger, geflüchteter Mädchen, die in unser Land gekommen sind, um ihr Glück zu finden, stattdessen aber in die Hände von skrupellosen Menschenhändlern und Zuhältern gefallen sind.«

»Wie Tadeusz alias Tymon und das Mordopfer in Franks Fall«, vermute ich, was sie mir mit einem Nicken bestätigt.

Und dann erzählt sie mir ihre Geschichte, die aus einem *Tatort* stammen könnte, wenn sie bloß nicht so wahr wäre. Leonie hat Journalistik studiert und sehr früh damit angefangen, Enthüllungsjournalismus zu betreiben, wobei ein einschneidendes Erlebnis mit einer jungen Rumänin, Mircela, die sie zuerst retten konnte, und die dann doch ermordet wurde, sie ins Rotlichtmilieu geführt hat. Lena und ich haben ja gemutmaßt, dass Ilina etwas mit der Prostituiertenszene zu tun hatte, und so überrascht es mich jetzt nicht, als Leonie mir erzählt, wie sie in einem Hamburger Nachtclub angeheuert hat. Dort ist sie zum Glück nicht als Tänzerin eingestellt worden, sondern als Bürokraft.

»Und es ist Tadeusz Niemczyk, der den Club betreibt und mich eingestellt hat. Ich wurde Zeugin, wie ein sehr junges Mädchen, sogenannte Frischware, einem alten Sack zugeführt wurde. Ich habe das beobachtet und konnte in dem Moment nichts tun, ohne aufzufliegen. Sobald ich raus war, habe ich die Polizei informiert und ihr den Namen zugespielt. Rapsenhöner. Ihn konnten sie überführen, sie haben das Mädchen bei ihm gefunden. Er sitzt ein, das Mädchen wurde nach Hause gebracht. Und ich war die Augenzeugin. Ich lieferte weitere Namen.«

»Zum Beispiel Tymon Nowak.«

Leonie schaudert, dann verzieht sie das Gesicht. »Er ist ein gefährlicher Mann. Du hast ihn ja gesehen.« Ja, das habe ich, zwar nur kurz, und er stellte für mich den Inbegriff von Gefahr dar. Aber obwohl die Umstände ihn mir nicht in ein positives Licht hätten rücken können, konnte ich nicht umhin, seine Anziehungskraft zu erkennen.

Ich nicke also und lege meine Hand auf ihren Oberschenkel. Sie blickt sie an und legt ihre obenauf. »Tadeusz-Tymon wurde meinetwegen in Untersuchungshaft gesteckt, aber ihm persönlich konnte nichts nachgewiesen werden, außer dem falschen Namen. Er hat Auflagen bekommen, weil das Mädchen in seinem Club an Rapsenhöner ausgeliefert wurde, aber er konnte mehr oder weniger überzeugend klarmachen, dass er davon keine Kenntnis hatte. Sein Mitarbeiter Boris ist aufgeflogen«, sie schaudert bei der Erinnerung an diesen Mann, »aber Tymon Nowak, der Hengst von Hamburg, gilt als unbescholtener Bürger, der Tänzerinnen und Prostituierte angestellt hat. Natürlich nur erwachsene, registrierte Frauen, die ihrem Beruf freiwillig nachgehen.« Für einen Moment blitzt die Wut wieder in ihren Augen auf, die Ilina ausgemacht hat. »Dabei habe ich sie gesehen. Ich habe die jungen Mädchen gesehen, die kaum Deutsch sprechen konnten, und die dort systematisch verschachert wurden.« Sie streicht mit der Hand durch die Luft. »Boris hatte alle vorgewarnt, bis die Polizei das *Dancing Cat* in einer Razzia besucht hat. Natürlich waren da nur noch erwachsene Frauen anzutreffen, die genau wussten, was sie taten. Aber ich konnte Boris belasten, ich war ja Augenzeugin.«

»Das heißt, du stehst nicht nur auf der Abschussliste dieses Industriellen Rapsenhöner und seiner Familie und des Hengstes von Hamburg, sondern auch auf der von diesem Boris«, sage ich nachdenklich und spüre, wie mir kalt wird. Was hat Ilina durchmachen müssen! Seit Monaten lebt sie in Angst. Mir wird auch klar, wie es auf sie gewirkt haben muss, als sie zum ersten Mal mitbekommen hat, wie Tymon Nowak als Kunde der *Mediaboutique* mit mir geflirtet hat. Ich möchte am liebsten in einem Abgrund versinken, denn mir fällt ein, wie ich ihn damals, vor Monaten, durch Dirty Talk am Telefon dazu gebracht habe, unsinnigen Schnickschnack und völlig überteuerten Wein zu kaufen. Und Leonie-Ilina hat das mitbekommen, in dem Wissen, dass ebendieser Mann ein skrupelloser Mädchenhändler ist – auf freiem Fuß, weil ihm seine Machenschaften nicht nachgewiesen werden konnten. Ein Albtraum! »Ich verstehe allerdings nicht, wieso du noch in Deutschland bist. Ist das nicht viel zu dicht dran?«

»Ja, ist es tatsächlich. Der Plan sieht vor, dass ich an Ostern in ein anderes Land gebracht werde und mir dort eine neue Existenz aufbaue. Ich bekomme wieder eine andere Identität, einen Lebenslauf, der zu meiner Arbeit passt, aber ich werde im Ausland leben.«

Mir dämmert langsam, was das alles tatsächlich bedeutet, und ich kann Leonie nur bewundern. »Mann, wenn ich mir vorstelle, dass ich meine Familie nie wieder sehen dürfte ...«

»Am meisten vermisse ich meinen Bruder und meinen Opa. Sie wissen, warum ich für sie unerreichbar bin, das macht es ein bisschen leichter. Sie haben ja mitbekommen, dass ich ausgesagt habe. Aber die Trennung ist unerträglich. Ich hoffe, dass es in einigen Jahren möglich sein wird, Kontakt mit ihnen aufzunehmen. Mein Opa ist ein alter Mann und er versteht mich von allen Menschen auf der Welt am besten.« Sie bricht in Tränen aus. Ich kann gar nicht anders, ich muss mit ihr heulen. Rasch ziehe ich sie in die Arme und versuche, ihr Trost zu spenden. Nur sehr langsam beruhigt sie sich wieder.

»Können wir befreundet bleiben?«, frage ich, und doch ist mir klar, dass es eine dumme Frage ist. Sie sieht mich nur an und verzieht den Mund.

»Ach, Mensch, ich vermisse dich jetzt schon!« Ich wische mir eine Träne von der Wange.

»Tymon Nowak ist besessen von dir, da bin ich mir sicher. Es war damals mit mir ganz ähnlich. Ich habe unfassbares Glück gehabt, dass ich ihn im *Dancing Cat* nur selten zu Gesicht bekommen habe. Denn obwohl es mir irre peinlich ist, bin ich ihm beinahe verfallen. Mir war von Anfang klar, was für eine Art Mensch er ist, und doch hat er es mit einem Lächeln geschafft, meinen gesunden Menschenverstand auszuknocken. Ich glaube, er hätte mich rumgekriegt, und ich will gar nicht wissen, was dann mit mir passiert wäre. Die Gerichtsverhandlung war ein Graus, das kannst du mir glauben. Da habe ich sein wahres Gesicht gesehen und endlich erkannt, wie psychotisch er drauf sein kann. Ich weiß, dass er schon viele Frauen ins Unglück gerissen hat. Tja, und jetzt hat er dich im Visier.«

Mich überläuft ein kalter Schauder. »Wenn ich nur an die Gedichte denke!«

»Ja! Er kann so ein Charmeur sein, ich sage es dir ja. Anfangs habe ich ihm geglaubt. Wenn er dich ansieht mit seinem Engelsblick, kocht er dich einfach weich. Aber tatsächlich ist er ein Satan.«

Unsinniger- und unpassenderweise kommt mir ein Sketch der »Heute-Show« in den Sinn, in dem mein Bundesland als »Saar-Tan« auf die Schippe genommen

wurde, und ich erkenne, dass all meine normalen Kör-
per- und Hirnfunktionen wieder arbeiten, weil das so
typisch für mich ist. Natürlich heißt das auch, dass der
Hunger erwacht. Schließlich bin ich schwanger! Mit
Zwillingen! Ich *muss* essen!

Ilina-Leonie ist jedoch unerbittlich, als ich sie frage,
ob wir irgendwo was essen gehen können. Am Ende
gebe ich klein bei, und als die Dunkelheit hereinbricht,
kippe ich in meiner Verzweiflung den Inhalt meiner
Handtasche auf dem Parkettboden aus (meinen Eltern
ist wieder mal das Beste gerade gut genug – wir werden
hier wirklich sehr schön wohnen), und meine Freude
ist riesig, als ich neben einem Karamell-Sesam-Riegel
auch noch einen kleinen Rest einer Wasabi-Nusspa-
ckung entdecke. Mit diesen Dingen – die Ilina mir mit
erfreutem Lächeln großzügig komplett überlässt –
kann ich den brüllendsten Hunger zu einem Murmeln
herunterfahren, und irgendwann nicken wir beide ein.
Ich darf dabei auf dem Dreisitzer bleiben, während
Ilina sich auf dem Zweisitzer zusammenrollt.

Es ist echt Mist, so ohne Telefon und Informations-
möglichkeit festzusitzen. Andererseits weiß ich mit Sicherheit, dass mein Kommissar für mich sorgen wird,
und mit jeder Stunde, die vergeht, ist er mir bereits näher. Sobald sie den Hengst eingefangen haben, wird er
herkommen. Dieser Gedanke sorgt dafür, dass ich in einen oberflächlichen Schlaf sinke.

Kapitel 18

Ich rucke mit dem Kopf hoch. Wo bin ich? Jemand atmet leise, die Morgensonne scheint durch die Fenster herein, vor denen ich Balken von Gerüsten erkenne. Ein Schlüssel dreht sich im Schloss der Wohnungstür. Mein Puls ist sofort auf hundertachtzig, ich schrecke hoch, womit ich auch die Zwillinge in meinem Bauch wecke, die mich heftig treten.

»Ilina, wach auf«, zische ich in Richtung der Zweisitzer-Couch, die über Eck zu meiner steht, doch da schwingt die Tür bereits auf. Die Person, die darin steht, verharrt und blickt irritiert von mir zu Ilina, die sich aufsetzt und desorientiert die Blicke wandern lässt.

Noch während ich meinen Namen ausgerufen höre, durchflutet mich grenzenlose Erleichterung, denn nie hatte »Lucinda« einen schöneren Klang, wenn meine Mutter ihn benutzte. Alles in mir begreift, dass ich Mutter sofort wegschicken muss. Doch noch bevor ich nur daran denken kann, mich vom Sitz zu erheben, schließt sie die Tür hinter sich und macht zögernd einen, zwei Schritte auf uns beide zu.

»Guten Morgen, Frau Kowalska. Ich ...« Sie blickt von Ilina, die aufgesprungen ist, erneut zu mir. Wir beide stehen da und ziehen und zuppeln unsere Kleidung zurecht, fahren uns mit den Fingern durch die Haare und fühlen uns wie Schülerinnen vor der gestrengen Deutschlehrerin.

»Habt ihr hier übernachtet?«, fragt sie dann.

»Oh, Mutter, ja.« Auf Anhieb begreife ich, dass es völlig aussichtslos sein wird, Mutter wegschicken zu wollen. Sie wird nicht verschwinden, solange sie keine Antworten auf ihre Fragen bekommt. »Ich habe Ilina gestern die Wohnung gezeigt, und wir haben die Couchgarnitur getestet, hast du die bestellt?«

»Ist sehr, sehr bequem. Haben wir uns verquatscht und sind wir dann eingeschlafen.«

Mutter räuspert sich, und ihr Lächeln wirkt geschmeichelt. »Tatsächlich? Das freut mich aber wirklich sehr, Schatz, denn ich war mir nicht sicher, wie du es aufnehmen würdest, dass ich einen Teil der Möbel ausgesucht habe. Dann können wir ja auch gleich über diesen Raum sprechen.« Sie deutet mit dem Arm in Richtung des Zimmers, in dem die Babys mal schlafen sollen. »Dies soll ja das Kinderzimmer werden.« Sie nickt mir zu. »Wie gut, dass du hier bist, Kind, denn ich habe einen Innenausstatter bestellt, der jeden Moment herkommt und mit dem wir über die beste Aufteilung und Nutzung des Raums sprechen können.« Mit einem ansatzweise schuldbewussten Augenaufschlag spricht sie weiter: »Die Zeit rennt davon, meine Liebe, und ich denke, es wird am Ende gut sein, wenn alles vorbereitet ist. Dein Mann, ähm, Partner, ähm, Frank ist ja beruflich so eingespannt ... und du hast mit deinem Modelabel so viel zu tun ...«

»Schon gut, Mutter«, unterbreche ich sie, auch wenn es unter normalen Bedingungen alles andere als gut wäre, wenn sie über unsere Köpfe hinweg alles entscheidet, was unsere zukünftige Wohnung angeht. Mir ist klar, dass Frank und ich sie nur als Übergangslösung nutzen werden. Aber das ist dann auch okay. Viel wichtiger ist jetzt, meiner Mutter irgendwie klarzumachen, dass heute auf keinen Fall ein Innenausstatter herkommen darf. Innerlich schicke ich ein Stoßgebet ab, dass Frank schnell herkommt, damit ich beruhigt sein kann.

»Das ist schön, Mama«, beginne ich, da pocht es an der Wohnungstür. Ilina hechtet genauso behände wie ich (trotz Babybauch) auf meine Mutter zu, doch die Apothekerin war noch nie von der langsamen Sorte, und ihr Abstand zur Tür ist kilometerweise (so kommt es mir in dieser Sekunde vor) kürzer als unserer.

»Ah, da ist er ja schon«, singt sie geradezu, und ohne unsere entsetzten Gesichter oder unsere hektischen Bewegungen auch nur wahrzunehmen, dreht sie sich auf dem Absatz um, tänzelt zur Tür und öffnet sie.

Luzifer-Tymon-Tadeusz ist Überraschungen ganz offenbar gewöhnt, denn er braucht nicht den kleinsten Moment, um zu reagieren: Der schöne, große Mann stößt die kleine, drahtige Apothekerin sacht nach hinten und drückt die Tür noch in derselben Bewegung, in der er hereingleitet, mit der Schulter zu. Noch bevor meine Mutter einen Ton des Tadels ausstoßen kann, hat er sie bereits herumgedreht und hält ihre Hände auf ihrem Rücken verschränkt. Und dann hat er ein Messer in der Hand. Wieso läuft der mit einem Messer durch die Welt?

Wie sind wir jetzt noch zu retten? Leonie-Ilina und ich entscheiden uns für das Gleiche wie gestern, nämlich Zittern und Erstarren. Wahrscheinlich haben wir den Blick dieser unglaublich süßen Äffchen mit den riesigen Augen drauf. Wie heißen die noch gleich? Ich vermute, dass unsere Augen gerade genauso tellerrund sind wie die dieser nachtaktiven Äffchen, denn Tymon-Tadeusz verzieht den Mund in einem hinreißenden, teuflischen Lächeln und sieht uns beide mit unverhohlener Begierde an.

»Jede von euch ist ein Prachtstück, aber seid ihr einfach überwältigend beide zusammen. Wo ist das Bad?«

Bitte? Das Bad? Im Augenwinkel kann ich erkennen, dass Ilina eine unverständige Grimasse zieht, die meiner ganz ähnlich sein dürfte. Keine von uns beiden ist in der Lage zu antworten, denn wir sind immer noch mit Zittern und Starrstehen beschäftigt, während meine Mutter in Nowaks Armen herumzappelt und alles versucht, um ihm ans Schienbein zu treten und sich aus seiner Gewalt zu befreien. Doch er drückt ihr das Messer an die Kehle, sodass auch sie schließlich überzeugt ist und das einzig Richtige tut: Zittern und Erstarren.

Der Teufel wirft einen Blick durch den lichtdurchfluteten Raum, sieht den Heizkörper und zerrt meine Mutter hinterrücks dorthin, um sie in die Knie zu zwingen. Er deutet mit dem Kinn auf eine aufgerissene Packung Kabelbinder, die auf dem Parkettboden liegt. »Los, bringst du mir das, Kätzchen.«

Leonie-Ilina und ich verstehen nichts, aber als er meine Mutter mit dem Messer in die Haut ritzt, quietscht diese: »Tu, was er sagt, Lucinda!«, und mein

Rückenmark ist endlich wieder in der Lage, Befehle an mein Gehirn weiterzuleiten – oder umgekehrt. Ich eile zu dem Beutel, hebe ihn auf und strecke ihn Tymon-Tadeusz hin. Er sieht mir in die Augen und lächelt erneut. Mir fallen seine Grübchen auf.

»Nimmst du mir bitte einen heraus. Wüsste ich zwar schönere Dinge zu tun mit Kabelbinder, aber jetzt ist wichtig, dass wir verschwinden, nicht wahr, meine Geliebte?«

Natürlich antworte ich ihm nicht, ziehe aber mit zittrigen Fingern einen der Kabelbinder heraus und reiche ihn ihm. Anscheinend ist es nicht das erste Mal, dass der Kerl so etwas macht, denn kurz darauf hat er meine Mutter an den Heizkörper gefesselt und benutzt einen zweiten Kabelbinder, um sein Werk zu sichern. Dann stopft er ihr einen Staublappen in den Mund, den jemand auf dem Fenstersims hat liegenlassen.

Möglich, dass Ilina und ich gemeinsam in der Lage wären, diesen Mann zu überwältigen. Aber wir sind beide mental offline geschaltet. Ich vermute, dass vergangene, traumatische Erlebnisse daran schuld sind. Tymon-Tadeusz löst durch seine bloße Anwesenheit in Ilina wie auch in mir eine Art Lähmung aus. Bei mir hängt es mit den Erlebnissen des vergangenen Jahres zusammen, die ich dank Doktor Treibel für verarbeitet gehalten hatte. Bei Ilina sind es ganz sicher die Erlebnisse mit Tymon-Tadeusz und vor Gericht, vermute ich. Jedenfalls reagieren wir wie willenlose Marionetten auf seine Anweisungen. Zunächst bindet er Ilina die Hände auf dem Rücken zusammen, dann bin ich dran. Während er das tut, schnuppert er an mir und tupft mir einen Kuss auf den Hals.

»Habe ich so lange geträumt von dir, meine dunkle Blüte.« Dunkle Blüte? Der spinnt ja.

Ich weiß nicht genau, wie es ihm gelingt, aber es ist ein Leichtes für ihn, Ilina und mich nach draußen zu schaffen, wo er uns zu einem riesigen Auto zieht. Er öffnet zuerst die Hintertür und zwingt Ilina hinein, dann reißt er die Beifahrertür auf. Er legt seine Hand auf meinen Kopf, so wie es im Fernsehen die Polizisten immer mit den festgenommenen Mördern machen, und drückt mich auf den Sitz. Dann beugt er sich über mich, um mich anzuschnallen, wobei er die Situation erneut ausnutzt und mir einen Kuss auf den Mund aufzwingt. Heftige Übelkeit steigt in mir auf, die ich nur mühsam wegschlucken kann.

Nowak setzt sich auf den Fahrersitz und tippt sein Navigationsgerät an. »Nichts wie weg«, murmelt er und startet den Wagen. Als er losfährt, spricht er weiter. »War es wirklich sehr aufmerksam von dir, mir Handy mit Informationen zu hinterlassen.« Ich sehe ihn schmunzeln. »Habe ich dort gefunden diese Adresse.« Das Navigationsgerät leitet ihn aus der Stadt hinaus. »Macht Schwangerschaft dich übrigens sehr hübsch, Kätzchen.« Wo sind denn all diese Polizeisperren, die Frank mir versprochen hat? Hat er überhaupt *irgendwas* unternommen? Oder schläft die Polizei mal wieder tief und fest?

»Habe ich auf deinem Smartphone auch gefunden meine Mails, waren noch in Spam-Ordner. Also, du konntest nicht wissen, wie sehr ich liebe dich, Kätzchen. Deshalb ich verzeihe dir alles.«

Ich fürchte, ich verdrehe übelst die Augen bei seinen Worten. Das ist so ein Automatismus bei mir, gegen den ich kaum ankomme. Er wirft mir einen kurzen Seitenblick zu und runzelt die Stirn. »Was soll diese Blick?«

Vom Rücksitz ist ein Schnauben zu hören, worauf er in den Rückspiegel schaut, um nach Ilina zu sehen. »Nicht eifersüchtig sein, kleine Amanda. Hat der Hengst genug Kraft für zwei solche Kätzchen wie euch.« Ilina schnaubt erneut. Der Hengst lacht volltönend. »War es eine nette Überraschung, als Düwel sich hat gemeldet, um mir zu berichten, wen er hat gesehen aus Ferne in dem Park von dieser putzigen Stadt. Leider konnte ich nicht sofort los«, er schaltet den Gang höher, dann streicht er mir mit der rechten Hand über den Oberschenkel, was mich unwillkürlich vor Ekel zucken lässt. »Aber hat es nur bestärkt meinen Entschluss, dich, mein Kätzchen, endlich zu finden.« Er wirft mir einen Seitenblick zu, bevor er weiterspricht. »Hatte ich vor, dich zum Essen einzuladen und zu überzeugen von meinem Charme. Habe ich dir nicht geglaubt, dass du bist verheiratet. Aber ist es ja nun gekommen ganz anders.« Er spitzt für einen Moment die Lippen. »Musste ich schnell reagieren und ändern meinen Plan, da ich – Überraschung! – finde nicht nur Kätzchen mit geile Stimme, sondern auch Amanda.« Abermals checkt er den Rückspiegel, und erneut kann Ilina ein abfälliges Stöhnen nicht unterdrücken, was den Teufel jedoch nur zum Grinsen bringt. »Okay, weiß ich jetzt noch nicht, was genau ich werde machen mit euch beiden, aber gibt es unendliches Feld von Möglichkeiten. War wirklich dumm von euch, so kopflos wie Hühner wegzulaufen. Habt ihr damit nur erweckt Aufmerksamkeit.«

In meinem Kopf wirbeln die Gedanken nur so herum. Die Dinge, die Tymon-Tadeusz da andeutet, reißen tiefe Ängste in mir auf, und ich glaube, dass er uns wohl kaum zuvorkommender behandeln will als die vielen jungen Mädchen, für deren Unglück er verantwortlich war. Gerade wird mir klar, dass weder Ilinas noch mein Leben noch einen Pfifferling wert ist, da sehe ich etwas, das in meinem Innern einen geradezu göttlichen Jubelgesang auslöst. Welche Wonne, welcher Segen, dass der Hengst von Hamburg zu abgelenkt ist, um früh genug zu reagieren. Wir fahren von der B51 die Autobahnauffahrt hinauf, da muss er eine Vollbremsung hinlegen. Hier ist sie nämlich, eine der angekündigten Polizeisperren! Ich sehe mehrere Polizeiautos querstehen, und im selben Moment, in dem Tymons Angeberkarre anhält, gelingt es mir mithilfe von schmerzhaften Verrenkungen, den Gurt zu lösen.

Ilina hat ihren wohl schon vorher gelöst, denn sie bekommt sogar die Tür auf, steigt aus dem Wagen aus, ruft laut um Hilfe und steht plötzlich neben der Beifahrertür. Sie verdreht ihren Oberkörper, um mit den hinter ihrem Rücken gefesselten Händen an den Griff zu gelangen. Der vorhin so geistesgegenwärtig agierende Tymon wirkt plötzlich, als sei er schwer von Begriff, denn er braucht ein paar Momente, bis er aus dem Auto herausspringt und drumherum läuft – zum Schutz vor den Polizistenwaffen geduckt hinter dem Heck vorbei.

In der Zwischenzeit öffnen Ilina und ich gemeinsam die Beifahrertür, aber gefesselt mit Zwillingsbabybauch aus einem Auto auszusteigen, braucht ein bisschen Zeit und Geschick.

Da ist Tymon schon heran, während ich die Schwerkraft noch nicht überwunden habe. Leider hält er sein Messer wieder in der Hand. Die Polizisten sind aus der Deckung herausgetreten – wohl weil sie genau sehen, dass Nowak keine Feuerwaffe in der Hand hat, außerdem tragen sie schusssichere Westen, wie im Fernsehen. Sie zielen mit ihren Wummen in unsere Richtung. Ich registriere, wie in meinem Bauch ein innerliches Sportfest losgeht. Mist! Der Hengst ist offenbar mehr an mir interessiert als an Ilina, denn er stößt sie zur Seite. Sie stürzt zur Erde, er schnappt meinen Arm, hilft mir beim Aussteigen und ruft irgendwas in Richtung der Bullen. Dann zieht er mich halb vor sich, und eine Stimme, die ich nur zu gut kenne, ruft: »Nicht feuern!«

Mein Bauch kommt mir in dieser Sekunde lächerlich riesig vor, und ich glaube, dass alle sehen müssen, wie die Zwillinge darin Weitsprung üben. Obwohl die Sonne scheint, muss Regen eingesetzt haben, denn mir strömt Wasser über die Wangen. Ich merke richtig, dass ich abdrifte. Meine Knie sind nur noch aus Pudding, und ein einziger Gedanke beherrscht mich: *nicht die Babys, bitte nicht die Babys!*

Nowak fuchtelt neben meinem Kopf mit dem Messer herum, und irgendwas in mir fragt sich noch, wie er mich damit töten will, wenn er es meterweit weghält, aber anscheinend wirkt seine Drohung trotzdem. Zwar verstehe ich nicht, was er zu den Polizisten brüllt, aber die stehen da wie Steinskulpturen, unbeweglich. Nowak zerrt mich vom Wagen weg und brüllt immer noch Anweisungen. Und dann … dann geschieht etwas vollkommen Unfassbares.

Ich sehe Ilina auf der Erde, sie regt sich nicht, und dieser Anblick, gekoppelt mit dem Wissen um die Babys in meinem Bauch, löst in mir etwas aus: Die Konsistenz meiner Knie wandelt sich von pudding-ähnlich in elastisch – ich stelle mir die Karamellbonbons der Marke *Quality Street* vor, um es zu beschreiben, aber nicht die zum Durchbeißen, sondern diejenigen, die an den Zähnen kleben bleiben, und bei denen man sich fast den Kiefer ausrenkt, während man darauf herumkaut, obwohl man sie eigentlich lieber lutschen sollte ... »Plombenzieher« hat mein Vater die immer genannt. So ungefähr fühlen sich meine Knie jetzt an. Dieses fremde, elastische Gefühl vermittelt mir den Eindruck, unbesiegbar zu sein, und noch während Ilina sich aufzurappeln beginnt, drücke ich den Rücken durch und rucke mit dem Kopf beherzt nach hinten. Fest. Sehr fest. Ich höre es krachen, und der Gedanke, dass die schöne, gerade Nase von Tymon-Luzifer bricht, lässt das Karamell in meinen Beinen auf einen Schlag wieder fest werden. Nowaks Griff lockert sich leicht, sodass ich mit all meiner Kraft – unterschätze niemals eine Zwillingsfrau, die ist doppelt stark – eine Drehung vollführe, die mich aus seinen Armen befreien soll. Er fasst sofort nach, vor Schmerzen stöhnend, doch da ist meine Freundin heran.

Ich höre Ilinas unmenschlichen Tarzanschrei, sie hechtet wie in den asiatischen Kampfsportfilmen mehrere Meter durch die Luft (okay, wahrscheinlich sind es nur ein paar Zentimeter, aber spielt das eine Rolle?) und landet auf Nowak, der nun endgültig von mir ablässt. Wie sie das anstellt, ist mir schleierhaft, aber ein Augenzwinkern später hat Leonie-Ilina diesen großen, starken Mann flachgelegt. Sie fixiert ihn mit dem Knie auf seinem Hals am Boden und winkt mit heftigen Kopfbewegungen die Polizisten herbei, die ihn nur noch festzunehmen brauchen. »Danke, Lucy!«, ruft sie mir zu.

Irre? Finde ich auch. Und heule vor Dankbarkeit. MEINE wunderbare Freundin Ilina Leonie Kowalska Spreulhagen!

Epilog

Was für eine turbulente Woche! Plötzlich und unerwartet steht Ostern vor der Tür. Und damit unser alljährliches Linner am Ostersonntag – nach dem Besuch des Hochamts, das bis kurz vor Mittag dauert. Daher auch die Bezeichnung Linner, als Kombination aus Lunch und Dinner. In dieser Woche, die gemeinhin auch als Karwoche bezeichnet wird, sind so viele Dinge geschehen, dass uns beim diesjährigen Linner im Hause Schober der Redestoff nicht einmal für eine Minute ausgeht.

Zunächst sprechen wir noch mal durch, was mit Ilina und mir nach dem Entführungsversuch des Hengstes passiert ist. Das war einfach: Ich selbst bin trotz gefestigter Karamellbonbon-Knie dann doch zusammengesackt. Auch wenn die Anspielung den Babys gegenüber ein bisschen respektlos ist, kann ich es am besten anhand des Bildes eines Luftballons erklären. Wenn man so einen Ballon, prall gefüllt, in der Hand hält, und mit einer sehr spitzen Nadel vorsichtig ein Loch hineinbohrt, bis die Luft zu entweichen beginnt … Dann macht es schüchtern und unauffällig *Pffffffft*, denn so ein Ballon fliegt dann nicht mit lautem *Sssssssst* durch die Luft. Das würde er nur tun, wenn man die Nadel mit Wucht hineinstieße. Ungefähr so hat es sich angefühlt:

Als würde die Luft aus meinem Bauch, oder vielmehr aus meinem gesamten Körper, entweichen, und dann bin ich einfach in mich zusammengesunken. Mein Bauch blieb dabei unverändert prall, nur meine Beine müssen geradezu widernatürlich unter der Kugel geknickt, gefaltet oder gekreuzt gewesen sein. Ilina sagte mir später, dass sie wirklich Angst gehabt hätte, das Gewicht meiner Babys könne mir die Knochen in den Beinen gebrochen haben. Quatsch natürlich, aber es war eine Ausnahmesituation für uns beide.

Ilina ging es in diesen Sekunden genauso übel wie mir, nur dass sie sich aufrecht gehalten hat. Die Polizisten stürmten unmittelbar, nachdem Ilina mit ihrem Hechtsprung den Hengst außer Gefecht gesetzt hatte, auf sie und ihn zu, hoben sie von ihm weg, fixierten ihn ihrerseits und nahmen ihn fest. Ilina, wieder auf den Beinen, registrierte sofort, wie es bei mir mit dem Pfffffft losging, und sie versuchte, mich aufrecht zu halten, schaffte es aber nicht, also ging sie mit mir gemeinsam in die Knie, nur dass der Vorgang des Absenkens bei ihr kontrolliert abgelaufen ist, während ich eben ... na ja, das habe ich schon beschrieben. Genau so hat Frank uns eine Sekunde später vorgefunden, denn er war in Sichtweite, als seine Kollegen des SEK den Hengst bestürmten.

»Es war ein unfassbares Bild, fast schon mit einer künstlerischen Ästhetik«, wiederholt er für meine Eltern bei der Linner-Vorspeise die Geschichte zum ich-weiß-nicht-wie-vielten-Male. Aber heute sind wir auch endlich alle versammelt: Meine Eltern natürlich, Lena und Rouwen, Kat und Susa, Frank und ich, A-Mi und ihr Freund Nick (ja, der Bruder des zuerst mordverdächtigen, jungen Mannes, dessen Freundin Bianca verschwunden war, und deren Spuren nach Hamburg gewiesen hatten. Aber eins nach dem anderen.) »Zwei Frauen, versunken. Das wäre der ideale Titel dafür.«

Ich glöckse. »Mit goldenem Bande von Licht versehen.« Das war nämlich ein ganz eigenartiges Detail an der Sache: Kurz bevor ich das Bewusstsein an Ilinas Busen gelehnt verlor, hüllte uns die Sonne in ein fast überirdisch wirkendes Licht.

Wie auch immer. Frank, in Sachen ohnmächtige Lucy nicht ganz unerfahren, hat mich schnell wieder wachbekommen, den Notarzt gerufen, und dann mussten sowohl Ilina als auch ich uns komplett durchchecken lassen. Bei der Gelegenheit wurde untersucht, ob die Babys in meinem Bauch wohlbehalten sind, und das waren sie.

Mein Alltag ist seitdem unfasslich entspannt, denn meinen beiden heranwachsenden Babys geht es bestens, und sie kommunizieren mit mir durch Püffe und Knüffe. Ich fühle mich rein körperlich seitdem einfach großartig. Emotional und mental arbeite ich noch ein bisschen an all dem, was ich erlebt habe. Am schwersten fällt es mir, die Stimme, den Geruch und das Gefühl der Berührungen von Tymon Nowak aus meinem Gehirn zu verbannen. Aber ich mache Fortschritte. Hierbei hilft mir Doktor Treibel, und er sagt, ich arbeite wirklich gut mit.

Der Mordfall der Soko »Zuhältermord«, in der Frank und Tina ermittelt haben, ist mittlerweile abgeschlossen. Und obwohl es naheliegend scheint, ist Tymon Nowak alias Tadeusz Niemczyk nicht verwickelt. Zumindest nicht direkt. Man kann ihm – mal wieder – nicht nachweisen, dass er seine Finger im Spiel hatte. Unzweifelhaft ist jedoch, dass der ermordete Zuhälter Rocky Schlacks das junge Mädchen Bianca vor mehreren Monaten im *Dancing Cat* zum ersten Mal getroffen hat, in dem Leonie Spreulhagen seinerzeit ihre ersten Recherchen durchführte, die sie einige Zeit später in große Gefahr brachten. Bianca, nach der seit mehreren Tagen gesucht wurde, und deren letzte Spur nach Hannover gewiesen hatte, ist wie durch ein Wunder in der Kleingartenanlage Soutyhof in Saarlouis aufgetaucht, und zwar gesund und munter, wenn auch, wie zu erwarten, traumatisiert. An dieser Stelle kommt A-Mi ins Spiel. Sie berichtet ihren Part an der ganzen Sache beim Hauptgang.

»Ihr wisst, dass ich in den Tagen vor Ostern immer schon Beklemmungen hatte. Mir tut es gut, an einem Tag dieser Woche alle vier Folgen von *Jesus von Nazareth* mit dem Videorekorder zu schauen, und das habe ich auch dieses Jahr gemacht. Eigentlich wollte ich es mit Nick gemeinsam tun.« Nick, der graumelierte Haare und einen Bart trägt, obwohl er nur ein paar Jahre älter ist als ich, sitzt neben A-Mi und hält bei diesen Worten seine offene Hand hin, damit sie sie ergreifen kann. Sie lächelt ihn an. »Aber Nick hatte sich verspätet, also sah ich mir die Filme allein an.« Es ist ein nie da gewesenes Bild, und ich mag es sehr, wie dieses Händchenhalten sich auf meine Juristenschwester auswirkt. Ihre Züge sind weich und strahlen Wärme aus, während sie weiter erzählt, was dann, bei Folge vier der Mini-Serie aus den Siebzigern, passiert ist.

»Als die Frauen das leere Grab entdeckten, klingelte es an der Tür, und ich wusste, dass du es bist«, sagt sie zu Nick gewandt. »Übrigens werde ich dir gleich in der nächsten Woche einen eigenen Schlüssel machen lassen.« Sie lächelt ihn an, dann dreht sie sich wieder zu uns herum. »Und da stand Nick vor der Tür, weigerte sich aber reinzukommen, sondern sagte, ich müsse mit zu seinem Bruder Max.«

»Zu der Zeit hatten wir bereits die Vermutung, dass Bianca nie nach Hannover aufgebrochen war«, erklärt Frank ergänzend. »Wo die junge Frau gelandet war, die seit dem Mord vermisst wurde, hatten wir jedoch nicht herausfinden können.«

»Max glaubte, dass Bianca immer noch in Gefahr war. Er entdeckte sie am Freitag, weil sie sie sich die ganze Zeit in einem Gartenhäuschen versteckt gehalten hatte, nachdem sie ihren Peiniger gesehen hatte«, erzählt Nick, der eine sympathische Stimme hat, die kein bisschen wie die von Tymon Nowak klingt.

»Furchtbar, wie muss das Mädchen sich geängstigt haben. Und dann sind ihr bestimmt die Lebensmittel ausgegangen, oder?« Diese Frage stellt Kat.

»Tatsächlich hat Max sie in Saarlouis gesehen, als sie sich ein paar Lebensmittel kaufte. Sie hatte sich getarnt, mit Sonnenbrille, Baseball Cap und gefärbten Haaren. Er war sich aber sofort sicher, ist ihr gefolgt, und sie hat ihm dann alles erzählt. Er hat mich sofort angerufen, und ich holte A-Mi ab.« Wieder schenkt Nick meiner Schwester ein Lächeln. »Ich dachte, dass du uns am besten raten kannst, was zu tun ist.«

»In so einem Fall ist die Polizei der einzig richtige Weg.« Klar, dass Frank das so sieht. Aber ich kann mir die Unsicherheit der beiden gut vorstellen.

»Habe ich ihnen dann ja auch gesagt.« A-Mi nickt. »Inzwischen geht es Bianca jedenfalls wieder gut. Sie wird ihre Verwandten in Bulgarien besuchen, und dann muss man weitersehen. Aber Max ist fest entschlossen, mit ihr zusammenzubleiben.«

»Das wird er auch durchziehen, ich kenne meinen Bruder. Doch das ist noch nicht alles, denn während Max mit Bianca in dem Gartenhäuschen auf die Hilfe von A-Mi und mir wartete, tauchte jemand auf, den Bianca sofort wiedererkannte.«

»Maik Düwel«, sagt Frank. »Er ist der Kompagnon des Ermordeten und war Rocky Schlacks von Hamburg aus nach Saarlouis gefolgt, um ihm das Geld wieder abzujagen, das der veruntreut hatte. Beim Aushandeln der Bedingungen kam es dann zu dem Totschlag. Kurz vor seinem Zusammentreffen mit Schlacks hatte Düwel Ilina im Stadtpark erkannt. Ihm war klar, dass Niemczyk sie schon lange suchte. Also hat er die Gelegenheit ergriffen, sich ein Taschengeld hinzuzuverdienen, und Niemczyk mit der Information versorgt. Anstatt sich nach dem Mord abzusetzen, wollte Düwel jedoch nicht die Chance aufgeben, Bianca noch aufzuspüren. Er hatte den Streit zwischen Max und Rocky Schlacks gehört und beobachtet und war sich sicher, dass der Junge ihn zu dem Mädchen führen würde. Was sich dann auch bewahrheitete. Düwel hielt sich während der U-Haft versteckt, danach beschattete er Max.«

»So brauchte er nicht einmal aktiv zu suchen, sondern stieß mit Max auf Bianca«, fährt A-Mi im Bericht fort. »Er folgte den beiden zum Gartenhäuschen und verschaffte sich Zutritt. Allerdings hat Max sofort begriffen, wer da vor ihm stand, und ihn mit einem gezielten Schlag gegen die Schläfe schachmatt gesetzt.« A-Mi nickt betont. »Den Rest kennt ihr.«

»Prima«, sagt mein Vater und winkt Frau Maurer heran, um sich ein weiteres Mal vom Rehrücken zu nehmen. »Und dieser Mensch, dieser Nowak?«

»Der sitzt auf dem Lerchesflur, und dieses Mal kommt er auch nicht so leicht aus der Nummer heraus. Schließlich hat er zwei Frauen entführt.«

»Aber seine Verbindungen in die Welt der tanzenden Katzen?« Ich muss kichern, weil mein Vater sich so geziert ausdrückt.

»Leider haben wir noch immer keine eindeutigen Beweise, was das angeht. Im Grunde ist es ein offenes Geheimnis, dass er die Fäden zieht. Aber anscheinend gibt es einen noch viel größeren Gönner, der die Hand schützend über Nowak hält. Niemand traut sich, gegen ihn auszusagen.«

»Und wo ist Ilina inzwischen gelandet, Frau Spreulhagen, meine ich?« Meine Mutter ist von der Geschichte meiner Freundin mehr als beeindruckt. Ilina ist verschwunden, seit wir nach unseren Untersuchungen auseinander gegangen sind. Sie hat sich mit einer sehr innigen Umarmung von mir verabschiedet und mich mit Tränen in den Augen gebeten, auch Lena ihre herzlichsten Grüße auszurichten.

Frank verzieht den Mund. Er mag Fragen nach Leonie nicht. Kein Wunder. In einem Zeugenschutzprogramm ist jedes Quäntchen Information ein Quäntchen zu viel. »Bitte, Frau Schober, dringen Sie in dieser Sache nicht in mich. Sie ist an einem sicheren Ort.«

»Dort, wo der Pfeffer wächst.« Ich gluckse leise.

»Oder aber dort, wo die Zitronen blühen.« Lena hebt ihr Weinglas. »Lasst uns auf sie anstoßen. Möge sie niemals entdeckt werden.« Eine Träne läuft ihre Wange entlang.

Ich leere mein Glas in einem Zug. Leider enthält es nur eine Holunderlimonade.

»Gut, dann haben wir jetzt alles zusammen«, sagt Susa, meine Schwägerin. »Ilina alias Leonie ist in Sicherheit, das Mädchen Bianca ist auch gerettet, und ihr Freund Max ist überglücklich, dass er sie wiedergefunden hat. Der Mörder ist hinter Gittern – wobei, unter uns gesagt, einen Zuhälter zu ermorden eigentlich haftverkürzend wirken sollte.«

»In diesem Fall eher nicht, denn Düwel ist auch kein wertvolles Mitglied der Gesellschaft.« Bei Franks Worten läuft mir ein Schauder über den Rücken. Rasch wechsle ich in Gedanken zu Ilina. Warum, weiß ich selbst nicht, aber plötzlich habe ich einen Strand, Berge und ganze Hänge mit Zitronenbäumen vor Augen.

»Nun gut.« Meine Mutter gibt Frau Maurer ein Zeichen, dass sie den Tisch jetzt abräumen kann. Sie wird anschließend Käseplatten und Obstteller bereitstellen, denn wie das Wort Linner verspricht, kann jeder, der es möchte, an diesem Tag ununterbrochen essen. »Dann möchte ich noch erwähnen, dass auch die Wohnung in der Schanzenstraße fertig geworden ist.«

Frank ächzt. »Was heißt das?« Er hat es noch immer nicht geschafft, sich die Wohnung anzusehen, aber ich für meinen Teil habe meine Mutter ausgebremst. Zwar gefallen mir die meisten ihrer Vorschläge, die sie zu den Wandfarben, den Gardinen, den Kinderzimmermöbeln, der Esszimmerausstattung und überhaupt allem gemacht hat, aber ich will keinesfalls zulassen, dass sie über den Kopf von Frank hinweg entscheidet. So habe ich allen Händlern ein Lieferstopp auferlegt. Mir ist klar, dass Frank meutern wird, wenn er in eine komplett von der Apothekerin ausgestattete Wohnung einziehen soll. Deshalb ...

»Das heißt, die Wohnung kann jetzt eingerichtet werden«, sage ich also. »Wir sorgen diese Woche dafür, dass klar ist, was wir nehmen, und dann lassen wir alles bringen und aufbauen.« Ich grinse ihn frech an. »Keine Widerrede. Wir haben noch knapp drei Monate Zeit, bis die Kinder da sind. Wie du weißt, ist es gut, die Möbel in der Wohnung erst mal atmen zu lassen. Entweder, wir gehen diese Woche alles aussuchen, oder ich mache es allein.« Mein Herz klopft wie wild, weil Frank sehr empfindlich auf jedwede Art von Ultimatum reagiert. Aber in diesem Fall heiligt der Zweck die Mittel, wie ich meine.

»Das ist ein faires Angebot, ich bin einverstanden.« Habe ich gerade richtig gehört? Fragend sehe ich Frank an, bestimmt wieder mit diesen Dunkeläffchenaugen.

»Ehrlich?«, juchze ich und werfe den Arm um seinen Hals.

»Ja, sonst bekommen wir das ja nie auf die Reihe.«

Meine Mutter sieht ein kleines bisschen enttäuscht aus. Anscheinend registriert das auch Frank, denn er haucht mir ein Küsschen auf die Wange und fragt mich dann: »Hast du denn schon von den Namen der Zwillinge erzählt?«

»Habt ihr euch entschieden?«, hakt Rouwen nach.

Ich lege eine Hand auf meinen Bauch, Frank eine zweite, und an seinem Lächeln kann ich sehen, dass auch er den Tritt oder Stoß eines unserer Mädchen spüren kann.

»Nach allem, was wir erlebt haben, kamen nur zwei Namen in Betracht«, beginne ich, und schon strahlt Lena über das ganze Gesicht. Sie ahnt es bereits. Ich zwinkere ihr zu. »Ich meine, sie hat mein Leben gerettet, und womöglich auch das der Zwillinge.« Abermals spüre ich, wie der Bauch sich unter meiner Hand ausdellt, und es fühlt sich so ähnlich an, wie wenn sich ein Kätzchen in eine streichelnde Hand schmiegt.

»Na, dann heraus damit.« Mein Vater hat sein Glas gehoben, als wolle er anstoßen.

Ich hebe auch meines, das Frau Maurer mit frischer Limonade gefüllt hat, und obwohl mir vor Rührung fast die Stimme wegbleibt, gelingt es mir, die Namen für die Zwillinge zu nennen: »Leonie und Ilina.«

»Auf Leonie und Ilina!« Ich kenne keinen schöneren Grund, mit meiner Familie anzustoßen, und ich weiß, den Genannten geht es gut.

Und ihr auch, wo immer sie jetzt sein mag. Pfeffer mag sie eh sehr gern.

Danksagung

Auch für die Neuauflage dieses dritten Falles für Lucy Schober, Kriminalkommissar Frank Kraus sowie die gute Ilina/Leonie danke ich dem dp Verlag sehr. Der Roman hat ein hübsches neues Gewand erhalten, und natürlich habe ich auch dieses Mal auf Rat der Lektorin Dani Guse vielerlei sinnvolle Änderungen vorgenommen.
Ich hoffe, Sie hatten bei der Lektüre genauso viel Spaß wie ich beim Wiederentdecken der besonderen Freundschaft zwischen den drei Frauen. Wenn Ihnen »Der Tod schickt Blumen« gefallen hat, erzählen Sie es gern weiter in Form von Mundpropaganda, Bewertungen und Rezensionen – was Ihnen am leichtesten fällt. Infos über mich, meine Bücher und auch meine literarischen Übersetzungen finden Sie auf meiner Website WWW.ANGELIKALAURIEL.DE
sowie auf der Seite des dp Verlags.
Auf Facebook und Instagram finden Sie mich unter meinem Namen Angelika Lauriel. Dort können Sie sich auch jederzeit über Lesungen und andere Neuigkeiten informieren.

Ihre Angelika Lauriel, im Juli 2024

Quellenangaben:

Alle zitierten Gedichte sind auf der Internetseite zu finden: http://www.deutsche-liebeslyrik.de/europaische_liebeslyrik/

»Der Segen«, Adam Mickiewicz, aus: Die Sonette, Deutsch von Peter Cornelius, Reclam, Leipzig 1868

»Ungewissheit«, Adam Mickiewicz, aus: Adam Mickiewicz sämmtliche Werke, Erster Theil Gedichte, aus dem Polnischen von Carl von Blankensee, Naucksche Buchhandlung 1836

»Ich liebe das Weib«, Kazimierz Pzerwa Tetmajer, aus: Morderne polnische Lyrik. Eine Anthologie deutscher Übertragungen, Hrsg. Lorenz Scherlag. Übersetzt von Lorenz Scherlag. Amalthea Verlag, Verlag, Zürich, Leipzig, Wien 1923

»Resignation«, Adam Mickiewicz, aus: Die Sonette, Deutsch von Peter Cornelius, Reclam, Leipzig 1868

»Das verwelkte Blättchen«, Adam Asnyk, aus: Der polnische Parnaß. Ausgewählte Dichtungen aus Polen. Übersetzt von Heinrich Nitschmann. Nebst einem Abriß der polnischen Literaturgeschichte und biographischen Nachrichten. Brockhaus, Leipzig 1875

»Abschied – An D.D.«, Adam Mickiewicz, aus: Die Sonette, Deutsch von Peter Cornelius, Reclam, Leipzig 1868

»An ...«, Adam Mickiewicz, aus: Der polnische Parnaß. Ausgewählte Dichtungen aus Polen. Übersetzt von Heinrich Nitschmann. Nebst einem Abriß der polnischen Literaturgeschichte und biographischen Nachrichten. Brockhaus, Leipzig 1875
»Alle Lichter sind erloschen«, Ludwig Bruner (Ps. Jan Sten), aus: Moderne polnische Lyrik. Herausgegeben von Lorenz Scherlag. Amalthea Verlag, Zürich, Leipzig, Wien 1923